FÜRSTENBLUT
DIE WEISSE FRAU

MANVIRA VERLAG

Besuchen Sie uns im Internet:
www.manviraverlag.de

Manvira Verlag Leverkusen:
„Fürstenblut - Die weiße Frau von Stammheim“
ISBN: 978-3-98-18584-1-9
Auflage 2

Umschlaggestaltung, Satz, Layout: Manvira Verlag
Umschlagbild: Raimund Löffler
Bilder: Raimund Löffler, Dirk Conrads
Lektorat | Nachbearbeitung zweite Auflage: Gernot Herzog

Druck und Herstellung: SDL, Berlin
Printed in Germany

KÖLN THRILLER

Über die Autoren

Norbert Löffler ist Jahrgang 1960. Er ist verheiratet und hat drei Kinder. Löffler schreibt seit über 30 Jahren Gedichte, Kurzgeschichten, Romane und vieles mehr. Er lebt und arbeitet in Leverkusen. Seine bereits erschienenen Thriller, finden Sie auf Amazon

Dirk Conrads ist Jahrgang 1961. Er lebt in Köln-Stammheim und arbeitet als Angestellter in Leverkusen. Nebenbei ist er bereits mehrere Jahre als freier Journalist und Redakteur sowie als Medienberater tätig. Er mag Konzertbesuche, gute Küche, Musik die ihn anmacht, interessante Menschen, Hintergründe, das Leben.

Weitere Leseproben finden Sie unter der Homepage:
www.nolo-home.de

Norbert Löffler widmet diese Geschichte seiner Frau und seinen Kindern. Familie ist der Rahmen, der ein Bild zusammenhält.

Dirk Conrads widmet diese Geschichte seiner Frau Waltraud und seiner Familie, denn ohne diesen Rückhalt wären viele Träume nicht möglich.

2015

Kevin lachte, spuckte auf den Boden. Es wurde so von ihm erwartet. Er saß nun schon seit zwei Stunden hier mit seinen Kumpeln, die Roller standen im Halbkreis vor ihnen und sie tranken Bier, machten rüde Scherze und sie fühlten sich stark. Kevin kannte jeden in der Gruppe. Sie trafen sich öfter hier, oft zum Ärgernis einiger Besucher des Stammheimer Schlossparks. Direkt an dem Baumstumpf, wo einmal der Blitz eingeschlagen hatte, auf der runden Erhöhung mit den Bänken, war ihr Treffpunkt.

Heute war es kühler als sonst oder bildete er es sich nur ein? Für einen frühen Abend im September, fand er es ausgesprochen frisch, aber er wagte nicht, etwas zu sagen. Seine Kumpel waren teilweise in Sommerklamotten und niemand schien zu frieren. Wurde er vielleicht einfach nur krank? Als ob eine innere Kälte ihn erfasst hätte, als ob ein eisiger Nebel durch seinen Körper fluten würde, ein Schauer erfasste ihn und er bekam eine Gänsehaut.

Kevin stand auf, sah sich irritiert um, doch seine Leute schienen nichts zu merken. Ihnen ging es gut. Kevin spuckte nochmals auf den Boden, fasste sich an den Schritt und lachte, als ob jemand einen tollen Witz gerissen hätte.

„Geh mal den Jürgen würgen…“, sagte er betont locker, dann ging er wenige Meter weiter zu einem Gebüsch. Kurz schaute er noch nach beiden Seiten, ob ihn jemand sehen konnte, dann seufzte er und erleichterte sich. Seine Augen hielt er starr nach unten gerichtet. Er verfolgte seinen Strahl, verlor sich in Gedanken. Als er die Augen hob, zuckte er zusammen. Er schrie auf, wankte einige Schritte zurück, dann rannte er – ohne seine Hose zu schließen – zurück zu seinen Kumpeln.

„Da war eine Frau, eine Geisterfrau!“, schrie er.

Die Kids bogen sich vor Lachen.

„Im Ernst, da war eine Frau, wie ein Nebel, ganz in Weiß.“

„Hast wohl ein Bier zu viel getrunken!“, rief Roy und die Gruppe lachte, doch Kevin zitterte. Die Kälte hatte nun vollends Besitz von ihm ergriffen. Als die Jungs nun seine bepinkelten Hosen sahen, bogen sie sich erneut vor Lachen und Kevin packte nur noch seinen Roller, drückte auf den Anlasser und fuhr davon. Kurz warf er noch einen Blick auf das Gebüsch, in dem er diese „Erscheinung“ gesehen hatte, aber da war nur Strauchwerk. Kein Nebel, keine Frau in Weiß, nichts. Vielleicht war er tatsächlich einfach nur krank?

1226

Man schrieb das Jahr 1226. Der Sommer neigte sich langsam dem Ende entgegen und die Abende wurden schon recht kühl in Stammheim, einem kleinen Fischerdorf vor den Toren Kölns, auf der rechten Rheinseite. Am kleinen Hafen saßen noch ein paar Fischer, die ihre Netze flickten .
Neben der Fischerei diente der Hafen dazu, Holz aus dem Klosterwald hinüber zur Abtei Groß St. Martin in Köln zu transportieren. Blickte man vom Hafen die Böschung hinauf, sah man ein großes befestigtes Herrenhaus, welches schon seit dem 8. Jahrhundert existierte und das die Stammheimer auch Burg nannten.
Hier lebten zwei Ritter. Ritter Hugo und sein Bruder Günter. Sie gehörten zum „Haus derer von Stammheim“ und waren Vasallen des Grafen von Berg.
Heute war es sogar richtig kalt. Die Nacht vertrieb auch die letzte Wärme des Tages und Günter stand allein an der Außenwand der Burg.
Er lehnte sich an die kalte Wand und atmete tief durch. Da hatte er es so weit gebracht, eine Familie gegründet, eine liebende Frau, eine Burg, in der sie wohnten und dann so etwas. Drohte die Vergangenheit ihn einzuholen?
Kreidebleich stieß er sich von den kalten Mauersteinen ab und blickte durch das kleine, offene Fenster zum Leichhof hinüber. Dort, wo die Toten ihre letzte Ruhestätte fanden, lag auch SIE. Niemand konnte von ihr wissen. Günter hatte sie gemeinsam mit seinem Bruder Hugo in ein fremdes Grab gelegt, doch nicht nur er hatte sie gesehen, sondern auch die Magd und einige Andere. Am meisten jedoch entsetzte ihn, dass sein ältestes Kind sie gesehen und – noch schlimmer – wohl auch mit ihr gesprochen hatte. Wobei dies eigentlich nicht möglich war! Er hatte sie doch eigenhändig umgebracht! Er hatte sie getötet, weil eine Ehe mit ihr unmöglich gewesen wäre. Ihr Stand war weit unter

seinem und nicht nur Hugo hatte gedrängt, diese Liebschaft zu beenden. Da sie aber so hartnäckig gewesen war und sogar seiner Frau die Wahrheit mitteilen wollte, war ihm gar nichts anderes übriggeblieben.
Als er eines Abends zu ihr eilte, um ihr seine Entscheidung mitzuteilen, hatte sie ihn in einem weißen Brautkleid empfangen. Sie hatte gestrahlt und voller Freude berichtet, dass sie ihre gemeinsame Zukunft plante.
Noch in derselben Nacht war sie in einem frisch ausgehobenen Grab gelandet. Hugo hatte kurzerhand die weiche Erde entfernt, ihren Leichnam hineingelegt und dort ruhte sie nun, gemeinsam mit irgendeinem alten Kauz. Niemand würde es je erfahren. Und doch, einige Jahre später hatte er sie gesehen - abends, am Rhein, als er am alten Hafen entlangging. Zwischen Büschen hatte sie gestanden, in eben jenem weißen Kleid, dass sie zuletzt getragen hatte und ein Jahr später wieder, an anderer Stelle.
Nun hatte sie sich seiner Dienstmagd und seinem Sohn gezeigt. Und sein Sohn hatte ihm sogar etwas berichtet.
Einige Tage danach sprach das älteste, kränkelnde Kind Günters: „Nach sieben Tagen werde ich sterben. Nach sieben weiteren Tagen wird meine Schwester, die Rina, sterben, und noch eine Woche später wird die Kleinere uns folgen."
Fünf Tage waren nun vergangen, und Günter war beunruhigt. Eben erst hatte er sie wiedergesehen, aus weiter Ferne nur, doch meinte er, ihr Gesicht genau erkannt zu haben. Ihre Gestalt vermischte sich mit dem Nebel des Flusses, doch ihre hämischen Gesichtszüge brannten sich in seine Gedanken und sein Herz raste vor Sorge. Was würde geschehen? Er musste nachsehen. Hugo konnte nicht helfen, er befand sich auf See, also musste er es alleine machen. Nachts, wenn niemand ihn sah, würde er auf den Leichhof gehen und sie ausgraben. Erst dann hätte er Gewissheit.
Günter schaute in den Himmel, dann nickte er entschlossen. Ja, er würde es tun! Jetzt! Seine Kinder, die Frau und die Dienstbo-

ten schliefen, er musste es jetzt wagen.
Langsam schlich er an der Burgmauer entlang, nur der Mond spendete ein wenig Licht. Die Nebel des Rheins waberten durch den Wald und es war unheimlich, doch Günter hatte keine Furcht vor der Dunkelheit. Er wollte Gewissheit.
Als der den Leichhof erreichte, verweilte er ein wenig, orientierte sich kurz, dann ging er entschlossen weiter. Ab und zu sah er sich um. Doch als er sicher war, alleine zu sein, ging er entschlossen zwischen den Gräbern entlang, bis er vor dem besagten Grab stand. Ein schlichtes, hölzernes Kreuz hing schief in der von Unkraut überwucherten Erde. Eine kleine Steinplatte lag auf dem Grab, er konnte im Mondlicht sogar die Inschrift erkennen: QUI PLASMASTI ME DOMINE MISERERE MEI – was so viel hieß wie: Herr, der Du mich geschaffen hast, erbarme Dich meiner. „Ja, das gilt auch für mich…“, dachte er, dann sah er sich erneut um. Es war niemand in der Nähe. Er betrachtete das Grab genauer. So viel konnte er erkennen, hier war in der letzten Zeit niemand hinein oder heraus gekrabbelt. Das Grab schien unberührt. Sollte er dennoch…?
Er hatte kein Grabwerkzeug dabei, doch die bloßen Hände und ein Stück Stock würden reichen müssen. Zuerst nahm er die kleine Steinplatte mit der Inschrift und legte sie neben das Grab. Mit den Händen begann er danach, altes Gras aus dem Grabfeld mitsamt den Wurzeln auszurupfen, die Soden warf er einfach auf die Nachbargräber. Es war ihm egal. Der Boden darunter war lockerer als er gedacht hatte. Mit einem Stock bohrte er, dann grub er wieder mit den Händen weiter.
Er konnte sich erinnern, Hugo und er, sie hatten nicht so tief gegraben. Vielleicht 50 Zentimeter, tiefer auf keinen Fall. Er würde also bald schon auf Knochen stoßen. Je tiefer er kam, umso lockerer wurde die Erde und er arbeitete wie besessen. Seine Hände rissen auf, kleine Steinchen verletzten ihn und seine Nägel brachen ab, doch Günter war nicht aufzuhalten. Erst, als er mit dem Stock gegen eine hölzerne Kiste stieß, gönnte er sich

einen Augenblick der Ruhe. Der Sarg. Die Kiste, in die der alte Kauz gelegt worden war. Und SIE? Sie war doch obenauf gelegt worden, sie war doch… aber da waren keine Knochen, nichts. Und doch – es war die richtige Stelle. Selbst den Namen hatte er wiedererkannt. Günter stellte sich gerade auf, drückte seinen Rücken durch. Tränen liefen ihm die Wangen hinunter, doch er merkte es nicht einmal. Die Angst kam mit solch einer Macht zurück, dass ihm jeder andere Schmerz fremd war. Erneut beugte er sich über das Loch, scharrte wie ein Tier in der Grube, er buddelte so lange bis er den Deckel der Holzkiste freigelegt hatte, aber da war nichts. Kein Knochen, keine Leiche, nichts. SIE war nicht mehr da.
Günter taumelte zurück. Er ließ alles wie es war, er scherte sich nicht darum was für ein Chaos er hinterlassen hatte, seine Gedanken waren nur noch bei IHR. Wie konnte es möglich sein? Hier hatte der Teufel seine Hände im Spiel. Wenn sie mit dem Teufel im Bunde war, dann hatte er verloren. Er, seine Frau, alle, die ihm nahe standen.
Als Günter die Burg erreichte, fiel er auf die Knie. Er weinte nun laut und hemmungslos. Waren seine Kinder in Gefahr? Seine Frau? Vielleicht sein gesamter Besitz?

2015

Meist fühlt man sich nach einer gut durchgeschlafenen Nacht besser, doch Kevin spürte noch immer diese Kälte in seinem Körper. Als hätte er einen eisigen Nebel eingeatmet, der einfach nicht weichen wollte.

Er war früh aufgestanden, in die Schule gefahren, und obwohl die Sonne an einem strahlend blauen Himmel stand, fror er.

Eine unbestimmte Angst hatte von ihm Besitz ergriffen.

Noch wusste er gar nicht, wovor er überhaupt Angst hatte; es war einfach eine Furcht, ähnlich dem Schwert des Damokles. Irgendetwas schwebte über seinem Kopf und bedrohte ihn, davon war er überzeugt.

Die Schulstunden verliefen normal und niemand merkte ihm seinen ängstlichen Zustand an. Er verstellte sich gut. Er lachte, wenn jemand einen Witz machte. Er rauchte wie gewohnt, blies den Rauch großspurig und mit wissendem Blick in die Gesichter um ihn herum und er prahlte mit seinen Roller-Fahrkünsten wie eh und je. Als er jedoch alleine war, fühlte er wieder diese eisige Kälte, eine frostige Faust, die sein Herz umklammert hielt.

Er fuhr mit dem Roller nach Hause, ging an seiner Mutter vorbei und begab sich direkt in sein Zimmer im ersten Stock. Hier, von seinem Mansardenzimmer aus, konnte er bis auf den nahen Schlosspark von Stammheim sehen, wo er sich immer mit seinen Freunden traf. Er sah den Rhein, er sah die Dächer des Gebäudes hinter dem Treffpunkt, und er begann zu zittern.

Zu deutlich sah er das Gesicht dieser Frau vor sich. Diese Lippen, die spröde und doch rötlich waren, die Augen, die dunkel, schwärzlich und doch klar und voller Wut zu ihm starrten. Er sah die Haut, die bleich und fast durchscheinend wie Nebel vor ihm erschienen war, sie waberte und war doch fest. Es war kein Trugbild gewesen, dessen war er sich sicher.

Mit einem heftigen Ruck riss er sich von dem Anblick los, ging im Zimmer umher und suchte nach einer Möglichkeit. Er musste mit jemandem reden, musste seine Ängste mitteilen können, sonst würde er nicht mehr froh werden, das spürte er mit jedem Atemzug.

Noch hatte er seinen Kumpels ja nicht die volle Wahrheit verraten. Noch wusste niemand, was wirklich passiert war.

Kevin setzte sich aufs Bett, stützte seinen Kopf in seine Hände, als er daran zurückdachte und sich an die Worte erinnerte, die sich in seinem Kopf gebildet hatten. Ja, als er die Frau gesehen hatte, spürte er ihre Worte in seinem Kopf. Tief in ihm. Sie sagte ihm – in einer eigentümlich alten Sprache – doch klar und ohne jedes Missverständnis: „Du wirst in sieben Tagen sterben. Danach deine Schwester, deine Mutter und jeden, den du liebst…"

Kevin hatten sich diese Worte in sein Denken eingebrannt, wie ein Bild, das man nicht mehr loswerden kann. Was hatte das zu bedeuten? War es einfach nur ein Übermaß an Einbildung? Der Alkohol? Vielleicht in Verbindung mit einer Erkältung, zu viel Rauch und zu wenig Schlaf?

Doch tief in ihm wusste er, dass es anders war, dass es die Wahrheit war, und Tränen liefen ihm über das Gesicht, als er daran dachte.

Warum er? Was hatte er denn überhaupt getan?

Seine Mutter rief ihn und er reagierte zuerst nicht, doch als sie wieder und wieder rief, stand er auf, brüllte zurück und atmete schwer. Er hatte nur noch seine Mutter und seine kleine Schwester. Sonst gab es niemanden mehr. Seinen Vater kannte er gar nicht. Das Schwein war direkt nach der Geburt seiner Schwester abgehauen. Kevin war da noch zu klein gewesen, um sich an ihn zu erinnern. So war die kleine Familie ohne Mann aufgewachsen und Kevin musste diese fehlende Stelle nun besetzen. Er war Sohn, großer Bruder und Ersatzvater der Familie. Er war mit seinen 16 Jahren der Mann im Haus. Also sollte er sich auch so benehmen.

Tief atmete er ein, dann verzog er seinen Mund zu einem lässigen Grinsen und ging die steilen Treppenstufen hinab in die

Küche.
Seine Mutter schaute ihn nicht einmal an, als sie die Teller befüllte; Linda, seine kleine Schwester, saß bereits am Tisch und plapperte munter drauf los.
„... und als ich dann ihre Haare bürsten wollte, da habe ich ..."
Kevin hörte nicht mehr hin. Linda nervte nur noch. Seine Mutter deutete auf das Besteck, sah ihn nun zum ersten Mal an und erschrak.
„Was hast du? Bist du krank?", fragte sie ihn und Kevin fühlte sofort wieder diese eisige Faust, die sein Herz umfasst zu halten schien.
„Nein, vielleicht ein wenig erkältet" sagte er und zum Schein hustete er in seine rechte Hand, doch seine Mutter legte den Kopf schräg, sah zweifelnd zu ihm und sagte leise, jedoch dringlich: „Nein, du siehst anders aus. So, als hätte dich jemand geschlagen, oder ... erpresst dich jemand? Hast du Probleme?"
Kevin lachte rau, winkte ab und setzte sich an den Tisch. Er schüttelte den Kopf, sah Linda an und meinte locker: „Ihr braucht euch keine Sorgen zu machen. Mir geht es gut und mich erpresst auch niemand. Derjenige, der mich schlägt, der muss erst noch geboren werden", lachte er, dann füllte er sich seinen Teller. Linda plapperte munter weiter, als würde es Kevin gar nicht geben, doch seine Mutter sah ihn ständig zweifelnd an. Das Essen verlief in einer eigenartigen Atmosphäre, dann fragte Kevin: „Ma", - er nannte sie immer nur Ma – „glaubst du eigentlich an Geister? Erscheinungen oder so?"
Seine Mutter sah ihn an, ihr vor Sorge erfülltes Gesicht entspannte sich und sie lachte kurz auf.
„Ach so, du hast wohl nur schlecht geträumt? Was für Geister denn? Hast du Monster unter deinem Bett gesehen?" Linda lachte und Kevin ärgerte sich.
„Nein, so etwas doch nicht. Ich dachte eher an so Erscheinungen... Bilder die man sieht, die sonst andere nicht sehen können, so was in der Art..."

Seine Mutter sah ihn kurz noch zweifelnd an, doch dann schüttelte sie den Kopf.
„Kevin, wenn du Probleme hast, mit Drogen oder Alkohol, dann rede mit mir. Ich habe dir schon immer gesagt, dass dein Umgang mit diesen Jungs nicht das Richtige für dich ist. Du solltest mal einige Abende zu Hause verbringen, dann wird es dir bestimmt bald besser gehen…"
Kevin nickte nur, lächelte tapfer, dann schnitt er ein anderes Thema an. Seine Mutter und auch Linda konnten die eisige Kälte, die sein Innerstes durchflutete, nicht spüren. Für Kevin fühlte es sich an, als würden Eiswürfel in seinem Körper wohnen.
Kurz vor 18 Uhr machte er sich fertig und fuhr mit dem Roller wieder an den Treffpunkt. Vier seiner Kumpels waren bereits da. Zwei Mädchen saßen auf der Bank. Es gab noch Spaziergänger im Stammheimer Schlosspark, aber das scherte ihn nicht. Mit aufheulendem Motor legte er eine Vollbremsung vor einer Bank hin, grinste, dann rief er fröhlich: „Hi, alles klar? Was geht?"
Die Jungs begrüßten sich, die Mädchen nickten ihm kurz zu. Kevin war nicht der Frauentyp, aber die Jungs respektierten ihn schon.
Kurz sah er zu dem Gebüsch hinüber, wo er gestern die Frau in Weiß gesehen hatte, aber heute sah er dort gar nichts. Es sah aus, wie eben ein Gebüsch aussieht: Zweige, Blätter, dahinter nichts. Hatte er sich doch nur alles eingebildet?
Als er seinen Roller abgestellt hatte, setzte er sich auf die Lehne der Bank, die Füße standen auf der Sitzfläche. Er pulte eine Zigarette aus seiner Schachtel, zündete sie an und blies lässig den Rauch in Richtung eines Mädchens.
„Na Kristin? Lust auf`ne Runde mit meinem Roller?" Sie schüttelte den Kopf und verzog den Mund zu einem geringschätzigen Lächeln; er war ihr nicht mal eine Antwort wert. Doch Kevins Herz raste. Seine heimliche Liebe, und sie war noch nicht vergeben. Er musste sich ran halten. Ben machte sich ständig an sie heran und wenn Kevin ehrlich war, gab es kaum eine Minute, in

der er nicht an sie dachte.
So aber nickte er nur lässig, schaute seinen Kumpel an und fragte:
„Und du? Sollen wir ein Rennen fahren?“ Aber der winkte nur ab, schüttelte den Kopf.
„Noch zu viele Leute hier. Warten wir ab, bis es ein wenig leerer wird. So gegen 20 Uhr, dann können wir gerne eine Runde starten.“
Kevin nickte. Ja, dann würde er ihr zeigen können, was für ein toller Fahrer er war. Und vielleicht hatte sie es sich bis dahin ja auch überlegt?
Er stand von der Bank auf, ging Richtung Rhein und wollte gerade einen anderen Vorschlag machen, als er sie erneut sah. Zugegeben, sie war weit weg, fast mitten auf dem Fluss, aber sie schwebte über dem Wasser und schien mit einem Finger auf ihn zu zeigen. Kevin schnappte nach Luft und krümmte sich vor Schmerz; die Zigarette fiel ihm einfach so auf den Boden.

1227

Die zwei Männer saßen in der Schänke und teilten sich das Brot. Jeder hatte einen Krug Bier vor sich stehen und sie fühlten sich so wohl, wie schon lange nicht mehr.

Hier, am Rande von Stammheim, tranken sie öfter was zusammen, meist, wenn der Karren leer und alles verkauft war.

Das Geschäft war gut gelaufen, beide waren zufrieden. Seit Stunden schon zechten sie in der Schänke und sie würden hier auch übernachten.

Bernwar der Ältere von ihnen, wohnte im nahen Bergischen Land. Herimann war jünger, aber erfahrener, weil er oft weiter reiste und sich besser auskannte. Sie waren Kaufleute, in diesem Sinne reisende Händler, und nachdem sie heute gut gegessen hatten, tranken sie noch ein paar Bier zusammen.

Sie unterhielten sich gerade über die Neuigkeiten in Stammheim.

Herimann erzählte gerade: „Ein helles Lachen drang aus dem Burghof. Die Kinder von Ritter Günter sollten noch ein wenig frische Luft schnappen, bevor sie zu Bett gingen. So führte die Dienstmagd sie in den Burghof zum Spielen.

Es dämmerte bereits und die Dienstmagd bemerkte die weiße Gestalt zuerst nicht, die starr über den Zaun am Rande des Burghofs blickte. Hinter dem Zaun lag ein alter Friedhof, der Leichof. Die Magd fror, denn ein frischer Wind zog vom Rhein herauf. Schnell wollte die Magd die Kinder von Ritter Günter wieder in die warme Burg bringen. Als sich die Magd dem Jungen zuwandte, erschrak sie fast zu Tode. Sie hatte die weiße Gestalt entdeckt. Die Gestalt sprach kein Wort, sah aber zum Fürchten aus. Bleich, schwarze Augen, rissige Lippen und grausame Gesichtszüge. Die Gestalt blickte nur über den Zaun und schien die Besitztümer von Ritter Hugo und Günter zu betrachten.

„Kinder, schnell zurück in die Burg!“, schrie sie die beiden

Mädchen und den Knaben an. Verwirrt und erschrocken über das Geschrei der Magd und die Frauengestalt am Zaun folgten Ritter Günters Kinder der Magd schnell in das Haupthaus der Burg. Die Gestalt, die eine Frau zu sein schien, ging stumm zurück zum Leichhof, wo sie hergekommen war.
Wenige Tage nach diesem Ereignis im Burghof erkrankten die Kinder des Ritters. Niemand konnte sich einen Reim darauf machen. Die Krankheit kam plötzlich und unerwartet. Erst schien es eine Erkältung zu sein, aber der Verlauf wurde immer heftiger, mit Fieber und Krämpfen.
Der Junge verlangte nach seiner Mutter und sprach leise zu ihr: „Nach sieben Tage werde ich sterben. Nach sieben weiteren Tagen wird meine Schwester, die Rina, sterben, und noch eine Woche später wird die Kleinere uns folgen. Das hat mir die weiße Frau gesagt."
Der Junge sollte Recht behalten. Nach dem Tod der Kinder starb ebenfalls die Mutter und die Magd. Zur selbigen Zeit starb auch Ritter Hugo und dessen ältester Sohn, die sich beide auf einer weiten Reise befanden."
Bern rülpste, dann schüttelte er den Kopf.
„Und das alles hier direkt um die Ecke? Da muss ich ja aufpassen, dass ich nicht schlecht träumen werde!", sagte er, dann knallte er den Bierkrug auf den Holztisch.
„Das alles ist nicht zu lange her, das war letztes Jahr. Also, seitdem sollte man die Gegend um das Schloss meiden", sagte Herimann und wischte sich den Schaum von den Lippen. Dann aber grinste er und flüsterte:
„Wobei ich eine Frau in Weiß schon jetzt gerne hier hätte. Nur sollte sie aus Fleisch und Blut sein und sie sollte willig sein!"
Sie lachten rau und Bern brüllte laut: „Das kannst du haben, ich kenne hier den Schankwirt ganz gut, er kann dir gerne eine willige Meretrix besorgen." Herimann bekam große Augen. Vergessen war das Gerücht über die weiße Frau, er dachte nur noch an die „freien Frauen" und stupste lüstern seinen Gefährten an:

„So mach doch, es käme mir gerade Recht."
Bern machte dem Wirt ein Zeichen und dieser schaute grimmig zurück. Er war dick, alt und hatte sicher bereits viel erlebt, doch Gäste, die zu lange unter seinem Dach weilten und tranken, machten in der Regel meist Probleme. Daher hätte er es lieber gesehen, wenn sie langsam auf ihre Kammer gehen würden.
„Habt Ihr immer noch nicht genug?" fragte er beim Näherkommen, doch Bern winkte ab, beugte sich vor und sagte leiser, damit es nicht direkt jeder mitbekam: „Eine oder zwei Meretrix? Ihr habt doch genug Kontakte?"
Der Wirt verdrehte die Augen, aber dann nickte er.
„Wenn Ihr zahlen könnt, sollt Ihr auch dies bekommen."
Bern und Herimann nickte begeistert, Herimann leckte sich bereits über die Lippen und der Wirt rief laut und für jeden hörbar quer durch die Schänke:
„Eddelint, hier sind zwei Herren, die verlangen nach dir…" Dann grinste er und sagte: „Zahlen könnt Ihr bei mir, Eddelint ist meine Magd. Sie wird Euch oben in der Kammer erwarten. Ihr müsst sie schon teilen, um diese Uhrzeit beschaff ich keine zweite mehr."
Bern und Herimann nickten, sie waren sich einig. Als sie nun sahen, wie eine junge, dralle Frau aus dem Nebenraum kam und rasch die Stiegen nach oben erklomm, boxten sie sich in die Seiten. Sie hatten genug gesehen. Die Magd Eddelint war jung, kräftig, sie hatte zwei dicke, blonde Zöpfe und ihr Hintern war dick und würde auch mit zwei Kerlen fertig werden. Sie lachten, gaben dem Wirt die geforderten Münzen, dann tranken sie leer und wollten sich nach oben begeben, doch Herimann sagte:
„Geh du schon mal vor, ich muss nochmal nach draußen …"
Der Abort lag direkt neben der Schänke in einem Verschlag und Bern nickte verständnisvoll, dann folgte er der jungen Frau nach oben.
Herimann seufzte zufrieden, dann ging er hinaus. Er hielt sich an der Wand der Schänke kurz fest, dann schwankte er in Rich-

tung Abort. Er hatte wohl doch mehr getrunken als gut für ihn war. Einen Augenblick verharrte er und sah sich um. War da ein Geräusch gewesen? Es war dunkel, ruhig und spät, aber als er nichts sah, schwankte er weiter.
Bern war gerade oben angelangt, hatte die Magd in Augenschein genommen, als er den Schrei hörte. Er schien aus tiefster Seele gekommen zu sein und er wusste sofort, dass es Herimann war. Er eilte zurück zur Stiege, rannte hinunter und da auch der Wirt und die anderen Gäste den Schrei gehört hatten, war einiger Tumult entstanden. Bern stieß die anderen Gäste, die draußen standen, beiseite und starrte sprachlos auf seinen Kumpanen, der da vor dem Abort lag. Er war tot, sein Gesicht war weiß, sein Mund zu einem Schrei geöffnet. Namenloses Entsetzen schien ihn getötet zu haben. Bern schaute in Richtung des Wäldchens, wo das Schloss Stammheim lag und er meinte eine Art Nebel zu erkennen, nicht groß an Fläche, er hatte eher die Form eines Kleides und war weiß…

1947

Jacob Schmitz, wegen seiner kohlrabenschwarzen Haare auch D´r Peschegraf genannt, war wütend. In seiner Stammkneipe hatte er Streit mit dem Wirt gehabt. Ein Rausschmiss war die Folge. Nun ging er missmutig die Stammheimer Hauptstraße in Richtung Schlosspark hinunter. Er wollte zurück nach Flittard, wo er und seine Familie seit einiger Zeit wohnten.
An diesem Novemberabend stimmte nichts. Weder das Kölsch schmeckte, noch war das Wetter angenehm. Es nieselte und kalter Nebel stieg auf. In Höhe der alten Kirche St. Mariä Geburt überlegte Jacob kurz, ob er zurückgehen und nochmals mit dem Wirt reden sollte. Doch er entschied sich dagegen. So stapfte er weiter und sollte dies schwer bereuen.

Wäre er doch bloß mit seinem Arsch zu Hause geblieben, dachte er für sich. In Höhe der Schlossmauer überkam ihn dann noch ein menschliches Bedürfnis. „Das muss ja jetzt auch noch kommen", schimpfte er leise vor sich hin. Zum Glück erreichte er gerade den Eingang zum alten Schlosspark. Der Schlosspark war nach englischem Vorbild angelegt. Das Schloss selber fiel dem 2. Weltkrieg zum Opfer und wurde komplett zerstört. Nur die Ruinen zeugten noch von seiner Existenz.
Für all das hatte Jacob Schmitz heute kein Auge. Sein Bedürfnis quälte ihn zu sehr. Endlich fand er ein passendes Gebüsch, um sich zu erleichtern.
Die weiße Gestalt, die aus dem Dunkel zu ihm hinüber starrte, bemerkte er zuerst nicht. Zu groß war die Not.
„Wenn mich jetzt jemand so sehen würde, das wäre das Dorfgespräch schlechthin", bemerkte Jacob leise, kicherte vor sich hin und fühlte sich schon besser. Erleichtert vom Druck nahm er jetzt seine Umgebung wahr und erschrak fast zu Tode. Die blöde Kuh gegenüber hatte ihn doch tatsächlich die ganze Zeit beobachtet. Er zog die Hose hoch und wollte sie zur Rede stel-

len, doch erst jetzt fiel ihm auf, wie bleich die Frau war. Die Gestalt sagte kein Wort. Mit hohlen Wangen und toten Augen blickte sie ihn an. Es war zwar dunkel, aber Jacob sah genug, um sich an die alten Geschichten zu erinnern. Stand vor ihm etwa die weiße Frau von Stammheim? Schreiend rannte er aus dem Stammheimer Schlosspark. Er sah sich um, konnte aber nichts mehr erkennen. Dennoch rannte er, als wäre der Teufel leibhaftig hinter ihm her.

Als er zu Hause ankam, war er sich nicht mehr sicher, was er genau gesehen hatte. War es eine Einbildung gewesen? Hatte er einfach zu viel getrunken? Dennoch, in seiner Erinnerung stand dieses Gesicht, diese toten, hohlen Augen und er schüttelte sich, bevor er die Haustüre aufschloss.

Was hatten die Leute immer erzählt? Wer die weiße Frau sieht, der verliert seine Liebsten… Oder einen nahen Angehörigen? Oder war derjenige selber zum Tode verurteilt? Jacob wusste es nicht mehr so genau. Er würde sich aber gleich morgen erkundigen. Sicher, nach den Kriegsjahren, in denen die Menschen so viel Schlimmes erlebt hatten, war der Sinn für die alten Geschichten verloren gegangen. Aber er kannte da den einen oder anderen, da würde er nachfragen können. Einige Dinge waren fest in der Geschichte verankert, da änderte auch ein Krieg nichts dran.

Ganz kurz erschrak Jacob, als er an seine Frau dachte. Sie würde sicher im Bett liegen und schlafen, oder? Hastig stieg der die kleine Treppe des Hauses nach oben, wo sich das Schlafzimmer befand und obwohl er sonst immer sehr leise war, wenn er spät nach Hause kam, trampelte er nun und rief sogar laut ihren Namen.

„Barbara?“, rief er, dann lauter „Frau! So antworte doch!“ Als er die Türe zum Schlafzimmer erreichte, flog sie ihm förmlich entgegen. Erschrocken hielt er inne, dachte zuerst, die Frau in Weiß hätte ihn verfolgt, doch dann erkannte er sie. Es war Barbara. Ein weißes Nachthemd hatte sie an, ihre Haare lagen wirr um

ihr Gesicht herum und ihr Mund war vor Wut verzerrt.
„Was schreist du hier so herum? Bist du nun vollkommen verrückt geworden?“, rief sie, aber Jacob war einfach nur so froh, dass er sie an sich drückte und dann sagte er in ihr Ohr, leise, doch noch so laut, dass sie es verstehen konnte:
„Ich dachte, du wärst tot. Ich dachte, ich hätte das Liebste verloren, was ich habe. Du kannst dir nicht vorstellen was mir passiert ist…“
„Doch, du hast gesoffen und bist nun durchgedreht“, sagte sie, war aber doch ein wenig verwundert, denn Jacob weinte nun, als er sagte:
„Nein, ich hab zwar was getrunken, aber dann bin ich am Schlosspark vorbeigegangen. Ich musste mal, bin in ein Gebüsch direkt an der Mauer gegangen und da stand sie. Sie zeigt auf mich, sie sah mich an, sie… DIE FRAU in WEIß…“
Seine Frau Barbara sog erschrocken die Luft ein. Auch sie kannte – wie alle in der Gegend hier – die Legenden, die sich um Schloss Stammheim und diese Frau in Weiß rankten, aber ihr Mann trank halt gerne mal etwas zu viel und – aber dass er weinte, hatte sie so noch nie erlebt.
Sie drückte ihn kurz, dann schob sie ihn von sich um ihm ins Gesicht zu sehen.
„Sicher hast du nur ….“ Weiter kam sie nicht, denn an der Haustüre klopfte es, jemand schlug mit der Faust vor das Holz und rief: „Macht auf, es ist etwas Schlimmes passiert!“

2015

Ein wunderschöner Morgen. Noch ein wenig frisch, aber es versprach, ein schöner Sonnentag zu werden.
Kevin fuhr mit dem Roller die Salvatorstraße entlang, gelangte auf die Stammheimer Hauptstraße und parkte seinen Roller – entgegen seiner Gewohnheit – direkt vor dem Eingang zum Schlosspark.
Eine Frau mit einem kleinen schwarzen Hund lächelte ihn an, im Park selber liefen zwei Jogger, sonst war noch niemand hier. Kevin brauchte auch keine Zuschauer, er wollte alleine sein, jedoch nicht bei Dunkelheit. Für das, was er jetzt machte, brauchte er weder Zeugen, noch seine Kumpels.
Es war eine Sache zwischen ihm und der weißen Frau.
Am Abend hätte er zu viel Angst gehabt, also war er ein wenig früher aufgestanden und würde nun vor Unterrichtsbeginn das machen, was er sich lange überlegt hatte.
Er schloss den Roller ab, nahm seinen Rucksack und ging den langen, asphaltierten Weg in Richtung Rhein.

Er hatte kein Auge für die Kunstwerke, die ihm überall begegneten. Dort waren Skulpturen, in den Bäumen hingen Kunstwerke, auf dem Rasen standen Gebilde, doch sein Blick war geradeaus gerichtet, genau auf die Stelle, wo er sie zuletzt gesehen hatte.
Kurz bevor er den Pfad erreichte, wo es zum Rhein ging, nahm er seinen Rucksack ab, stellte ihn vor sich und sah sich nach allen Seiten um.
Die Frau mit dem kleinen, schwarzen Hund war nicht mehr zu sehen, dafür ein Mann mit einem Schäferhund, der unten am Rhein entlangging. Er würde ein wenig warten. Gehetzt und nervös blickte er auf die Uhr, aber sein Zeitfenster war völlig ausreichend.
Links von ihm war die Erhöhung, unter dem der ehemalige

Kühlkeller des Schlosses liegen sollte, rechts von ihm war das Ulrich-Haberland-Haus. Es war damals von der Bayer AG für Pensionäre gebaut worden, diente dann als Studentenwohnheim und nun gab es ganz andere Pläne damit. All das interessiert ihn aber jetzt nicht. Er schaute sich nochmals um, sah aber niemanden.

Kevin öffnete den Rucksack, holte das Kreuz heraus, sowie seine Tupperdose, in der sonst immer seine Brote lagen.

Das kleine Holzkreuz, das er selbst gebastelt hatte, war nur 10 Zentimeter hoch. Er steckte es einfach ins hohe Gras am Abhang zum Rhein.

Dann nahm er aus seiner Dose eine Knoblauchzehe und legte sie zu dem Kreuz. Anschließend griff er in seine Hosentasche, holte eine kleine, schwarze Filmdose heraus, öffnete sie vorsichtig und schüttete die Flüssigkeit über das Kreuz.

Es war Weihwasser, das er aus der Kirche St. Mariä Geburt geholt hatte.

Viel mehr war ihm nicht eingefallen. Er hatte auf seinem Handy gegoogelt, was es an Abwehrmechanismen gegen unnatürliche Erscheinungen gab. Knoblauch gegen Vampire, Weihwasser ebenso. Das Kreuz gegen alles, was vom Teufel kam, fehlte noch Silber, das bei Werwölfen half.

Tief in seiner Hosentasche kam nun der kleine Anhänger zum Vorschein, den er seiner Mutter aus der Nachttischschublade genommen hatte. Er legte ihn vorsichtig dazu, dann trat er einen Schritt zurück.

Zufrieden atmete er aus, sah sich um. Niemand in der Nähe, keiner, der ihn beobachtet hatte und – was noch besser war – KEINE weiße Frau. Weder auf dem Rhein, noch in irgendeinem Gebüsch. Da war nichts zu sehen. Ob der Zauber bereits half? Kevin war an sich nicht abergläubisch, er tat dies sonst immer als Unsinn ab, doch seine Angst hatte ihn jetzt in diese Richtung getrieben.

Nun fühlte er sich direkt viel besser. Aus Gründen des Respekts

hatte er seinen Roller draußen gelassen, war zu Fuß gegangen. Auch hatte er nicht geraucht, sondern sogar die Hände zum Gebet gefaltet. Ein Gebet war ihm zwar nicht eingefallen, aber die Geste alleine zählte ja.
Nun fühlte er sich leichter. Fast befreit. Er versuchte, in sich hinein zu fühlen, ob da eine innere Kälte war, aber die ersten Sonnenstrahlen des Tages wärmten sein Gesicht. Er fühlte sich leicht und so froh.
Das Ritual schien seine Wirkung zu tun.
Kurz nickte er dem Kreuz noch zu, dann wandte er sich ab und ging wieder in Richtung des Ausganges, wo auch sein Roller noch stand. Fast hatte er Tränen in den Augen. Die Erleichterung war ihm deutlich anzusehen. Er schulterte seinen Rucksack, setzte den Helm wieder auf, dann fuhr er los.
Sein Weg führte ihn an der Kirche vorbei, die Stammheimer Hauptstraße herunter bis zum Stammheimer Ufer, dann bog er in die Hofstraße ein.
Kurz bevor es zum Erich-Gutenberg-Berufskolleg ging, in Höhe der Bushaltestelle an der Physio-Praxis, sah er plötzlich überall Blaulichter, und ein Polizeiwagen stand quer über der Straße als Absperrung.
Kevin hielt, nahm den Helm ab, erkundigte sich was los wäre, aber die Polizistin an der Absperrung sagte ihm nichts. „Ein Unfall!“ , war ihr einziger Kommentar, danach versuchte sie ihn weg zu scheuchen.
Ein Vibrieren in der Hosentasche verriet ihm eine Nachricht über WhatsApp. Kevin zog das Handy heraus, als es bereits wieder brummte und summte. Laufend kamen neue Nachrichten herein und stirnrunzelnd öffnete er die erste Nachricht.
Das Handy fiel ihm aus der Hand, knallte auf den Boden, aber das schien er nicht zu merken. Er stellte sich neben den Roller, dieser kippte um, aber auch das schien ihn überhaupt nicht zu interessieren. Die Polizistin kam auf ihn zu, fragte irgendwas, aber Kevin hörte nichts mehr. Er hatte ein Rauschen in den Oh-

ren, sein Herz schlug so laut, dass es wie Kirchengeläut klang. Eine eisige Faust griff nach seinem Herzen und er sah die Nachricht ganz deutlich vor sich, konnte oder wollte sie aber nicht wahrhaben: „Kristin ist tot. Mann, ey Alter, die ist auf dem Weg zur Schule von einem Bus überrollt worden!“

„Hier sitzen die also meist rum?“, fragte sie, und Achim Prandel, 54 Jahre, Oberkommissar mit Spitzname Zelti, nickte lächelnd. Er sah aus wie Zeltinger, seine Glatze war glatt und glänzte, ein Schnurrbart thronte als einzige Haarpracht in seinem Gesicht und seine Augen, leicht zusammengekniffen, schienen die ganze Umgebung zu fixieren. Er war „ne Kölsche Jung“, wie seine Kollegen gerne sagten, aber man sollte ihn nicht unterschätzen, denn seine Aufklärungsquote lag weiter über der seiner Kollegen.

Seine dienstliche Partnerin, Anja Jemel, 29 Jahre alt, Kommissarin und außergewöhnlich hübsch, blond und sportlich, verzog ihr schmales Gesicht. „Ein Schlosspark als Treffpunkt für Jugendliche?“

Prandel nickte, deutete auf die Kirche links von ihnen und sagte: „Sischer dat …“, dann wechselte er vom Kölsch ins Hochdeutsche und ergänzte: „Die Jugend hat hier doch alles, was sie braucht. Einen Treffpunkt, moderne Kunst, Grün, den Rhein, zentrale Lage, Ruhe und – falls erwünscht, auch ein wenig Gruselromantik.“

Als Anja ihn fragend ansah, seufzte Prandel und erklärte:

„Siehst du zum Beispiel diese Kirche. Vor ungefähr 15 Jahren fand man dort bei Renovierungsarbeiten zwei mumifizierte Leichen. Sie liegen wohl seit der Jahrtausendwende dort begraben. Niemand weiß, um wen es sich dabei handelt. Es gibt Geschichten von der alten Burg, von Rittern, einer Fürstenfamilie, es gibt so viel zu erzählen, dass diese Fakten dich erschlagen würden, wenn ich dir alles jetzt erklären müsste. Also, fasse dich in Geduld. Ich werde es nach und nach versuchen. Zuerst müssen wir mal den Treffpunkt der Clique finden und dann einfach mal was probieren.“

„Wo lagen diese Leichen?“ fragte sie, und Pradel ergänzte nur kurz:

„Unter dem Fußboden.“

Anja nickte. Sie hatte interessiert zu der Kirche geblickt und

sich kurz gefragt, ob es wahr wäre. So alt? So viel Geschichte in diesem kleinen Schlosspark? Aber dann war sie zielstrebig an der Seite von Prandel weitermarschiert und hielt Ausschau nach den Jugendlichen, die sich hier immer treffen sollten. Der Tipp kam von einem Lehrer der toten Schülerin und sie wollten nichts unversucht lassen. Zeugen hatten angegeben, dass sie von einer „Person“ gestoßen worden wäre…, das langhaarige, hübsche und so junge Mädchen war sofort tot gewesen, als die schweren Räder des Busses der KVB sie überrollt hatten.
Sie brauchten nicht weit zu laufen, da sahen sie schon die Bänke und die abgestellten Roller. Jugendliche standen oder saßen herum, aber es gab keinen Lärm, alle machten einen eher niedergeschlagenen Eindruck. Als Prandel mit seiner hübschen Begleitung den Treffpunkt erreichte, zückten sie sofort die Ausweise, während sich Prandel genau in die Mitte des Halbkreises stellte und mit lauter Stimme verkündete:
„Ich bin Oberkommissar Prandel von der Kripo Köln, das ist meine Kollegin Jemel. Wir sind wegen Kristin hier, hätten da ein paar Fragen.“
Die Köpfe hoben sich, aber niemand sagte etwas. Zwei Mädchen weinten, ein Junge saß bleich und mit versteinertem Gesicht auf der Lehne einer Bank und schaute auf den Rhein, als würde er die Polizisten gar nicht sehen.
„Was für Fragen?“ fragte dennoch ein Junge, und Prandel nickte ihm zu, als er sagte:
„Es gibt Zeugen, die haben vielleicht etwas gesehen. Ungenaue Angaben, aber wir ermitteln da in alle Richtungen. Wer von euch war denn zum Zeitpunkt des Unfalls in der Nähe?“
Der Junge schüttelte den Kopf, ein Mädchen hob die Hand. Als Jemel sie fragend ansah, sagte sie nur:
„Ich war dabei. Das habe ich aber der Polizei schon gesagt. Ich stand vielleicht fünf Meter hinter Kristin. Wir haben alle da nur rumgestanden, als der Bus kam. Viele waren mit ihrem Handy beschäftigt, wie das nun mal heute so ist, einige haben was rum-

gealbert, dann sah ich zu dem Bus, der gerade angefahren kam. Kristin stand direkt an der Bordsteinkante … und dann hatte sie die Arme hochgerissen, ein Schrei, dann lag sie unter dem Bus. Der rollte genau über sie drüber. Dabei war er gar nicht schnell, er ist auch nicht mehr weit gefahren, aber sie lag halt genau drunter und …“, sie brach ab, weinte und Anja Jemel fragte mit leiser, aber eindringlicher Stimme:
„Hast du jemanden gesehen der sie geschubst hat? Irgendetwas?“
Sie zuckte mit den Schultern, schüttelte den Kopf. Sie schien zu zögern…
„Da war nur der Moment, als sie nach vorne fiel.“
„Sag ihr doch, was du mir gesagt hast!“, rief ein Junge nun. Sie sah ihn böse an, dann aber neigte sie ein wenig zweifelnd den Kopf und schaute auf ihre Füße, als sie sagte:
„Ich meine, da war etwas. Bin mir aber nicht sicher. So was wie weißer Rauch, der da plötzlich war. Könnten aber auch Abgase vom Bus gewesen sein…“
„Abgase sind HINTER dem Bus und nicht weiß“ ,sagte Jemel und das Mädchen nickte. „Ja, war schon komisch. Aber nicht alle haben das gesehen. Wir haben uns natürlich untereinander unterhalten, aber wirklich sicher war sich niemand. Vielleicht hatte da jemand auch nur geraucht… Aber es sah aus, als wäre der weiße Rauch in ihrem Rücken gewesen und dann flog sie nach vorne und …“
Prandel griff ein, als er sagte:
„Hast du das auch so angegeben?“
Sie schüttelte den Kopf und er nickte, lächelte; dann legte er seine Hand auf ihre Schulter.
„Alles ist wichtig, daher werden wir das noch ergänzend an deine Aussage anfügen. Hast du deinen Ausweis dabei?“
Das Mädchen nickte und gab ihm ihren Ausweis. Jemel schrieb die Daten ab, während Prandel noch zu den Jungs schlenderte, hier eine Frage stellte, dort mitfühlende Worte sagte. Dann kam er zu dem Jungen, der immer noch ohne eine Regung auf den

Rhein starrte. Er sprach ihn an. Der schien ihn aber nicht zu hören. Erst als er ihn am Bein rüttelte, schaute der Junge irritiert zu Prandel und sagte:
„Es ist alles meine Schuld. Ich habe sie getötet. Und es werden noch mehr sterben."

Matthias Hofer standen die Schweißperlen auf der Stirn. Es war ein warmer Tag und irgendwelche Vandalen hatten mal wieder sein Kunstwerk versetzt. Ein knallroter Kegel, Beton und Holz, sollte verdeutlichen, dass die Natur im Einklang mit Künstlichkeit leben konnte. Nur hatte der Kegel mal wieder einen Meter neben dem von ihm gewählten Standort gelegen, dazu war er umgeworfen worden. Hofer dachte darüber nach, eine Sicherung anzubringen. So ging es nicht weiter, das war das vierte Mal in diesem Jahr und er konnte nicht ständig darauf aufpassen. Er hatte noch andere, wichtige Dinge zu tun. So war er sehr engagiert im Hinblick auf das Haberland-Haus. Es gab Pläne, es abzureißen, um irgendwelchen Reichen Eigentumswohnungen hin zu bauen. Klar, Rheinblick mit integriertem Schlosspark, die Dinger würden weggehen wie warme Semmeln, aber nicht mit ihm. Nicht, solange Hofer es verhindern konnte. Er hatte Unterschriftensammlungen organisiert und er wäre auch bereit, viel mehr zu tun. Es war ihm ein persönliches Anliegen. Damals, als es nicht mehr für die Bayer Pensionäre gebraucht wurde, war es in ein Studentenwohnheim umgewandelt worden. Danach gab es Pläne für andere Verwendungen, darunter sogar ein Projekt „Wohnen am Strom."
Man wollte für die Oberschicht Wohnungen schaffen.
Aber er war für ein Altersheim und genau das war auch die richtige Verwendung dafür. Auch er würde einmal alt sein, dann war das der Ort, an dem er gerne wohnen würde. Also setzte er sich mit allem, was er hatte dafür ein, dass dieses – noch – denkmalgeschützte Gebäude erhalten blieb. Die Stadt Köln hatte doch tatsächlich beantragt, den Denkmalschutz aufzuheben, aber er würde das zu verhindern wissen.
Aber nicht, wenn er ständig dieses Mistding von Kunstwerk geraderücken müsste.
Er drückte noch ein Stück, dann stand es, wie es stehen sollte. Schnaufend und schwitzend lehnte er sich dagegen, seine Haare hingen ihm wirr vom Kopf, sein Spitzbart am Kinn zitterte, aber

er war vorerst zufrieden. Er wollte sich gerade strecken, als er eine zuckersüße Stimme hörte.
„Na, Mattes, wieder mal ein wenig körperliche Ertüchtigung?"
Er brauchte sich nicht nach ihr herumzudrehen, er wusste auch schon so, wer da hinter ihm stand.
„Susi, die Malerin. Kein Pinsel in der Nähe?", sagte er, ihr immer noch den Rücken zukehrend. Langsam sah er ihren Schatten, während sie um ihn herum ging. Die Augen verdrehend, blickte er sie an.
Susanne Schäfer war Malerin, 34 Jahre alt, schulterlange blonde Haare und ein bildhübsches Gesicht. Eigentlich sein Beuteschema, aber Susi hatte Haare auf den Zähnen. Sie war eine Malerin, die seine Kunst lächerlich fand und keine Gelegenheit ausließ, ihm dies auch zu zeigen.
„Vielleicht denken die Menschen es ist Müll und wollen es einfach entsorgen?", lachte sie, und Hofer knirschte mit den Zähnen.
„Will sie mit mir flirten oder kämpfen?", dachte er, dann lächelte er freundlich und entgegnete:
„Skulpturen kann man schon als Kunst erkennen. Deine Bilder jedoch brauchen besonderen Schutz, in der Nähe ist ein Kindergarten und manchmal könnte man meinen …" Er kam nicht weiter, Susanne Schäfer unterbrach ihn, indem sie laut rief:
„HILFE, HILFE, der Mann hier macht mir unsittliche Angebote!"
Mehrere Köpfe drehten sich zu ihnen herum, eine Frau schaute entrüstet, ein Mann in der Nähe baute sich kampfbereit auf, aber lächelnd winkte sie ab und rief:
„Schon gut, ich habe keine Angst, er kann nur reden, sonst nichts!" Dann lachte sie, kam näher an ihn heran und flüsterte:
„Kümmere dich lieber um dein Haberland-Haus. Da schleichen ständig Jugendliche drum herum. Irgendwann fackeln die das ab und dann war es das. Da hilft dann auch kein Denkmalschutz mehr. Das ist es doch, was die Stadt will. Warum, glaubst du,

erlauben die den Jugendlichen überhaupt, hier im Park zu sein?"
Sie hatte seine empfindliche Seite getroffen und wusste dies. Langsam drehte sie sich herum und er sah ihr nach. Ihre langen Beine waren nackt unter einem kurzen, roten Rock. Ihre knallgelbe Bluse wirkte viel zu eng und ihre Pumps zu hoch. Unsittliche Angebote? Kein Wunder, jeder musste sie für eine Hure halten. Wütend zischte er ihr hinterher:
„Du siehst aus wie die Schlossparknutte persönlich…", aber sie winkte nur rückwärts, ohne sich umzudrehen und er meinte, sogar noch ein Kichern zu hören.
Hofer schüttelte den Kopf. Die Passanten waren mittlerweile einfach weitergegangen und er schlenderte nun auch zum Haberland-Haus hinüber. Unfassbar, was einige Leute hier vorhatten. Einmal hatte es sogar den Vorschlag gegeben, Häuser direkt am Damm zu bauen. Aber da hatte Gott sei Dank der Hochwasserschutz etwas dagegen. Und er würde auch weiteren Wohnraum verhindern. Kaum vorzustellen, wenn sich Neureiche, Menschen wie beispielsweise dieser Schäfer, hier einkaufen könnten. Doch warum hatte sie ihm den Hinweis auf diese Jugendlichen gegeben? Ganz so Unrecht hatte sie damit nicht. Er würde sie wohl besser im Auge behalten müssen.

Als er am Haberland-Haus ankam, ging er westlich um die große Terrasse herum, schaute auf die Fenster, und in seiner Phantasie sah er das Gebäude so, wie er es gerne gesehen hätte. Eine große Rundterrasse, Glasfenster bis zu den Längsseiten. Davor eine Treppe, damit man auch vom Park aus hochkam. Die lange Gebäudeseite selber sollte heller, freundlicher und moderner gestaltet werden, eine komplette Innenrenovierung und ansonsten nur noch andere Zufahrtswege. Eine Sache der Logistik. Er, als Künstler, hatte ein Auge dafür. Alt und neu verbinden. Denkmalschutz bewahren und dennoch moderne Architektur einbauen. Das geht. Wie die Altstadt von Hameln, an der er sich nicht sattsehen konnte. Dort gab es ebenfalls diese tollen Gebäude, alt und neu, Denkmalschutz und Glasfassaden, Gebäude, die unvorstellbar schön waren. Auch hier könnte dies geschaffen werden. Aber nur als Altenwohnheim. Für soziale Zwecke und nicht für reiche Menschen, die einfach nur das Privileg hatten, mehr Geld als andere zu besitzen.

Schon wieder knirschte er mit den Zähnen, aber er merkte es nicht mehr. Sein Spitzbart zitterte und er ballte die Fäuste. Langsam schweifte sein Blick in die Umgebung. Von Susanne Schäfer sah er nichts mehr, dafür aber einige Jugendliche, die nicht weit entfernt auf der Erhöhung im Halbkreis auf den Bänken saßen. Die Roller waren verstreut davor aufgebaut und niemand, der sie verscheuchte. Bierflaschen und Zigarettenkippen würden zurückbleiben, bemerkte er grimmig. Susanne hatte Recht. Dies könnte tatsächlich ein Grund sein. Die Stadt hatte ja schon viel versucht.

Hofer schaute auf die Uhr. Noch zwei Stunden. Er hatte einen Termin mit einem Mitarbeiter der Stadt Köln. Genau genommen, ein leitender Angestellter des Dezernats IV, das für die Stadtentwicklung, Planen, Bauen und Verkehr zuständig ist. So oft schon hatte es Sitzungen gegeben, aber nie tat sich etwas. Die Stadt Köln war immer noch Eigentümer, aber es bewegte sich nichts. Stadt, Interessenverbände und eben die Bürgervereine aus Stammheim und Flittard, stritten ständig und es war keine Lösung in Sicht. Vielleicht könnte er heute Herrn Hattung ein wenig Feuer unter dem Hintern machen, um endlich zu erfahren wie es mit dem Haberland-Haus weitergehen sollte.

Kevin hatte Angst. Nun hatte es sie getroffen und wer wusste, wer als Nächstes dran war? Vielleicht seine kleine Schwester? Seine Mutter? Er selbst? Was hatte er in seinem Kopf gehört? Oder waren es eher die alten Geschichten gewesen, die ihn als Kind schon fasziniert hatten und der Rest war pure Einbildung? Aber Kristin. Sie war tot. Umgebracht, von einer Geisterfrau vor den Bus geschubst. Und er wäre der Nächste, da war er fast sicher.

Todesmutig gab er Gas. Er rauschte mit vollen 40 km/h in die Kurve und steuerte auf das Eiscafé „de Marco" zu. Draußen vor dem Fahrradständer bremste er scharf; einige Leute schauten missbilligend zu ihm herüber, aber einem Todgeweihten war das egal. Er zog den Helm ab, hing ihn an den Lenker und betrat die Eisdiele. Rechts waren Tische. Dort, wo es eine kleine Treppe zur Toilette hinunterging, saß Bea an einem kleinen Tisch. Sie hatte ihm eine Nachricht geschickt, nun musste er mit ihr reden.

Ohne die Bedienung, die links vom Eingang hinter dem Tresen stand, zu beachten, ging er auf sie zu, setzte sich und sagte:

„Da bin ich. Rede!"

Sie schaute überrascht zu ihm auf. Sicher, sie hatte ihm eine Nachricht geschickt sie hatte sich mit ihm verabredet, aber dieses theatralische Auftreten hatte sie verwirrt. Bea war 16 Jahre alt, klein, ein wenig mollig und sie hatte kurze, dunkle Locken. Dennoch war sie hübsch, selbstbewusst und eigentlich hatte sie schon lange ein Auge auf Kevin geworfen, sich aber nie getraut, es offen zu zeigen.

„Willst du dich nicht erst einmal setzen? Etwas bestellen?"

Kevin atmete tief durch, nickte, dann setzte er sich. Er hatte keinen Blick für Beas Schönheit; ihre Weiblichkeit verfehlte bei ihm ihre Wirkung, was aber auch daran lag, dass er einfach nur noch den Tod vor Augen sah.

Erst als Bea ein wenig näher an ihn heranrückte, er sie nun riechen und fast fühlen konnte, wurde er sich ihrer Nähe bewusst.

Irritiert schaute er sie an und Bea lächelte, als sie ihm nun eröffnete:
„Ich muss dir was sagen, was ich sonst noch niemandem gesagt habe... wegen dem Unfall mit Kristin!"
„Unfall? Es war wohl eher Mord!", zischte Kevin und sah sich bei diesen Worten um, ob jemand ihn gehört haben könnte. Bea fasste ihn jetzt am Unterarm und zwang ihn, sie anzusehen, als sie leise, aber bestimmt sagte:
„Nein, es war kein Mord, es war einfach nur ein Unfall. Ich stand zwar nicht direkt hinter ihr, aber ein wenig entfernt und hatte alles im Blick. Ich suchte gerade jemanden in dem Pulk von Personen, als es geschah. Einige Leute rauchten, daher auch der Rauch, den einige angeblich gesehen haben wollen. Da wurde gestoßen und gelacht, aber niemand hat da absichtlich ... ich meine, das alles ist einfach nur ein absolut blöder Unfall gewesen."
Kevin knirschte mit den Zähnen. Er fühlte die Wärme ihrer Hand auf seinem Unterarm. Er roch ihren Duft. Süß, schwer, doch gleichzeitig frisch und verführerisch. Er meinte, sogar den Geruch ihres Shampoos zu riechen, und als sie sich vorbeugte, spürte er ihren Atem und musste sich beherrschen, sie jetzt nicht zu küssen. Auch wenn das, was sie ihm sagte, nicht in seine Ansichten passte, war er von ihrer weiblichen Wirkung so plötzlich und stark betroffen, dass er gar nicht anders konnte, als schwer zu schlucken und mit belegter Stimme zu sagen:
„Da muss ich drüber nachdenken..." Er hätte gerne gesagt „Du bist schön, du riechst gut, ich möchte dich küssen, ich möchte mehr mit dir machen", aber all dies blieb ihm in Halse stecken. Die Ambivalenz seiner Gefühle war unglaublich. Einerseits gab es da die Angst vor der Frau in Weiß, dem Tod schlechthin, und andererseits waren da die Reize von Bea, die ihm sagten, dass das Leben weiterging und so schön sein konnte.
Die Bedienung brachte seine Cola und Kevin nickte nur kurz, dann konzentrierte er sich wieder auf Bea, die immer noch ihre

Hand auf seinen Unterarm gelegt hatte und ab und an etwas zudrückte. Jeder Druck verursachte eine Gänsehaut auf seinem Körper und er war kaum noch imstande, klar zu denken. Wurde er hier gerade verhext? War dies einfach nur ein weiteres Spiel von der Frau in Weiß? War er in Wirklichkeit einfach schon dem Wahnsinn nahe? Bea schien seine innere Zerrissenheit zu spüren, sanft streichelte sie seinen Arm, dann sagte sie:
„Du musst dir weder eine Schuld geben, noch Angst haben. Alles ist gut und auch wenn es dir schwerfällt, du musst loslassen."
„Loslassen? Was soll ich loslassen?"
„Deine Liebe zu Kristin…, sie ist tot, niemand hat Schuld, aber du kannst ihr nicht ewig nachtrauern…"
„Ewig? Meine Güte, das ist FRISCH und natürlich gebe ich mir die Schuld." Er zog heftig seinen Arm weg und sofort verschwand das angenehm warme Gefühl ihrer Hand, aber das ihm nun egal. Voller Wut sagte er, lauter, als er es wollte:
„Verlangst du von mir, dass ich sie einfach so vergesse und neu anfange? Das ist zu früh, und …" Tränen traten ihm in die Augen, Kristins Bild manifestierte sich vor seinen Augen und mit einem Schluchzen rückte er nach vorne, sein Kopf lehnte gegen Beas Schulter und sie tätschelte seinen Rücken. Kevin schämte sich seiner Tränen nicht. Sein Kopf rutschte noch ein wenig weiter und er konnte ihre Brust fühlen. Trost, Wärme, aber auch etwas anderes, etwas, das hier nicht hingehörte, ergriff Besitz von ihm und erschrocken zog er sich zurück. Er starrte sie an, dann sprang er auf.
„Nein, das geht jetzt nicht. Auf keinen Fall. Wenn ich Gefühle für dich entwickle, dann wirst du sterben. Ich möchte nicht, dass du getötet wirst, also ist es besser, wenn ich dich hasse."
Kevin drehte sich um und rannte hinaus. Beas erschrockenes Gesicht sah er nicht, er wollte nur noch fort. Er musste nach Hause, sehen, ob dort alles in Ordnung war. Noch ein Todesfall und er würde sich selber richten.
Vielleicht wäre es dann vorbei.

1947

Na ja, Jacob konnte jetzt nicht sagen, dass sie das Liebste war, das er kannte, aber gemocht hatte er sie schon.
Nun saß er mit seiner Frau Barbara gemeinsam am Küchentisch und war auf der einen Seite froh, musste aber auf der anderen den trauernden Schwiegersohn spielen. Barbaras Mutter war gestorben, im hohen Alter zwar, aber dennoch plötzlich und ohne ersichtlichen Grund. Die Nachbarin hatte einen Topf Essen herüberbringen wollen, und da hatte sie dann gelegen. Einfach auf dem Boden. Tot und kalt. Sie hatte geschrien, der Topf war auf den Boden geknallt und der Inhalt teilweise über die arme, alte, tote Frau verteilt worden, aber das machte nichts mehr. Todesursache war wohl ein schwaches Herz oder „der Schlag", wie er so oft vorkam.
Man hatte dann bei Jacob und Barbara geklopft und ihnen die traurige Mitteilung überbracht. Nachdem Barbara hysterisch kreischend zum Fundort gerannt war und Jacob ihr beigestanden hatte, war nun alles soweit erledigt. Jacob war jetzt nur noch müde.
Die weiße Frau…, hatte sie zugeschlagen? War das eine erste Warnung? Wer würde nun folgen und – die wichtigste Frage: kam er bald an die Reihe?
Jacob brach der Angstschweiß aus. Er sah aus den Augenwinkeln seine Frau an. Würde sie als nächstes Opfer dran glauben müssen?
Die alte Sage sagte ja: Erst alle Lieben um einen herum, danach war man selber dran. Er hatte also keinen Grund zur Panik. Er musste erst beobachten,was um ihn herum so passierte, dann erst würde es ernst werden. Was sollte er tun? Es gab kein Gegenmittel, wer die weiße Frau sah, war eigentlich immer des Todes. Obwohl…, es sollte auch einige gegeben haben, die hatten diese weiße Frau wohl auch gesehen und diese Begegnung überlebt. Geschichten darüber gab es genug.

Jacob atmete tief durch und öffnete erneut eine Flasche Bier. Seine Frau sah ihn missbilligend an.
„Muss das jetzt sein?"
„Ja, das muss jetzt sein!", sagte er nur und trank einen großen Schluck. Er dachte nach. Konnte er sich getäuscht haben? War es vielleicht nur eine Einbildung? Wenn man getrunken hatte, wenn es dunkel war und die Angst einem einen üblen Streich spielte, da konnte man schon … aber nein, er hatte ja sogar zuerst gedacht, es wäre eine wildfremde Frau, die ihn beobachten würde und dann war ihm erst bewusst geworden, dass es DIE Frau war. Die weiße Frau des Todes.
„Sie war alt…", sagte Barbara und Jacob brauchte einen Moment, um zu begreifen, was sie meinte. Dann erst nickte er.
„Ja, sie war alt und sie wurde nicht ermordet."
„Wie kommst Du darauf, dass jemand sie ermordet haben könnte?", fragte Barbara nun, und Jacob verdrehte genervt die Augen.
„Weil man im ersten Moment ja nicht wusste was los war. Ich meine …"
„Du meinst, weil du die Frau in Weiß gesehen hast? Musste meine Mutter vielleicht deswegen sterben?"
Jacob war nun in der Zwickmühle. Was konnte er sagen? Wenn er ihr jetzt klarmachen würde, dass dann NUR die Liebsten in der Umgebung getötet würden, er seine Schwiegermutter aber weiß Gott nicht zu diesen Leuten zählen mochte, hätte er kurze Zeit später die Bierflasche auf den Kopf gekriegt. Nachdenklich bewegte er den Kopf hin und her, zuckte mit den Schultern und meinte:
„Ich glaube nicht. Dann hätte es eher mich getroffen, oder dich…"
Barbara verzog das Gesicht, ihre Mundwinkel drückten Abscheu aus und leise flüsterte sie: „Was nicht ist, kann ja noch werden."
Jacob zuckte erneut mit den Schultern.
„Wir werden sehen …", sagte er, nahm noch einen Schluck Bier, dann stand er auf. „Wir müssen uns über eine Menge Sachen

Gedanken machen. Was ist mit dem Nachlass deiner Mutter, wie machen wir es mit der Beerdigung und all diese Fragen. Ich denke, da bleibt jetzt keine Zeit für irgendwelche Spekulationen."

Barbara nickte, zuerst zögernd, dann entschlossen.

„Ja, stimmt, es hat keinen Sinn, hier zu sitzen und zu warten. Wir werden sehen was kommt. Wir leben ganz normal weiter. Wenn in den nächsten Tagen etwas Schlimmes passiert, können wir es nicht ändern, aber dann wissen wir, woran wir sind. Wenn nichts passiert, dann war es wohl ein Trugbild, das du gesehen hast. Ich werde mich davon jetzt nicht mehr verrückt machen lassen. Ich glaube auch nicht, dass die weiße Frau ausgerechnet meine Mutter ausgesucht hätte. Das ist alles bloß ein Zufall."

2015

Bea schwitzte, aber sie gab nicht auf. Sie keuchte, hob die schwere Hantel wieder auf und drückte sie nach oben, einmal, zweimal, dann knallte sie auf den Boden und Bea bückte sich keuchend, atmete durch und betrachtete sich im Spiegel. Was sie da sah, gefiel ihr noch nicht richtig, aber sie war auf dem besten Weg. Ihr Tank Top klebte am Körper, ihre großen Brüste glänzten vor Schweiß. Ihre kurzen, weißen Shorts hatte überall nasse Flecken, ihre Beine waren ebenfalls mit einem feinen, nassen Film bedeckt. Sie machte nun bereits seit zwei Stunden ihre Übungen, gönnte sich nur kurze Pausen, wechselte ständig: Übungen auf dem Boden, dann Krafttraining, zehn Minuten Laufband, dann wieder Übungen. Und das würde sie auch noch eine halbe Stunde durchhalten müssen. Zwei bis drei Stunden am Tag, mindestens viermal in der Woche, das war ihre persönliche Vorgabe. Ihr Ziel? Eine gute Figur. Schlank, sportlich, fit und endlich attraktiv sein. Das war ihr mehr wert als alles andere. So, wie es momentan war, mochte sie nicht mehr weiterleben.

Sie schüttelte ihre schweißnassen Haare und die Tropfen flogen nur so, was sie zum Lachen brachte.

Mit jedem Schweißtropfen kam sie ihrem Ziel ein Stück näher. Mit jeder Übung folgte sie ihrer persönlichen Linie. Vielleicht würde Kevin dann Notiz von ihr nehmen? Oder er wäre dann sogar eifersüchtig, wenn sie mit anderen Jungs flirten würde? Ja, das wäre es. Vor seinen Augen. So, wie sie immer hatte leiden müssen, wenn er vor ihren Augen mit anderen Mädchen herum gemacht hatte, ohne sie auch nur zu beachten. Ja, es hatte weh getan, aber sie wusste ja auch, warum das so war. Ihre Oberschenkel waren dicker als die der anderen Mädchen. Ihr Hintern, er war runder, dicker und nicht so knackig. Ihre Arme, ihr Bauch, ihre ganze Erscheinung …

Sie schüttelte sich, warf einen Blick in den Spiegel und grinste, trotz der Anstrengung – sie hielt ihren Körper in der Hocke – und war zufrieden. Ja, sie war definitiv auf dem richtigen Weg. Acht Kilo im letzten Monat. Und das, obwohl ihr Körper an Muskelmasse gewaltig zugenommen hatte. Ein Nebeneffekt, aber ohne Sport ging es halt nicht, und sie wollte auch sportlicher sein.

In der Eisdiele hatte sie seine Reaktionen beobachten können. Am liebsten hätte sie laut gejubelt. Er war auf ihre körperlichen Reize angesprungen, das konnte sie genau spüren, ihr Herz hatte vor Freude gerast. Als sie dann ihre Hand auf seinen Unterarm gelegt hatte... seine Gänsehaut, sein irritierter Blick, es war ein einziger Triumph gewesen. Als er dann seinen Kopf geneigt und sie ihn an ihre Brust gedrückt hatte, war sie kurz davor gewesen, laut zu jubeln. Aber sie hatte sich beherrscht. Es war noch zu früh. Sie wollte ja nicht einfach nur Kevin, sie wollte einen geläuterten Kevin. Er musste ja auch begreifen, WAS er in der Vergangenheit so falsch gemacht hatte. Er musste es einsehen. Und wenn er das begriffen hatte, musste er erkennen, dass SIE, Bea, die einzige Frau in seinem Leben sein konnte.

Doch zuerst – das wusste sie als einfühlsame Frau – musste er leiden. Er sollte zusehen, wenn sie einen Jungen küsste, vielleicht sogar ein wenig mehr. Die Eifersucht sollte brennen wie ein heißer Stein, sollte in seinem Innern ein Feuer entfachen, das niemals zu löschen wäre. Erst dann, erst wenn dieses Feuer der Liebe entflammt war, wäre sie bereit für ihn. Und dann könnte nichts in der Welt sie mehr trennen.

Bea beobachtete ihre Brust. Ihre Warzen hatten sich bei ihren Gedanken aufgerichtet und verblüfft stellte sie fest, dass diese Ideen sie erregten. Ja, es machte Spaß, wenn sie sich diese Szenen vorstellte. Er auf einer Bank im Schlosspark. Sie ein Stück neben ihm, mit einem anderen Jungen. Vielleicht Maik? Ja, er schaute sie öfter so komisch an, er würde bestimmt mitmachen. Sie könnte sich auf seinen Schoß setzen, verkehrt herum, ihn dann küssen und dabei Kevin beobachten. Wie er sie ansehen

würde. Dann könnte sie Maik das Hemd aufknöpfen, an seiner Brust spielen und sich an ihm reiben. Dabei würde sie Kevin ansehen. Offen, damit er ihren Blick erwidern könnte.
Bea keuchte, sie wurde sich bewusst, dass sie mit den Übungen aufgehört hatte. Sie sah in den Spiegel und ihr Gesicht verzerrte sich nun nicht vor Genugtuung, sondern einfach vor purer Erregung. Sie verzog den Mund, ein kleiner, spitzer Schrei, ein Zittern durchlief ihren Körper, dann blieb sie erschöpft auf dem nackten Bretterboden liegen.
Das war ihr so noch nie passiert. Nicht hier, nicht einfach so.
Es musste an ihrem neuen Körper liegen. An ihrem neuen Bewusstsein, an ihrer neuen Einstellung. Zufrieden stand sie auf, schaute sich um, aber sie war alleine zu Hause. Der Fitnessraum ihres Vaters stand ihr ständig zur Verfügung und da auch ihre Mutter arbeiten war, konnte sie hier tun und lassen, was sie wollte. Langsam schlenderte sie nach oben, zog sich dabei das nassgeschwitzte Tank Top aus und warf es vor die Waschmaschine, die vor dem Badezimmer stand. Danach folgte die Shorts und ihr Höschen. Ja, sie würde sich neue Slips besorgen müssen. Nicht solche Liebestöter, die ihre Mutter ihr immer kaufte. Sexy Wäsche. Nicht billig, aber schön und seidig.
Nackt betrat sie das Bad und stellte sich zuerst vor den Spiegel. „Ich bin nicht fett, ich sehe eigentlich ganz gut aus…“ sagte sie laut vor sich hin, grinste und freute sich. „Jeder Junge könnte froh und stolz sein, wenn er mich besitzen würde. Und ich wäre eine gute Begleitung für jeden Jungen. Niemand brauchte sich zu schämen!“ Sie hob ihre Brüste an, drückte ein wenig an ihrem Bauch herum, dann verschwand sie in er Duschkabine.
Zwanzig Minuten später verließ sie das Haus in der Adolf – Kober Straße und bog in die Niersstraße ein. Hier wohnte ihre Freundin Amelie.
Niemand hätte Bea angesehen, dass sie vor knapp einer halben Stunde noch intensiv Sport gemacht hatte. Sie trug wieder ihre normalen Sachen, ihre dunklen Locken wippten beim Gehen

und ihre Figur wirkte immer noch ein wenig mollig. Sie war eine kräftig gebaute, aber hübsche, junge Frau.

Peter Theissen stieg die Zornesröte ins Gesicht. Gerade hatte er den Briefumschlag der Stadt Köln geöffnet. Absender das Dezernat IV für Stadtentwicklung, Planen, Bauen und Verkehr. Laut las er den Inhalt des Schreibens vor. „Hiermit teilen wir Ihnen mit, dass der Denkmalschutz für das Haberland-Haus im Stammheimer Schlosspark aufgehoben wird. Einen genauen Termin teilen wir Ihnen in den nächsten Wochen mit. Bla bla bla … und so weiter und so fort", sagte er laut und ärgerte sich. Wie viel Zeit hatten er und seine Vorstandskollegen vom Stammheimer Bürgerverein und der Flittarder Bürgerverein investiert, damit das alte Gebäude seiner letzten Bestimmung, einem Wohnsitz für ältere Menschen, zugeführt werden konnte. Und jetzt das.

Alle Planungen und Verhandlungen für die Katz.

Man hatte sogar schon private Investoren, die Interesse daran bekundeten, sich an dem Projekt finanziell zu beteiligen. Es war nicht nur der dauernde Ärger mit der Stadt Köln, der ihm zusetzte. Nein, sie mussten sich seit einiger Zeit auch noch mit diesem durchgeknallten Künstler auseinandersetzen. Dieser Mensch hatte es sich zur Aufgabe gemacht, ebenfalls seine eigenen Pläne mit dem Gebäude zu entwickeln. Auch wenn er eigentlich das gleiche Ziel hatte, nämlich ein Altenwohnheim aus dem Haberland-Haus zu machen, so sprachen sie dennoch nicht die gleiche Sprache. Hofer war radikal, seine Vorschläge und Wege waren nicht die gleichen, die der Bürgerverein gehen wollte.

Peter Theissen griff entnervt zum Telefon, um seine Kollegen zu informieren. Sie mussten jetzt schnell handeln und eine außerordentliche Vorstandssitzung einberufen. Eigentlich war die erst für nächste Woche in der Dorfkneipe „Beim Ingrid" geplant.

„Musst du immer so laut telefonieren?" Peters Frau Irmgard schien mehr als nur ungehalten.

„Ja, muss ich. Ich bin etwas aufgeregt. Wir müssen schnell eine Vorstandssitzung einberufen."

Frauen halt, dachte Peter Theissen. Er war schon lange mit Irmgard verheiratet und auch wenn sie beide nicht mehr die Jüngsten waren, so verstanden sie sich aber immer noch gut. Peter war 56 Jahre alt, kurze graue Locken standen kreuz und quer von seinem Kopf ab, und da er eher klein war, wirkte er auch älter, als er in Wirklichkeit war.

„Aber die ist doch erst nächste Woche“, kam der Einwand von Irmgard. Peter schien das total überhört zu haben: „Ich muss jetzt los. Wir treffen uns gleich ‚Beim Ingrid‘!“

„Um was geht`s denn?“ Irmgard gab so schnell nicht auf. „Um‘s Haberland-Haus“, rief er.

Irmgard ging jetzt in die Vollen: „Immer geht‘s um diesen blöden, alten Kasten. Immer bist du unterwegs. Nie hast du Zeit für uns und kümmerst dich ein bisschen um mich.“

Die letzten Worte bekam Peter Theissen nicht mehr mit. Er hatte die Haustür bereits hinter sich zugeknallt.

Zurück ließ er eine Ehefrau, die ihre Tränen zurückhalten musste. Blond, schlank und aufgeweckt, war sie normalerweise die Liebenswürdigkeit in Person und las ihrem Mann Peter eigentlich jeden Wunsch von den Augen ab, doch in letzter Zeit fiel ihr das immer schwerer. Als die Türe ins Schloss gefallen war, ging sie schweren Schrittes in die Küche und an den Kühlschrank. Wie immer, wenn sie voller Frust war, musste sie etwas essen.

Auf dem Weg zur Kneipe schossen ihm tausend Gedanken durch den Kopf. Er sollte sich wirklich demnächst mehr Zeit für seine Frau nehmen. Ihre Worte hallten noch in seinen Ohren, und er machte sich Sorgen. Aber nicht nur darum, momentan gab es überall Ärger. Was für eine Woche! Die ganzen schlimmen Neuigkeiten und dann diese Fantasien über das Auftauchen der weißen Frau. Diese Geschichte gehörte doch zurück ins Mittelalter. Weiter konnte Peter Theissen nicht mehr denken.

Er hatte die Kneipe erreicht. Er musste sich jetzt auf die wesentlichen Dinge konzentrieren.

Peter Theissens Frau Irmgard hatte sich schon den ganzen Tag auf den Feierabend gefreut. Und dann diese kleine, unnötige Auseinandersetzung mit ihrem Mann. Sicher hatte sie Verständnis für seine ehrenamtliche Aufgabe als zweiter Vorsitzender im Bürgerverein. Aber manchmal ging ihr das schon ein wenig auf die Nerven. Es könnten sich ja auch mal die anderen um diese Dinge kümmern. Nicht immer nur ihr Peter. Nachdem sie einige Süßigkeiten in sich hineingestopft hatte, ging es ihr wieder besser.
Ihr fiel plötzlich die Waschmaschine ein. Sie musste ja noch die letzte Wäsche aufhängen. Aber dann wäre endlich Feierabend. Irmgard warf die frisch gewaschene Wäsche schnell in den Korb und begab sich auf den Speicher.
Die Geräusche auf dem alten Boden nahm sie zwar wahr, dachte sich aber nichts dabei. Das wird bestimmt die Nachbarin sein.
Auf den Balken im Dachstuhl lag schon seit Jahren ein Stapel alter Dachpfannen. „Wird Zeit, dass der Vermieter die mal endlich wegräumt", dachte Irmgard. Die Gestalt, die sich hinter der Wäsche der Nachbarin versteckt hatte, sah Irmgard Theissen nicht. Sich auf den lang ersehnten Feierabend freuend, hing Irmgard ihre Wäsche auf. Die Schnur, die an dem Stapel Dachpfannen befestigt war, sah Irmgard nicht.
So, jetzt noch die letzten Wäschestücke. Es waren die großen Badehandtücher. Die hing Irmgard immer als letzte auf. Ganz nach vorne, damit man ihre Reizwäsche nicht sehen konnte. „Ganz schön schwer so ein nasses Handtuch", dachte sich Irmgard. Das war das letzte, was sie dachte. Der Stapel alter Dachpfannen krachte auf sie herab.

Er raste die B 8 entlang und hatte keinen Blick für die Umgebung. Rechts von ihm rissen Bagger gerade ein großes Gebäude der Bayer AG ab, dann kam auch schon die Stadtgrenze von Köln, und Leverkusen lag hinter ihm.
Prandel fuhr ohne Blaulicht, auch wenn er es eilig hatte, aber da es nicht um Leib und Leben ging, sondern nur um eine verspätete Mittagspause und ein Treffen mit seiner Kollegin, hielt er sich an die Geschwindigkeitsbegrenzungen. Er fuhr nun in Köln Flittard in die Roggendorfstraße ein, kroch mit 30 km/h bis über den Bahnübergang, dann bog er links ein und nach wenigen Minuten erreichte er den Haupteingang des Schlossparks in Stammheim. Er parkte kurz vor dem unbefestigten Weg voller Matsch, stieg aus und grinste, als er Anja Jemel sah, seine bildschöne, aber auch nicht zu unterschätzende Kollegin. Sie hatte einen Trainingsanzug an und schaute demonstrativ auf ihre Armbanduhr.
„Du wartest schon auf mich?", fragte Prandel unschuldig und Anja erwiderte zornig:
„Schon seit fünfzehn Minuten. Ich habe extra mein Training abgebrochen, weil wir verabredet waren, und wer kommt nicht? Du!"
Prandel legte den Kopf schräg, lächelte und entgegnete ruhig, nett und freundlich:
„Ich lade dich dafür nachher zum Essen ein. Es ging einfach nicht früher. Ich war in Leverkusen, hatte dort einen Termin, und die B 8 war mal wieder völlig verstopft!"
Anja seufzte, schüttelte den Kopf, aber sie lächelte wieder. Sie hatte ihr Karate Training abgebrochen, aber sie war darüber nicht böse. Einzig, dass sie hier so untätig herumstehen musste, hatte sie ein wenig verärgert. Sie war ständig unter Volldampf, und Warten, das war nicht ihre Sache. Nun gingen sie durch den Schlosspark in Richtung Rhein, dort an der Erhöhung, wo sich die Jugendlichen meist trafen. Prandel fasste sie kurz am Ellenbogen, hielt sie fest und erklärte:

„Du kennst hier sicher vieles nicht. Lass mich dir bei der Gelegenheit ein wenig von der Geschichte hier erzählen."
Da sie stehen blieb und ihn einfach nur ansah, begann er zu erklären:
„Das Schloss Stammheim, das 1820 von Freiherr Theodor Hermann von Fürstenberg gekauft wurde, hat sein einziger Sohn Franz Egon im Jahre 1826 übernommen. Seine Linie hieß auch ab dann: „Fürstenberg-Stammheim." Er vermehrte den Besitz. Die Fürstenbergs nutzen Vergünstigungen während der Besetzung durch die Preußen um 1814 und kauften riesige Ländereien und Güter auf.
Franz Egon war Kammerherr des Königs und hatte daher enorme Vorteile. 1840 wurde er dann auch in den Grafenstand von Schloss Stammheim erhoben.
Die Familie Fürstenberg tritt urkundlich aber schon viel früher auf. Im Jahre 1295 gab es schon die ersten urkundlichen Einträge über sie!"
Prandel schaute Anja an, als hätte er ihr ein unglaubliches Geheimnis erzählt, doch sie lächelte nur ein wenig gequält, und aus Höflichkeit nickte sie ein wenig interessiert. Als Prandel aber nun anhob und weitere Erklärungen folgen lassen wollte, schüttelte sie den Kopf.
„Du erschlägst mich mit diesen Fakten. Du bist ja ein wandelndes Geschichtsbuch. Meine Güte, sicher, das ist interessant, aber kannst du das vielleicht ein klein wenig kürzer fassen?"
Prandel atmete tief ein, nickte, dann lachte er kurz und trocken auf.
„Ja sicher, wenn man sich nicht so dafür interessiert… du bist keine Kölnerin?"
„Doch ...", entgegnete Anja „… aber nicht jeder Kölner muss die Geschichte des Schlosses von Stammheim kennen, oder?"
Prandel lachte.
„Nein, da hast du wohl Recht, aber ich finde es eben interessant zu wissen, wie es früher hier aussah. Weißt du, im 19. Jahrhun-

dert sah es hier ganz anders aus. Die Gegend hier lebte nur von der Rheinschifffahrt, Korbflechterei, Ackerbau, Fischerei und so was. Stammheim selber gab es so nicht, nur das Stammheimer Häuschen an der Düsseldorfer Straße, ein paar Häuser und eine Schenke, das „Gasthaus zur Kikken", das direkt an der Kirche lag, um die frommen Pilger zu versorgen. Außerdem war da ..."
„Stopp!", rief Anja und lachte. „Es reicht, wir sind fast da. Du kannst mir vielleicht auf dem Rückweg noch ein wenig erzählen. Jetzt müssen wir uns darüber unterhalten, mit welcher Taktik wir vorgehen wollen. Wen genau von den Kids möchtest du denn sprechen?"
Prandel gelang der sofortige Wechsel. Er schaute nur eine Sekunde irritiert, dann meinte er:
„Ich habe da keinen Bestimmten im Sinn. Ich möchte einfach nur mal so noch die Stimmung einfangen und die ein oder andere Meinung einholen. Ich glaube, die verschweigen uns doch noch eine Menge. Diese Geschichte mit der weißen Frau ist alt, zu alt. Jeder von denen kann sie in Stammheim gehört haben, oder etwas darüber gelesen. Ich glaube daher kein Wort davon."
Sie hatten beide Kevins Aussage gehört und viel darüber diskutiert, doch weder Prandel noch Jemel wollten davon etwas glauben.
„Ich denke, es könnten auch Drogen im Spiel sein?", fragte Anja Jemel und Prandel nickte. Sein Schnäuzer zitterte dabei und er sagte leise, denn sie waren fast bei den Jugendlichen angekommen:
„Ja, auch eine Sache, die wir klären müssten. Die hängen hier gerne ab, aber vielleicht konsumieren die hier auch so einige Sachen, die nicht ganz astrein sind. Wenn dann jemand Halluzinationen bekommt, ist das schon eine Möglichkeit, die wir in Erwägung ziehen müssen. Damals hätte man direkt diesen Kevin untersuchen müssen. Jetzt wird da kein Labor mehr was feststellen können."
Jemel nickte, aber sie schwieg. Sie hatten die Jugendlichen nun

erreicht. Natürlich wussten die Jungs und Mädchen sofort, wer da vor ihnen stand; sie hatten die letzte Befragung noch zu gut in Erinnerung. Prandel nickte ihnen dann auch freundlich zu, Anja stellte sich neben ihn, doch ihre Miene zeigte weder ein Lächeln, noch eine andere Regung.

Zwei Jungs saßen auf der Lehne der Bank, die Füße wieder auf der Sitzfläche, aber das schien niemanden zu stören. Ein Mädchen hockte auf einem Roller, ein anderes saß auf dem Schoß eines Jungen, der aber am Rande auf der Bank saß. Sie störten sich nicht an den Polizisten, sie küssten sich, flüsterten miteinander, kicherten und Anja verzog ein wenig das Gesicht.

„Wenn ihr fertig seid, wäre ich froh, wenn ich eure volle Aufmerksamkeit bekommen würde", sagte Prandel und sprach das Liebespärchen direkt an, die aber nicht reagieren wollten. Erst als er einen Schritt auf sie zutrat, schaute sich das Mädchen nach ihnen um.

„Was denn?", maulte sie und verzog das Gesicht, aber Prandel ließ sich nicht provozieren.

„Entweder wir unterhalten uns in Ruhe, oder aber ihr kommt mit auf die Wache. Sucht es euch aus."

Der Junge drückte seine Freundin sanft von seinem Schoß, dann lächelte er Prandel und Jemel an, zeigte seine Handflächen und verneigte sich übertrieben. Er wollte den coolen Clown spielen. Prandel interessiert dies nicht, aber Anja näherte sich blitzschnell und stellte einen Fuß auf die Sitzfläche neben dem Jungen.

„Dein Name und deinen Ausweis", sagte sie leise und drohend und der Jungs grinste breit.

„Schöne Frau, was ist, wenn ich keine Lust habe, den zu zeigen?", sagte er laut und sah triumphierend in die Gesichter seiner Freunde. Seine Freude währte aber nicht lange. Anja hatte ihm in einer Blitzaktion den Arm auf den Rücken gedreht, seinen Nacken nach vorne und ihr Knie war in sein Hohlkreuz gedrückt.

Schmerzerfüllt schrie er kurz auf, dann ging er vor der Bank in

die Knie.
Prandel beobachtete das Ganze amüsiert, sagte aber nichts. Nun packte Anja in die Gesäßtasche des Jungen und zog seine Geldbörse hinaus. Sein Ausweis lag obenauf und laut las sie vor, während der Junge noch wimmernd vor ihr kniete.
„Benno Kulisch, 17 Jahre. Na also, geht doch. Und, mein lieber Benno, sind wir nun bereit miteinander zu kommunizieren, wie es sich gehört?“
Der Junge nickte, ächzte, stöhnte. „JA, JA, JA“, sagte er und Anja lockerte den Griff. Benno war nun nicht mehr der coole Clown, er rieb sich den Nacken, schaute betreten nach unten und nickte. „Ja, schon gut…, was wollen Sie denn wissen?“
Anstelle Anjas sprach nun Prandel, und er klang ruhig und gefasst:
„Beim letzten Mal warst du ja nicht da. Wir hatten mit deinen Freunden und Kevin gesprochen. Daher weißt du vielleicht gar nicht, um was es geht. Wir untersuchen den Tod eines jungen Mädchens und können da keine Witzfiguren gebrauchen. Kevin hatte etwas von einer weißen Frau erzählt, die er gesehen haben will. Was weißt du davon? Kannst du was erzählen?“
Der Junge schüttelte den Kopf
„Ich bin nicht so oft hier. Eigentlich kenne ich sogar den Kevin nur ganz wenig.“
Prandel nickte.
„Und du?“, fragte er und sah auf das Mädchen, das auf Bennos Schoß gesessen hatte. Das Mädchen schüttelte die kurzen schwarzen Locken. Sie war ein wenig mollig, passte eigentlich gar nicht so zu dem durchtrainierten Benno, aber das war Prandel egal. Sie sah ihm fest in die Augen und sagte:
„Ich weiß gar nichts, ich kenne Kevin zwar, aber ich habe nichts gesehen und nichts zu sagen. Darf ich jetzt wieder zu meinem Freund?“
„Kannst du dich ausweisen?“, fragte Jemel. Das Mädchen zückte einen Personalausweis aus der Hintertasche ihrer Jeans. Wortlos

gab sie ihn weiter und Anja notierte sich die Daten. Laut sagte sie nur:
„Aha, du bist die Bea Förster, 16 Jahre und du hast nichts gesehen…"

Auf dem Rückweg durch den Schlosspark lächelte Prandel, holte tief Luft und sagte: „Und hier, an dieser Stelle…"
„Oh nein…", rief Anja Jemel, und sie meinte es ernst. „Nicht schon wieder Geschichte… es reicht!"
Prandel zuckte die Schultern. „Na ja, ich wollte eigentlich nicht so weit zurück. Vielleicht 20 oder 25 Jahre. Damals wurden hier im Schlosspark einige Mädchen ermordet. Na ja, jedenfalls hier in der Nähe..., im Umkreis von Stammheim jedenfalls…" Er lachte: „Aber dich scheinen diese alten Geschichten nicht zu interessieren."
Anja verdrehte die Augen.
„Hat man den Täter denn damals gefasst?"
Prandels Blick wirkte düster, als er sagte:
„Nein, der oder die Täter wurden nie gefasst. Es gibt hier eben neben alter Geschichte, neben Legenden und Mythen, auch noch ganz stinknormale Verbrechen. Und unsere Aufgabe ist es, diese Verbrechen aufzuklären."
„Na, dann konzentrieren wir uns lieber auf die heutige Zeit, damit uns das auch gelingt", meinte Anja mit einem Augenzwinkern und schüttelte den Kopf dabei. Sie ahnte, dass Prandel ihr noch nach und nach eine Menge über Stammheim und die Umgebung erzählen würde.

Hofer duckte sich, sein Schal berührte dabei sogar den matschigen Boden. Es hatte in der Nacht geregnet und der Boden war noch nass, aber das war ihm egal. Sie durfte ihn auf keinen Fall sehen. Kurz schaute er hin, und als sie weiterging, huschte er hinter den nächsten Busch. Nun konnte er sie beobachten. Er drückte die Zweige ein wenig auseinander und spähte in ihre Richtung. Ihr kurzer Rock wippte beim Gehen. Sie hakte sich bei dem Mann ein und lachte girrend. Wenn er es nicht besser wüsste, hätte er auf eine Prostituierte mit ihrem Kunden getippt, aber dem war nicht so. Hier, im Schlosspark von Stammheim, ging diese Malerin Susanne Schäfer mit einem fremden Mann umher, der mit seinem Arm hierhin und dorthin zeigte, als gäbe er ihr eine Führung.

Hofer konnte seine Gefühle nicht genau einordnen. Einerseits ärgerte er sich ständig über diese Malerin, andererseits verspürte er nun einen heftigen Stachel der Eifersucht. Kein Wunder, Susanne sah aber auch zum Anbeißen aus. Sie hatte wohlgeformte Beine, ihre ziemlich hohen Schuhe klackten bei jedem Schritt, ihre Bluse war fast transparent und so knapp, dass sie ihre Figur mehr betonte als verhüllte. Dazu das lange, blond wallende Haar, da kamen ihm schon gewisse Phantasien, die er sonst nicht hatte. Auch wenn sie ihn oft verspottete, so richtig bösartig war sie nie zu ihm gewesen, und er hatte fast den Eindruck, dass sie ihn mochte, dies aber hinter einer geschickten Spöttelei verbarg. Bis jetzt hatte er das Spiel ja auch gut mitgemacht. Zugegeben, sie war ihm oft auch ziemlich auf die Nerven gegangen, aber es hatte auch immer einen gewissen Grad an Erregung gehabt, sobald sie aufgetaucht war. Sie jetzt mit diesem fremden Mann zu sehen, gefiel ihm gar nicht.

Er blieb in Deckung während dieses seltsame Pärchen langsam Richtung Haberland-Haus schlenderte. Leider konnte er nur Wortfetzen hören und wusste nicht, worum es genau ging, worüber sie sich unterhielten, aber es ging eindeutig um das Gelände am Schlosspark.

Hofer rannte nun hinter zwei Skulpturen entlang, duckte sich hinter einer dicken Eiche, dann rannte er auf eine Hecke zu. Sie hatten ihn nicht gesehen. Nun aber war er im Vorteil! Er war weiter rechts von ihnen, konnte ungestört beobachten und wenn es ihm gelang, ein wenig näher heranzukommen, oder wenn sie weiter in Richtung Haberland-Haus gingen, würde er sogar noch das Gespräch belauschen können.
Von seinem neuen Standort aus konnte er Susanne sogar von der Seite her beobachten. Sein Mund wurde trocken, als er sie halb von vorne sah. Ihr Bauch war frei, er konnte ihren Nabel erkennen und die zarte Haut darum, bis ihre Bluse begann, die ihre Brüste verbarg, die ohne jeglichen BH bei jedem Schritt wippten. Nervös leckte er sich über die Lippen. Dieser Typ packte nun ihre Hand, zog sie ein Stück zu ihm herüber, dann deutete er auf den Rhein und sie nickte. Nach einer Bemerkung, die er ganz dicht in ihr Ohr sprach, lachte sie glockenhell auf. Hofer verspürte erneut einen Stich der Eifersucht. Er musste noch näher herankommen, er wollte endlich hören, worüber sie sprachen. Nun kroch er auf allen Vieren über den Boden. Dass er sich dabei die Hände mit Matsch beschmierte und dass seine Hose bereits ziemlich dreckig war, interessierte ihn nicht mehr. Es ging um die Sache. Nun stand er wieder ein Stück näher an den Beiden und jetzt konnte er auch schon einige gesprochene Wörter verstehen.
„...und hier ein geschwungener Pfad. Die Kunst kann ja bleiben, erhöht sogar noch die Attraktivität ...“ Den Rest verstand er leider nicht, also kroch er noch ein Stück weiter ins Gebüsch. Der Typ war so aalglatt. Er trug einen maßgeschneiderten Anzug, teure – wohl handgefertigte – Slippers und seine Brille sah ebenso teuer aus. Wie ein Manager. Ein Jungmanager. Hofer schätzte ihn auf Ende 30. Er war wie ein Lackaffe und Hofer schnaubte verächtlich.
Als hätte sie etwas gehört, schaute Susanne irritiert in seine Richtung. Als sie aber nichts weiter hörte, drehte sich Susanne

wieder um und sagte, zu dem Mann gewandt:
„Ich weiß aber nicht genau wobei ich da helfen könnte. Sicher, die Idee hört sich ja ganz gut an, aber ich weiß nicht ..."
Der Mann unterbrach sie und rief ziemlich laut:
„Aber schau doch wie herrlich das wird! Und wie du helfen kannst, das werde ich dir sagen. Du hast Einfluss auf gewisse Leute ... wir brauchen Unterstützer, „Wohnen am Strom" braucht Helfer, und wir brauchen..."
Wieder schnaubte Hofer verächtlich und diesmal hörte es nicht nur Susanne, sondern auch dieser Typ. Er schaute gleichzeitig mit ihr in Hofer's Richtung und jetzt konnte sich dieser auch nicht mehr verbergen.
„Da ist doch wer", sagte sie und kam langsam auf ihn zu.
Jetzt gab sich Hofer zu erkennen. Er stand auf, drückte das Gebüsch beiseite und ging auf die Beiden zu. Ohne Susanne zu beachten, sagte er direkt:
„Du ekelhafte Zecke willst hier irgendwas bauen?" Drohend ging er auf den Mann zu. Susanne starrte ihn fassungslos an. Hofer war dreckig, seine Hände voller Matsch, seine Hosen sahen aus, als wäre er durch Schlamm gerobbt.
„DU?", rief sie nur, aber Hofer war schon an ihr vorbei und stand nun ganz dicht vor diesem Typen.
„Und wer bist du?", fragte er drohend.
Der Mann, einen Schritt rückwärtsgehend, erwiderte:
„März, Michael März...", und streckte ihm sogar die Hand hin, doch Hofer hatte ausgeholt und sein Schwinger traf den Mann im Anzug genau an der rechten Seite des Kinns. Er drehte sich ein Stück um die eigene Achse, dann fiel er nach hinten und Hofer stürzte hinterher, sprang auf ihn und packte ihn an der Kehle. Er wollte gerade erneut zuschlagen, als Susanne ihn an den Haaren packte und grob zurückzog.
„Bist du übergeschnappt?", rief sie, und als sie ihn dann endlich von dem Mann heruntergezerrt hatte, schlug sie ihm mit der flachen Hand ins Gesicht und schrie:

„Du bist ja verrückt. Der Michael hat mir doch nur was von seiner Idee erzählt. Hier ist doch gar nichts passiert. Du kannst doch nicht einfach mit Gewalt …"
Hofer ließ sich zur Seite fallen, ein paar Haare rissen dabei heraus und mit schmerzverzerrtem Gesicht brüllte er drohend:
„Das sind die Parasiten, die hier alles kaputt machen wollen. Und du gibst dich mit so was ab? Das ist Dreck, die schauen nur aufs Geld. Ich hätte dich für klüger gehalten!"
Dann drehte er sich um und stapfte wütend davon.
Susanne stand da, hielt noch seine ausgerissenen Haare in der Hand und schüttelte fassungslos den Kopf. März lag auf dem Boden, rieb sich das Kinn und konnte noch gar nicht so richtig fassen, was da passiert war. Er ließ sich von Susanne aufhelfen, dann hörten sie das Lachen der Jugendlichen. Sie drehten sich zu ihnen um, und da standen sie. Ein Junge bog sich vor Lachen, ein Mädchen schüttelte den Kopf und irgendjemand rief:
„Na, hat da jemand was richtig auf die Fresse bekommen?"

Er hatte alles mitbekommen. Die Idee, alles im Hintergrund zu beobachten, war gut gewesen. Der Tag hatte es in sich gehabt. Zuerst wollte Kevin einfach mal die Gegend beobachten, ob er wieder die weiße Frau sehen würde. Vielleicht in irgendeinem Gebüsch, vielleicht auf dem Rhein, jedenfalls wollte er alleine sein, nicht im Beisein seiner Freunde. Er hatte sich im Dickicht versteckt und alles beobachtet. Zuerst waren einige Freunde zum Treffpunkt gekommen, danach dann diese Bea. Sie hatte heftig mit einem Jungen geflirtet, der eher selten da war. Kevin kannte nicht mal seinen Namen. Aber er war irritiert. So kannte er Bea gar nicht. Im Eiscafé hatte er überhaupt das erste Mal ihre Weiblichkeit entdeckt und nun zeigte sie sich wie eine Schlampe. Sie gurrte wie eine Taube, lachte über dumme Witze und dann kletterte sie auf den Schoß von diesem Typen. Sie hatten sich geküsst und befummelt. Nun gut, er war nicht in sie verliebt und sie konnte tun und lassen, was sie wollte, aber so hatte er sie noch nie erlebt.

Dann war die Polizei aufgetaucht.

Er musste lächeln, wenn er daran dachte, was dann alles passiert war. Hatte dem Angeber aber mal gut getan. Danach war der so klein gewesen und anschließend, als die Polizei wieder weg war, gab es kein Geknutsche mehr. Bea war nicht mehr auf seinen Schoß geklettert, sie hatte Abseits gesessen und dieser Typ war mit seinem Roller davongefahren. Danach war Kevin ein wenig in der Gegend umher gestreift. Er hatte sich sogar eine Zeitlang ein wenig versteckt ans Rheinufer gesetzt und war dann er wieder zu seinem Beobachtungsplatz zurückgekehrt.

Plötzlich aber gab es wieder eine Begebenheit. Zuerst hatte er diesen schleichenden Typen gesehen mit dem Ziegenbart. Er kroch auf dem Boden herum, dann hatte Kevin begriffen. Dieser Mann hatte ein Paar beobachtet, das im Park umher schlenderte. Damit nicht genug, stand Ziegenbart dann aus seiner Deckung auf, war auf das Paar zugegangen und hatte den Mann, in dessen Begleitung die blonde Frau war, einfach so umgehauen.

Klack, perfekt. Das sah so geil aus. Sicher irgendwas mit Eifersucht. Jedenfalls war er dann davongerannt, nachdem die blonde Frau ihn von ihrem Lover heruntergezogen hatte. Und danach hatte das Pärchen sich gestritten. Und zwar heftig. Die blonde Frau hatte dem Typen im Anzug sogar noch eine Ohrfeige gegeben, aber das hatte dieser Mann mit dem Ziegenbart nicht mehr mitbekommen.
Aber so amüsant das alles auch war, die Frau in Weiß hatte er nicht gesehen. Keine Spur von ihr. Kevin war in sich gegangen, immer und immer wieder hatte er versucht, sich die Situation von damals vorzustellen. Den Moment, als sie aufgetaucht war. Was hatte er da genau gemacht? Was hatte er genau gesehen? Was war vorher passiert, was danach? Warum war das alles so passiert, und warum musste Kristin sterben?
Ihm war plötzlich so kalt gewesen. Er hatte gefroren und sich gewundert, warum die anderen die Kälte nicht spürten. Dann war er pinkeln gegangen. Ja, er erinnerte sich. Er wollte lustig und locker sein, wollte sich nichts anmerken lassen und dann passiert es. Da hatte sie plötzlich vor ihm gestanden. Wie ein Geisterwesen, und er hatte sich blamiert. Wenn er an die bepinkelte Hose dachte und daran, wie alle ihn ausgelacht hatten…, aber das war nicht wichtig. Es sprach auch niemand mehr davon. Seit Kristin tot war, gab es auch viele Menschen, die ihm glaubten. Ja, es hing alles damit zusammen. Aber noch lebten seine Schwester, seine Mutter und er selber ja auch. Also was sollte das alles?
Danach war eigentlich alles wieder normal gewesen. Er hatte zwar immer noch ab und zu diese seltsame Kälte in sich gespürt, aber das hätte auch einfach Angst sein können. Bildete er sich etwas ein?
Ab und zu kreiste auch mal ein Joint in der Runde und er hatte auch nie abgelehnt. Er war schon öfter mal ein wenig „high“ gewesen, aber nie zu sehr, und niemals so, dass er sich Sachen eingebildet hätte.

Er zweifelte an sich und dem Erlebten.
Ohne sich sehen zu lassen, schlenderte er weiter herum. Er blieb öfter mal stehen, sah sich ein Gebüsch an, versuchte sich vorzustellen, dass gerade eine Erscheinung wäre, aber es gelang ihm nicht. Die Luft war klar, es gab weder eine Erscheinung, noch andere unnatürliche Dinge.
Also lief er hinter dem Haberland-Haus herum, auf einer Wiese entlang. Dort gab es eine Obstwiese und einen Gartenbauverein, aber das interessierte ihn jetzt auch nicht. Als er die Mauer am Haupteingang erreichte, schaute er sich noch einmal kurz um, ob ihn irgendwer beobachtet hatte, dann schlich er links herum, in die Egonstraße Richtung Flittard. Dort hatte er seinen Roller versteckt.
Als er kurz vor dem Schützenhaus war, sah er noch diesen komischen Typen mit dem Spitzbart. Er hatte eine Tasche bei sich und ging schnellen Schrittes davon. Ja, das war der, der im Park diesen Yuppie umgehauen hatte. Kevin fand ihn Klasse, der hatte wenigstens Mumm.
Nach einigen Metern war er bei seinem Roller. Er zog den Helm an, startete und fuhr in Richtung Flittard davon. Er wollte nicht durch Stammheim fahren, er wollte niemanden sehen, er wollte einfach ein wenig spazieren fahren und dabei nachdenken. Es gab so vieles, über das er nachdenken musste. Auch über Kristin. Wie würde es weitergehen? Seine Liebe galt noch immer ihr, auch wenn sie nun tot war und bald beerdigt werden würde.
Könnte er überhaupt noch jemals eine andere Frau lieben? Tränen liefen ihm unter dem Helm über seine Wangen, aber er merkte es kaum. Mit verschleiertem Blick fuhr er Vollgas die Straße entlang.
Dann das mit seiner Familie. Seine Mutter, seine Schwester…, er könnte es nicht ertragen, wenn ihnen etwas zustoßen würde. Aber so langsam musste sich an der Situation zu Hause ohnehin etwas ändern. Er wollte freier sein, er wollte unabhängiger sein. Er wollte so vieles, aber er bekam nichts als Rückschläge,

Enttäuschungen und Ärger. War das Leben so? Was gab es dann überhaupt noch für einen Sinn? Erfahrungen machen zu müssen, die nur schmerzen?
Kevin fuhr immer schneller, sein Roller war nicht frisiert, brachte aber dennoch gut 55 km/h zustande und die hatte er nun erreicht. Es gab eine leichte Rechtskurve, die Tränen standen ihm so sehr in den Augen, dass er nur noch Konturen wahrnehmen konnte und dann passierte es. Eigentlich sah er es gar nicht richtig, da war nur noch ein großer, schwarzer Schatten und dann flog er irgendwie. Wurde leicht, so leicht, es tat auch gar nicht weh. Er sah Bahnschienen, einen Edeka Markt, dann wieder Asphalt und dann gar nichts mehr. Den Knall, das Kreischen, die Schreie, das alles bekam er gar nicht mehr mit.

Und wieder, immer wieder, sie stemmte das Gewicht, obwohl ihre Arme bereits zitterten. Bea kannte keine Gnade für sich selbst. Sie drückte, stemmte, jede Qual bereitete ihr fast ein Gefühl der Lust. Der Schweiß lief ihr in Strömen am Körper entlang, aber das gehörte nicht nur dazu, das war der Sinn des Ganzen. Schwitzen, Kalorien verbrennen und dabei fit zu werden, schlank zu werden, begehrt zu werden. Bea befand sich in einer Art Ekstase, sie fühlte sich tatsächlich glücklich dabei. Je mehr sie schwitzte, je größer die Schmerzen der Anstrengung waren, desto glücklicher empfand sie ihren Zustand.
Endorphine, die sie wie eine Droge beeinflussten.
Sie dachte über die letzten Stunden nach. Da war das Gespräch mit diesen blöden Polizisten gewesen. Diese blonde Frau, der Typ, der wie ein Rocker aussah und das alles vor den Augen der Anderen. Sie fühlte sich blamiert, ein peinlicher Moment. Mehr für Benno als für sie. Da sie sich aber auf seinem Schoß befunden hatte, war die Sache aber auch für sie peinlich gewesen.
Benno. Ein Thema für sich. Es hatte ihr Spaß gemacht. Irgendwie hatte sie das Gefühl gehabt, dass nicht nur die anderen Jungs und Mädchen sie sehen würden, sondern auch Kevin. Als würde sie ihn spüren, seine Anwesenheit fühlen. Ja, sie hatte sich ganz intensiv eingebildet, dass er in der Nähe wäre. Und daher kannte sie auch keine Scheu mehr. Sie hatte richtig aufgedreht. Benno war so heiß geworden, es hätte nicht viel gefehlt und … wären nicht diese Polizisten gekommen, wer weiß was noch passiert wäre. Eigentlich war es sogar gut gewesen, dass sie unterbrochen worden waren. Sie hatte sich total vergessen. Wenn sie richtig darüber nachdachte, war sie so erregt gewesen, dass sie sich selber nicht wiedererkannt hatte. Nicht wegen Benno. Aber das Gefühl, das jeder sie sehen konnte. Dass viele sie beneideten, dass sie nicht nur im Mittelpunkt gestanden hatte, sondern jeder – die Jungs und die Mädchen – sich an ihr erregt hatten. DAS war ein Gefühl, das sie so nicht kannte.
Verbissen schaute sie in den Spiegel, zog eine Grimasse, ächzte

unter der schweren Last, aber das Lächeln wollte nicht so recht aus ihrem Gesicht verschwinden.
Ja, so war das Leben schön. So war alles viel besser. Sie war auf dem richtigen Weg.
Nun musste sie nachdenken wie es weiterging. Bisher war ja alles nach Plan verlaufen, nun aber musste sie Kevin auf ihre Seite bekommen. Er sollte nicht nur einfach geil werden, er musste sich in sie verlieben. Kevin sollte das Gefühl haben, dass er ohne sie nicht leben könnte. Ihr Körper, ihr Geist, ihre Seele, alles sollte mit ihm verschmelzen und sie würden eine Einheit bilden, fest, für alle Ewigkeit.
Bea war bereit, für dieses Ziel zu arbeiten und … zu kämpfen! Sie war bereit, ALLES dafür zu tun. Und sollte einer aus der Clique ihr dabei im Wege stehen - Beas Gesicht erstarrte zur Maske, als sie den Gedanken weiter verfolgte. Es gab keine Hindernisse. Sie würde jeden Stein, den man ihr in den Weg legte, gnadenlos und ohne Rücksicht zur Seite rollen.
Es gab nur ein Ziel und das hieß Kevin.
Es knallte, als sie die Gewichte auf den Boden zurückfallen ließ. Für heute musste es reichen. Sie betrachtete ihren Körper nun eingehender im Spiegel. Ohne Gewichte, einfach nur so, während sie gerade dastand. Die Oberschenkel waren noch zu dick, das Tank Top, das sie anhatte, war nass und dunkel vor Schweiß, und klebte an ihrem Oberkörper, aber sie war mit dem Bauch und den Armen zufrieden. Kaum noch Speckröllchen, dafür einiges an Muskelmasse.
Ihre nassgeschwitzten Haare klebten an ihrem Kopf, aber das machte nichts. Langsam zog sie ihr Tank Top über den Kopf und betrachtete ihren nackten Oberkörper. Sie hatte an Brust verloren. Aber das war auch nicht schlimm. Immer noch genug für Kevin. Und sie standen fest und stramm. Ihre Oberarme waren fast zu muskulös, sie sollte weniger Hanteltraining machen, dafür vielleicht mehr Bauchübungen.
Ihre kurze Shorts war ebenfalls voller nasser Flecken, sie zog

auch diese aus und dann auch ihren Slip. Nun stand sie völlig nackt vor dem Spiegel, atmete tief ein und aus. Sie bewertete sich und gab sich Punkte für ihr Aussehen. Heute gefiel sie sich besser, als vor einigen Tagen. Ja, eindeutig. Ihre Waden waren fest, und weil ihre Haut vor Schweiß glänzte, sah sie aus wie eine Kriegsgöttin. Bea kicherte bei dem Gedanken und klimperte mit den Augen, dann lache sie laut auf. Ja, es würde Kevin gefallen. Sie näherte sich langsam Kristins Figur.

Er arbeitete nun schon seit Stunden. Es war nicht so einfach, dieses verflixte Holzgestell in Position zu bringen. Sah fast aus wie ein Löffel, war an die 3 Meter lang, doch in der Mitte gingen Betonfinger davon ab, die ziellos in den Himmel zeigten.
Hofer schlug die Holzkeile fest, damit die Skulptur nicht umfallen konnte, dann fixierte er weitere Sicherungen. Die Sonne brannte ihm im Nacken, aber das machte ihm nichts aus. Von hier aus hatte er einen tollen Blick auf das Haberland-Haus. Die Betonfinger der Skulptur zeigten in dessen Richtung und in den Himmel hinaus. Die wahre Bedeutung würde wohl nur er selbst erkennen. Hofer lächelte in sich hinein, als ein Schatten neben ihm sichtbar wurde.
Na, würde Susanne wieder einen bissigen Kommentar abgeben? Ohne sich herumzudrehen, sagte er:
„Ich weiß, es gefällt dir nicht, aber ich verzichte auch auf deine Interpretation. Du würdest es eh nicht verstehen!"
Eine ihm fremde Stimme antwortete:
„Isch han dat Jeföhl, dat is ene Forke …"
Hofer drehte sich irritiert herum und sah in das lächelnde Gesicht eines korpulenten Mannes. Im ersten Moment war er sogar sicher, der Sänger Jürgen Zeltinger würde vor ihm stehen, aber der war dicker und weniger trainiert, als dieser hier. Neben ihm stand eine blonde, fast zierlich wirkende Frau, und ein Prickeln im Nacken verriet Hofer, dass dies Polizei war. Die wollten etwas von ihm persönlich.
„Bitte?", antwortete er und er hoffte, es würde angemessen konsterniert klingen.
„Ich meinte …", sagte der korpulente Mann „…es würde ein wenig wie eine Forke aussehen. Eine Mistgabel."
„Ein Löffel mit Zinken dran", sagte die Frau nun neben ihm und legte leicht den Kopf schräg, als betrachtete sie ein kleines Kunstwerk und keine drei Meter lange Skulptur.
Hofer richtete sich auf, schaute die Beiden an, dann fragte er höflich, aber nicht gerade freundlich.

„Und was verschafft mir die Ehre?“
„Prandel, Jemel, Kripo Köln“, stellte Prandel sich vor, nun ohne jeden Dialekt und ziemlich sachlich, dann zeigte er Hofer seinen Ausweis. Seine blonde Begleiterin sagte nichts, zeigte nichts, sie lächelte nur ganz verhalten, hielt seinem Blick stand und wirkte auf ihn ziemlich arrogant.
Hofer straffte sich erneut, zuckte mit den Schultern und fragte: „Was kann ich für Sie tun? Kommen Sie wegen der ständigen Zerstörungen meiner Skulpturen?“
„Weniger … es geht uns mehr um wichtigere Dinge. Wie zum Beispiel Mord!“
„Mord?“ Hofer wirkte nun doch erschrocken, er schüttelte den Kopf, aber Prandel winkte ab.
„Wir ermitteln in verschiedene Richtungen. Wir haben nur ein paar Fragen an Sie. Dort drüben …“, er zeigte in die Richtung des Treffpunktes der Jugendlichen, wo auch jetzt zwei Roller standen und ein paar Gestalten auf den Bänken hockten „… sind ja immer ein paar Jugendliche. Sie feiern oft, und bestimmt haben Sie diese ja schon bemerkt. Neulich ist ein Mädchen aus dieser Clique tödlich verunglückt und es gibt Hinweise, dass es kein Unfall war. Wir wollten Sie fragen, ob Sie dieses Mädchen schon mal gesehen haben oder ob ihnen sonst hier was aufgefallen ist, was eher ungewöhnlich wäre.“ Prandel hatte ein Foto vorgezeigt und Hofer starrte auf das bildhübsche Mädchen, schüttelte dann aber den Kopf.
„Ich sehe diese Bande da zwar öfter, ich denke, die sind auch für die Sabotageakte an meinen Skulpturen verantwortlich, aber ich kenne keinen von denen persönlich. Für mich sehen die eh alle gleich aus. Sie machen Krach mit ihren Rollern und sie saufen und rauchen und so. Nein, mit denen habe ich nichts zu tun.“
„Und etwas Außergewöhnliches ist ihnen auch nicht aufgefallen?“, fragte nun die blonde Frau und ihre Stimme klang ruhig, leise, fast beiläufig, aber Hofer ließ sich nicht täuschen. Sie war vielleicht gefährlicher als dieser dicke Kommissar.

„Nein, nichts", sagte Hofer und schüttelte den Kopf.
„Und dass Sie jemanden verprügelt haben, ist das ganz normal? Nichts Außergewöhnliches?", fragte sie nun auch direkt und jetzt war es ihm klar.
Er verzog verächtlich den Mund und schnaubte:
„Ach klar, die Bastarde haben gepetzt. Ja, ich habe einem Lackaffen eine verpasst. Der hatte es aber auch verdient. Hat er Anzeige erstattet?"
Die Frau lächelte nun noch mehr, schüttelte aber den Kopf.
„Nein, der Mann hat keine Anzeige erstattet, aber da gab es Jugendliche, die es beobachtet hatten. Bastarde waren da aber nicht, ich sehe auch jetzt keine. Worum ging es bei dem Streit?"
„Welcher Streit?", fragte Hofer, und nun verdrehte die blonde Frau ein wenig die Augen.
„Ich nehme an, sie hatten Streit mit dem Mann, ohne Grund schlägt man ja nicht einfach mal jemandem die Zähne ein?"
„Ich habe ihm nicht die Zähne eingeschlagen. Ja, es gab einen Grund. Nein, Streit hatten wir eigentlich nicht."
Prandel nickte kurz, dann sagte er knapp:
„Sie sagen uns jetzt, was da los war, wer das Opfer war und worum es ging, sonst nehmen wir sie mit zur Wache und machen ein offizielles Verhör."
Hofer nickte:
„Na gut. Es ging um dieses neue Projekt. Ich hatte den Typen belauscht, wie er mit einer bekannten Künstlerin sprach. Er wollte das denkmalgeschützte Haberland-Haus abreißen lassen, um hier überall Eigentumswohnungen zu bauen. Für die Reichen... Als ich das hörte, konnte ich nicht anders, ich bin hin und habe ihm kurzerhand eine geknallt. Aber wenn er keine Anzeige erstattet hat..."
„Deswegen sind wir ja eigentlich auch gar nicht hier... keine Angst, wir sind nur neugierig. Kennen Sie den Namen von dem Herrn?"
Hofer schüttelte den Kopf.

„Und die Künstlerin?"
„Das war Susanne Schäfer, sie ist eine Malerin und hier in diesem Künstlerkreis auch ziemlich bekannt."
Jemel machte sich Notizen, Prandel nickte, dann fragte er fast beiläufig:
„Ist Ihnen sonst was aufgefallen? Sagen wir mal… Erscheinungen?"
„Erscheinungen?" Hofer schüttelte irritiert den Kopf. „Was für Erscheinungen? Ufos oder was?"
Prandel winkte ab. „Schon gut. War nur so eine Idee. Falls Sie irgendwas beobachten oder Ihnen etwas einfällt, was von Interesse sein könnte, rufen Sie bitte an!" Er gab Hofer seine Karte, dann nickte er noch und ging mit der blonden Frau weg.
Natürlich wusste Hofer genau, was sie meinten. Erscheinungen. Sie redeten von der Frau in Weiß. Jeder Stammheimer kannte diese Legenden und jeder wusste auch von den neuesten Gerüchten. Aber er, Hofer, würde sich da nicht drauf einlassen. Sollten sie sich lieber um die Jugendlichen kümmern, die seine Skulpturen ständig beschädigten, umwarfen oder versetzten.
Er sah den beiden Polizisten noch eine Weile nach, dann machte er sich wieder an den Keilen zu schaffen, die seine Skulptur fest verankern sollten.

Kevin starrte an die Decke. Sein Körper tat überall weh, aber man hatte ihm so viele Schmerzmittel gegeben, dass er alles wie ein dumpfes Pochen wahrnahm. Sein Bein war verbunden, sein linker Arm ebenso, außerdem hatte er einen Verband im Gesicht.

Er lag alleine im Zimmer und hatte einige Augenblicke gebraucht, bis er überhaupt registriert hatte, wo er war und was passiert war.

Erinnern konnte er sich nicht wirklich. Da war diese Rollerfahrt. Vorher die Erlebnisse im Schlosspark. Dann der dunkle Schatten, dann hatte er das Bewusstsein verloren.

Die weiße Frau? War sie schuld? Erschrocken drehte er den Kopf, aber das tat zu weh, also ließ er nur seine Augen durch das Zimmer wandern. Ein helles Fenster, draußen die Umrisse eines Baumes. Im Zimmer selber nur zwei Stühle, ein Tisch mit einer Blumenvase darauf. Neben seinem Bett komische Geräte, Schläuche und mehr, aber Gott sei Dank waren sie nicht mit seinem Körper verbunden. Er schien also nicht so schwer verletzt zu sein.

Eine große weiße Uhr an der gegenüberliegenden Wand zeigte langsam den Sekundenzeiger, der ruckartig, als würde er ständig ausgebremst, ein Stück nach vorne zuckte. Sekunde um Sekunde, Minute um Minute... Es war 09:14 Uhr. Er würde die Schwester fragen, ob man die Uhr abnehmen könnte. Das war ja der Horror pur. Den ganzen Tag auf diesen Sekundenzeiger zu starren! Das überlebte er nicht.

Ein Schreck überzog ihn, als er an seine Schwester und seine Mutter dachte. Wussten sie, dass er einen Unfall gehabt hatte? Lebten sie überhaupt noch? Kevin sah sich nach der Notklingel um. Er hatte eine Menge Fragen, er brauchte Antworten. Langsam versuchte er, seinen rechten Arm zu strecken, aber er erreichte diese Schnur mit dem roten Knopf nicht. Er würde sich weiter strecken müssen, das aber tat zu weh. Tränen stiegen ihm in die Augen und er überlegte fieberhaft ,was er machen könnte,

als die Türe aufging und eine Schwester das Zimmer betrat. Sie war um die 40 Jahre, also uralt, und Kevin verzog das Gesicht.
„Na, endlich wach?“, fragte sie. Kevin leckte sich über die Lippen, aber als er antworten wollte, kam nur ein Krächzen über seine Lippen.
„Ja, erst einmal einen Schluck Wasser trinken, dann geht alles wie von selbst“, sagte die Schwester, goss ein wenig Wasser aus einer grünen Wasserflasche in ein kleines Glas, dann drückte sie es ihm in die Hand.
„Hier, trink. Du kannst auch Tee haben, musst du nur sagen!“
Kevin trank einen kleinen Schluck, dann fragte er:
„Wo bin ich hier? Was genau ist passiert?“
Die Schwester lächelte, dann sagte sie knapp:
„Uniklinik Köln. Du bist hier in Lindenthal, einem der schönsten Stadtteile von Köln. Was genau passiert ist, weiß ich nicht, aber die Visite kommt bald, da kannst du alles fragen. Hast du Hunger? Willst du was essen? Hast du Schmerzen?“
Kevin schüttelte den Kopf. Er würde auf die Visite warten. Die Schwester sagte noch irgendwas, das Kevin nicht verstand, dann ging sie hinaus.
Uniklinik. Warum nicht ein normales Krankenhaus? War es doch so schlimm gewesen? Nun ja, es war egal. Er würde wohl nicht so lange bleiben müssen. Was war mit dem Roller? Ein Schreck durchfuhr ihn. Er hatte kein Geld für einen neuen Roller und ohne Roller war er aufgeschmissen. Niemand in der Clique würde ihn noch ernst nehmen und – Bea erschien vor seinem Auge. Ihr war es vielleicht egal, ob er einen Roller hätte oder nicht. Sie war ein wenig anders als die anderen Mädchen. Aber empfand er etwas für sie? Er war sich nicht sicher. Seine Gedanken kreisten ein wenig wirr, ständig fielen ihm die Augen zu. Irritiert kniff er die Augen zusammen. Er musste sich konzentrieren. Wach bleiben für die Visite. Erneut ging sein Blick zur Uhr. Es war nun 09:32 Uhr. Quälend langsam verging die Zeit; das hielt er wirklich nicht lange aus.

Mitten in seine Gedanken flog die Türe auf. Die Schwester von eben kam herein, hinter ihr ein ganzer Pulk von Leuten. Zwei Männer in weißen Kitteln, eine Frau in Zivil und eine weitere Schwester. Die Frau in Zivil schob ein kleines Rollwägelchen vor sich hier, darauf einige Aktenordner und Mappen.
„Hier haben wir Kevin Ulster, der Unfall in Flittard", sagte ein Mann im weißen Kittel laut, der andere Mann, offensichtlich der Chef, kam an sein Bett und sah Kevin an.
„Na, geht es uns besser?"
Kevin nickte. Er hatte ja so viele Fragen. Doch zuerst sprachen sie einfach miteinander, als wäre er gar nicht anwesend. Fachbegriffe, Zahlen …
„… eine Fraktur oberhalb … 90:64 bei 25% … weiterhin Hämatome und Prellungen …"
Kevin ließ es über sich ergehen, dann, als eine kleine Pause eintrat, in der die andere Schwester Notizen in eine Akte machte, frage er:
„Kann mir jemand sagen, was passiert ist? Was ist los? Wie lange muss ich hierbleiben?"
Nun lachte der andere Mann im weißen Kittel und sagte:
„Du bist mit dem Roller gefahren, hast jemandem die Vorfahrt genommen und der ist seitlich in dich rein gefahren. Du hast wahnsinniges Glück gehabt. Nun, es wird dennoch ein Fall für die Kripo sein."
„Kripo? Warum? Ich habe doch nichts verbrochen, das war doch nur ein Unfall!", sagte Kevin und bekam Angst, der Chefarzt aber sagte nur:
„Das ist Routine. So verfahren wir immer, wenn jemand einen Unfall baut und unter Drogeneinfluss steht. Na ja, jedenfalls Reste davon…"

„Und wenn der Irre wieder auftaucht?"
Michael März schaute sich nach allen Seiten hin um, bevor er den Schlosspark mit Susanne Schäfer durch den Haupteingang betrat. Er war noch sichtlich verärgert und – wie Susanne, schmunzelnd registrierte, auch verängstigt.
„Keine Angst, Hofer ist heute nicht da. So, wie ich gehört habe, hat er einen Termin. Wir können uns frei bewegen."
März hatte sie telefonisch gefragt, ob sie noch Interesse hätte, er würde ihr gerne mehr über seine Visionen erzählen. Und Susanne hatte begeistert zugestimmt. Ihr gefiel die Vorstellung, hier eine Eigentumswohnung zu bekommen. An Geld mangelte es ihr nicht und solch eine tolle Wohnlage würde ihr sonst niemand bieten. Weiterhin gab es noch andere Vorteile. Sie hätte nicht nur die freie Wahl, sondern auch einen Vorzugspreis, wenn sie für März und dessen Ideen Stimmung machen würde. So hatten sie sich also nun verabredet und gemeinsam betraten sie den Schlosspark.
Gleich am Anfang stand ein steinerner Löwe, dem aber das Gesicht fehlte. Michael März schaute angewidert zu diesem Steinlöwen hin.
„Ist das auch eine Art von Kunst?", fragte er und Susanne lachte auf.
„Nein, um den Löwen ranken sich auch viele Geheimnisse. Manche Stammheimer sagen, dass dieser Löwe sein Gesicht verloren hat, als er die weiße Frau erblickte. Andere sagen, dass das Gesicht des Löwen irgendwo in einem Partykeller in Stammheim liegt. Es gibt noch viele andere Gerüchte, aber das soll uns nicht weiter stören."
Sie hatte sich bei ihm untergehakt und drückte ihn sanft in Richtung Rhein. Auch wenn März deswegen missmutig das Gesicht verzog, Susanne Schäfers Berührung gefiel ihm deutlich.
Sie machte auch heute wieder eine gute Figur. Anstatt Stöckelschuhen, trug sie nur Ballerinas, was sie kleiner, aber auch zierlicher und mädchenhafter machte. Ihre nackten Beine endeten

ziemlich knapp an einem Minirock aus schwarzem Wildleder und darüber trug sie ihre obligatorische Bluse, diesmal in Weinrot, wieder zusammengeknotet, sodass der Bauch sichtbar war. Ihre langen, blonden Haare wirkten zerzaust, aber das war ein absichtlicher Effekt und Susanne wusste, dass sie gut aussah.
März ließ sich von ihr führen und sie erklärte hier und da ein Kunstwerk, was ihn aber nicht sonderlich interessierte. Er nickte nur hin und wieder, sie hatte fast den Eindruck, dass er diese Art von Kunst gar nicht begriff. Als sie vor einem Kegel standen und sie von Integration der Natur sprach, schaute er sie an, als hätte sie in einer fremden Sprache zu ihm gesprochen. Erst als sie ihn fragte, wie sein Projekt denn genau aussehen würde, lief er zu Höchstformen auf.
„Wir haben Investoren, die keine Obergrenze scheuen. Geld ist hier nicht das Problem. Wir müssen den Denkmalschutz aushebeln, was uns wohl auch gelingen wird. Das Teil hier ist ja nur eine Ruine“, sagte er mit verkniffenem Gesicht und deutete auf das Haberland-Haus. Es wirkte auch wirklich traurig, verlassen und verfallen.
Susanne lächelte aufmunternd und März erklärte weiter:
„Wir haben Bedeutendes vor. Der alte Kasten da kommt weg und wir wandeln das in Eigentumswohnungen um. Aber keine einfachen Wohnungen, es werden Einheiten gebildet. Mit Terrasse, mit Blick auf den Rhein. Herrliche Landschaft, mit neu angelegten Wegen. Diese Kunst hier kann bleiben, auch sonst wird nicht so viel verändert. Na ja, während der Bauphase wird es schon einige Veränderungen und Belästigungen geben, aber so etwas lässt sich ja nie vermeiden und es wird ja dafür umso schöner.“ Er lächelte, führte sie voller Schwung weiter und als sie nun am Rhein standen, blickte er auf den Fluss und freute sich, als er mit weit ausholender Geste rief:
„Und hier werden wir terrassenähnliche Parzellen bilden. Die Gebäude werden in die Gegend integriert, verschmelzen mit der natürlichen Umgebung. Direkt in den Hang eingebaut, ducken

sie sich in die Hänge und werden einzigartig sein!"
Strahlend blickte er sie an und Susanne drückte seinen Arm, als wäre sie zutiefst ergriffen.
„Und was muss ich dafür tun?", fragte sie. Es sollte eher schüchtern klingen, doch März betrachtete sie nur voller Stolz und meinte:
„Nicht viel. Ein wenig Stimmung für unser Projekt. Einige der Künstler auf unsere Seite ziehen. Wir brauchen nur ein paar Befürworter aus diesem Kreis, dann ist das Gewicht genug. Ich würde dir dafür eben den Vorzugskauf anbieten und natürlich auch einen Vorzugspreis … ich hätte da sogar eine absolute Empfehlung. Gleich vorne, da wo diese Terrassen entstehen sollen, gäbe es eine große Eigentumswohnung, fast wie ein Haus, über zwei Etagen, die wäre was für dich."
Über den Preis redete man nicht, das war nicht nötig. Susanne konnte sich auch so schon vorstellen, wie hoch der Quadratmeterpreis werden würde. Aber da sie keine finanziellen Sorgen hatte, war ihr das egal. Ihr Vater hatte genug Geld, und sie würde auch so nie ernsthaft arbeiten müssen.
Sie lächelte März an. Die Vorstellung gefiel ihr, und sie wüsste sicher auch schon den ein oder anderen, der sich ihr anschließen würde. Außer diesem Hofer vielleicht, was wirklich schade war. Eigentlich gefiel er ihr gut. Er sah nicht schlecht aus und sie flirtete gerne mit ihm. Leider schien er das nicht zu bemerken, doch jetzt musste sie ihre Weiblichkeit diesem März gegenüber einsetzen. Hier ging es um weit mehr als nur eine freundschaftliche Beziehung. Hier ging es um sehr viel Geld, Einfluss und ungeahnte Möglichkeiten. Da konnte ein Hofer mit seinen eher billigen Skulpturen nicht mithalten.
„Und gibt es schon Pläne dazu? Also etwas, das ich mir ansehen kann? Fotomontagen oder so?" fragte sie und März lachte affektiert.
„Fotomontagen? Ich kann dir viel besser Sachen zeigen. Es gibt ein Computerprogramm mit 3D animierten Ansichten. Du

wirst staunen. Wenn du magst …", er schaute sie nun mit einer gerunzelten Stirn an, als müsste er über etwas enorm Wichtiges nachdenken, seine Lippen verzogen sich zu einem wissenden Lächeln, als er leise sagte:

„ … also wenn du magst und mich nicht verrätst, würde ich dir diese geheimen Pläne gerne mal zeigen. So bei einem Gläschen Wein, ganz privat und bei mir zu Hause - Wenn du weißt, was ich so meine!"

Susanne schlug unschuldig die Augen nieder, dann aber sah sie ihn an und ihr Blick war mehr als ein Versprechen, als sie flüsterte:

„Ich weiß genau, was du meinst und ich bin nicht nur auf diese Animation scharf…"

Das Zimmer war nun voll und eigentlich hätte er sich freuen können, doch zu viele Fragen waren offen und er schaute nun ängstlich zu dem kräftigen Kommissar auf, der einige Papiere in der Hand hielt und vorlas.
In der Ecke saßen seine Schwester und seine Mutter. Ihnen war Gott sei Dank nichts passiert, aber seine Mutter wirkte doch ziemlich beunruhigt, was eigentlich kein Wunder war.
Prandel hatte ihm erklärt, dass man in seinem Blut Rückstände von Drogen gefunden hätte. Genauer Halluzinogene, die verschiedene Ursachen haben könnten.
Prandel hatte offen gesprochen. Nachdem Kevin ihm versichert hatte, dass er weder Alkohol, noch irgendwas Anderes zu sich genommen habe, war der Arzt gerufen worden. Laborberichte, Ergebnisse, alles war besprochen worden. Nun erzählte Prandel ihm irgendetwas, das er gar nicht richtig verstand. Wer sollte ihm Drogen gegeben haben, und warum?
„Ich habe hier einen Auszug aus dem Internet“, las Prandel von einem Zettel und zeigte ihn Kevin.
„Der Arzt bestätigt das auch…“
Laut las er nun vor:
„Bei den folgenden Drogen spielen Halluzinationen eine wichtige Rolle. Jeder Konsum dieser Drogen wird Bilder und/oder Klänge im Kopf des Konsumenten erzeugen:
DMT
Fliegenpilz
Harmin und Harmalin (Ayahuasca)
Ibogain
Kokain
Lysergsäure (LSD, Ololiuqui (“Trichterwinde”), Stipa robusta (“Schlafgras”))
Meskalin (Peyote-Pilze)
PCP (und das schwächere Ketamin)
Psilocybin (“Zauberpilze”)
Salvinorin (Salvia Divinorum)

Tropan-Alkaloide (Alraune, Bilsenkraut, Stechapfel, Tollkirsche, Engelstrompete…)
Ich denke, da brauchen wir uns nicht wundern. In deinem Blut hat man Rückstände von sogenannten Zauberpilzen gefunden."
Kevin war schwindelig. Die Schmerzen hatten seit gestern nachgelassen, aber was der Kommissar hier vorlas, war verwirrender und schmerzhafter, als er sich selber eingestehen wollte. Hatte ihn jemand vergiftet?
„Und was bedeutet das?", fragte Kevin nun und Prandel lachte rau auf.
„Das bedeutet, dass dir jemand entweder was in die Limo getan, oder auf andere Weise untergejubelt hat. Jedenfalls kannst du schon seit einiger Zeit unter der Wirkung dieser Pilze gelebt haben und hattest dann nicht nur einige Halluzinationen, sondern warst auch sonst ein wenig neben der Spur. Da macht man dann schon mal Dinge, die man sonst nicht machen würde. Es gibt Leute, die haben unter solch einer Wirkung andere vor eine U-Bahn geschubst, oder…"
„NEIN!", rief Kevin. „DAS lasse ich mir nicht anhängen. Ich habe nichts mit dem Tod von Kristin zu tun. Ich war auch nachweislich gar nicht in der Nähe, als es passierte!"
Er weinte und seine Mutter sprang auf, nahm seine Hand und sah Prandel tadelnd an.
„Es war doch nur ein Beispiel. Aber es würde erklären, dass du Dinge gesehen hast, die es gar nicht gibt, Erscheinungen. Du weißt, was ich meine? Ich habe mit dem Arzt gesprochen. Er sagte mir, Menschen, die trauern, hören auch manchmal den geliebten Verstorbenen oder sie sehen ihn sogar. Die Halluzinationen sind dann Teil einer intensiven Trauerphase. Sie legen sich aber in der Regel nach einiger Zeit.
Ausgeprägte Sinnestäuschungen entstehen oft auch während einer Meditation. Sie erscheinen dann ganz real, hören aber auf, sobald der Meditierende die Sitzung beendet.
Halluzinationen sind Wahrnehmungsstörungen, die unsere fünf

Sinne betreffen: Hören, Sehen, Riechen, Schmecken, Fühlen. Wer halluziniert, hört zum Beispiel Stimmen oder Geräusche, für die es keine äußere Schallquelle gibt. Solche akustischen Halluzinationen kommen am häufigsten vor. Bei optischen oder visuellen Halluzinationen sehen die Betroffenen Bilder und Personen, die nicht vorhanden sind.
Andere Personen nehmen ganz intensiv bestimmte Gerüche oder Geschmacksvarianten wahr, die sie als bedrohlich, etwa als giftig, beißend, als bitter oder aber als angenehm berauschend empfinden. Auch diese Sinneseindrücke haben keinen realen Ursprung in der Umgebung oder in einer gerade genossenen Speise."

Nun nickte Kevin und erneut meinte er, diese eisige Kälte in seinem Innern zu spüren, nur, dass es diesmal eine deutliche Erklärung dafür gab.
„Aber WER und WARUM?", stammelte er, und seine Mutter schluchzte laut auf, als Prandel sagte:
„Das wissen wir noch nicht, aber ich bin mir fast sicher, dass du das Opfer eines Anschlags bist. Genauere Hintergründe müssen wir aber noch klären. Was hast du noch genau alles in Erinnerung?"
Kevin dachte nach. Er erzählte Prandel, zu dem er immer mehr Vertrauen fasste, alles, was er wusste, alles, woran er sich erinnern konnte. Von der weißen Frau, ihrer Erscheinung, der zweiten Begegnung auf dem Fluss.
Prandel lachte nicht, er machte sich Notizen und nickte ihm ernst zu. Dann berichtete Kevin sogar noch von seinem inneren Gefühl, dieser eisigen Kälte, und Prandel drückte kurz seine Schulter, als er sagte:
„Das hast du gut gemacht. Ich bin sicher, du bist auf dem richtigen Weg. Ja, das sind alles die Symptome einer Vergiftung. Jetzt sollten wir nur noch heraus finden, wer ein Interesse daran hat, dich zu vergiften. Was weißt du sonst noch?"

Kevin dachte nach.
„Eigentlich nichts mehr. Nur, dass ich vom Schlosspark losgefahren bin, Richtung Flittard. Ich habe noch diesen verrückten Künstler gesehen, der mit dem Spitzbart…"
„Aha?" machte Prandel irritiert: „Wo genau?"
„Direkt in der Nähe vom Haupteingang. Na ja, ein Stück weiter Richtung Flittard. In Höhe dieser Schützenbruderschaft. Er ging da, hatte so eine schwarze Tasche in der Hand und hat mich gar nicht beachtet."
Prandel notierte sich wieder etwas auf seinem Zettel, dann stand er auf und sagte:
„Gut, ich denke das war es dann auch. Du solltest dich jetzt wieder ausruhen. Ich treffe mich gleich mit meiner Kollegin. Wenn dir noch was einfällt, dann rufe mich an. Ich lege dir meine Karte auf den Nachttisch."
Er drehte sich noch einmal zu Kevins Mutter und Schwester um, lächelte sie an, dann verließ er das Krankenzimmer.
Kevin schaute seine Mutter an. In ihrem Blick las er Angst. Nicht vor der weißen Frau, sondern vor einer sehr realen Person. Irgendwer hatte ihm Gift verabreicht. Irgendjemand plante etwas und sie mussten herausfinden was es war.

Sie war zwar schon ein paar Mal hier im Excelsior gewesen, aber immer noch beeindruckte sie dieses Gebäude. Marmor und Holz, eleganter und alter Stil, vermischt mit der Moderne. Sie fuhr direkt zu seiner Suite nach oben, und als er ihr öffnete, schaute sie sich erst beeindruckt um.
Das war kein Zimmer, das war Luxus pur. Auf einer Anrichte stand bereits ein Sektkübel, ein Handtuch um die Flasche geschlungen, dazu zwei Gläser. Ein Obstkorb stand ausladend dabei und auch wenn Susanne das Bett nicht genauer betrachten wollte, sie wusste auch so schon, wie es heute enden würde.
Auf einem Schreibtisch, direkt am Fenster, stand ein Laptop. Michael März, gepflegt und – war er sogar geschminkt? – trug erneut einen teuren Anzug. Sie hatte schon geglaubt er würde sie im Morgenmantel empfangen, aber das wäre wohl zu plump gewesen. Nein, er war der perfekte Gentleman. Er bot ihr einen Sessel direkt am Schreibtisch an und kam auch gleich zur Sache.
„Liebste Susanne, ich habe das Programm schon vorbereitet. Während ich dir die Bauphase erkläre, darf ich dir ein Glas Sekt anbieten?"
Er taxierte sie offen, ohne Scham und betrachtete sie von oben bis unten. Selbst der Portier und der Fahrstuhljunge hatten sie begafft, sie war heute wieder außerordentlich sexy gekleidet: hohe Pumps, ein kurzer, weißer Satinrock, dazu eine beige Satinbluse. Ihre langen Haare trug sie heute zu einem Zopf gebunden, den sie aber nun löste und lächelnd schüttelte sie ihre Mähne und sagte:
„Gegen ein Glas ist sicher nichts einzuwenden…"
März schenkte ihr ein, rückte ihr den Sessel zurecht, dann drückte er ein paar Tasten auf seinem Laptop. Der Bildschirm wurde schwarz, dann konnte sie den Stammheimer Schlosspark erkennen, so wie er jetzt war, von oben aus gesehen. Er drückte wieder hier und da und das Bild drehte sich. Sie konnte den Park nun von der Seite, von oben und von vorne sehen, einen 360 Grad Blick, sozusagen.

„Hier haben wir alles so, wie es jetzt aussieht. Nun beginnt die Bauphase“, er drückte wieder einige Tasten und ein Stück Rasen verschwand, einige Teile auf dem Bildschirm verfärbten sich grau.

„Das sind die Bereiche, die betroffen wären“, erklärte er und sie nahm einen Schluck Sekt.

„Das sind aber große Flächen!“, sagte sie kurz.

„Ja, für zwei Wohnungen machen wir keinen solchen Zirkus. Da wird sich schon einiges bewegen, aber warte ab, bis du das Ergebnis siehst.“

Er klickte und drehte und die grauen Flächen füllten sich, die Ansicht wechselte seitlich, und nun konnte sie Gebäude sehen. Wege, Parkplätze, Bäume und lachende Menschen, die eingefügt worden waren. Dort, wo das Haberland-Haus stand, war nun ein Gebäude, ähnlich einem Kreuzfahrtschiff, mit sehr vielen Wohneinheiten. Skeptisch verzog Susanne das Gesicht, aber März war noch nicht fertig. Er zoomte weiter heran und sie konnte Details erkennen. Terrassen, abgeschirmte Kleingärten und Oasen der Ruhe, Pools, Tiefgaragen. Und am Hang, die versprochenen eingebauten, flachen Gebäude, die sich in die Landschaft zu ducken schienen.

„Hier wäre dann dein Domizil“, sagte er und färbte ein Objekt leicht gelb.

Susanne klatschte in die Hände. Es gefiel ihr gut und sie sah ihn bewundernd an.

„Es gefällt mir. Sieht gut aus, ich kann mir nicht vorstellen, wer da was dagegen hätte.“

„Na, dein irrer Freund zum Beispiel“, höhnte März, aber Susanne schüttelte den Kopf.

„Das ist nicht mein Freund, es ist ein Künstlerkollege, mehr nicht.“

„Nun, wenn du keinen Freund hast…“, er sprach nicht weiter, er ließ offen, was er meinte, aber sein Blick wurde dafür umso deutlicher. Er stellte seine Sektflöte beiseite, beugte sich über

sie und seine Hand berührte ihren nackten Oberschenkel. Nun würde es sich zeigen. Wenn sie seine Hand beiseite wischte, wäre es vorbei. Ließ sie ihn gewähren, nun – dann war alles offen. Susanne lächelte ihn an, stellte ihr Sektglas ebenfalls beiseite, dann lächelte sie ihn aufmunternd an.
März fasste sie galant an der Hand, zog sie zu sich hinauf und dann küsste er sie, und sie ließ es zu. Während des Kusses, dirigierte er sie in Richtung des Bettes. Nicht zu forsch, aber doch unmissverständlich, und Susanne wehrte sich nicht. Im Gegenteil, ihre Hände suchten nach seinen Hemdknöpfen und ihrem Mund entrang sich ein heiseres Stöhnen.
Als er sie sanft auf das Bett drückte, hatte sie schon keine Bluse mehr an, seine Hände waren an ihrem Rock und seine Erregung kannte keine Grenzen mehr. In weniger als einer Minute waren sie beide nackt und fielen übereinander her. Er genoss ihre warme, weiche und glatte Haut, während sie sich einfach ihrer Phantasie und ihren Plänen überließ. Ihr war es klar gewesen. Eine Affäre mit diesem Mann würde sie viele Tausende sparen lassen. Sie hätte das beste Anwesen im Schlosspark von Stammheim, sie hätte Verbindungen und vielleicht noch ganz andere Vorteile. Also gab sie sich mit Wonne hin.
März war kein experimentierfreudiger Mann, er war in der Liebe genauso wie im Geschäftsleben. Er nahm sich, was er wollte, ohne große Rücksicht zu nehmen. Es dauerte nicht lange, bis er in ihr kam und mit Zufriedenheit in ihr schweißnasses Gesicht schaute. Susanne lächelte ihn an. Sie war zwar noch lange nicht soweit, aber das musste er nicht wissen. Sie tat erschöpft, sie spielte eine Rolle, und März kaufte sie ihr ab.
„Du warst wunderbar", hauchte sie und er ließ sich stolz, aber ermattet auf sie sinken. „Du auch", flüsterte er in ihr Ohr, aber sie drehte sich kurz unter ihm zur Seite und sagte leise: „Ich muss ins Bad."
März lag ermattet auf der Seite, während Susanne unter die Dusche schlüpfte. Sie duschte ausgiebig, dann zog sie sich an. März

lag noch auf dem Bett, er schien zu schlafen. Lächelnd schaute sie zu ihm. Wie konnte man nach vier Minuten so fertig sein, fragte sie sich, doch sie wollte ihn nicht wecken. Schnell packte sie ihre Handtasche, zog sie die Türe zu und verschwand.
Sie befand sich fast an der Domplatte, als ihr einfiel, dass sie ihren Autoschlüssel vergessen hatte.
Verärgert drehte sie sich herum und steuerte erneut auf das Excelsior zu. Der Portier sah sie fragend an und als sie erklärte, dass sie etwas liegengelassen hatte, lächelte er sie freundlich an.
„Herr März schläft allerdings.“ sagte sie und schenkte ihm ihr süßestes Lächeln „Hätten sie einen Ersatzschlüssel für mich?“
Der Portier überlegte einen Augenblick, dann nickte er und gab ihr einen kleinen Schlüssel mit einer Eisenkugel dran. „Hier, aber das ist eine Ausnahme“, sagte er.
Susanne eilte nach oben, den Weg kannte sie ja nun, und der Fahrstuhljunge grinste sie wieder so unverhohlen an, dass sie fast versucht war, ihn zur Rede zu stellen. Aber sie hatte Verständnis, lächelte in sich hinein, nahm es als Kompliment, dann schloss sie das Zimmer von März auf.
Er lag noch auf dem Bett, fast so, wie sie ihn verlassen hatte. Sie schenkte ihm auch keinen weiteren Blick, sie suchte ihren Autoschlüssel. Sie ging zu dem Schreibtisch, auf dem der Laptop stand und erinnerte sich, dass sie ihn hier abgelegt hatte.
Und richtig, dort lag er noch. Sie packte ihn und wollte gerade wieder das Zimmer verlassen, als sie erneut einen Blick auf März warf. Sicher, die Stellung war noch genau die, wie sie ihn verlassen hatte. Aber das ganze Blut unter seinem Hals, das war neu.
Mit schreckgeweiteten Augen ging sie näher. Sie konnte es nicht glauben, aber dann sah sie es deutlich: Seine Augen waren offen, sie glotzten regelrecht, sein Hals war von einer bis zur anderen Seite aufgeschlitzt, es klaffte ein regelrechter Riss im Hals und unter ihm hatte sich das ganze Bettzeug mit Blut vollgesogen.
Kurz taumelte sie, ihr war so schwindlig und schlecht, dass sie nicht wusste, wie sie reagieren sollte. Dann aber – anstatt zu

schreien, ging sie zum Fahrstuhl, drückte den Knopf, und als der Junge ihr grinsend die Türe öffnen wollte, sein Grinsen aber erlosch, als er ihr Gesicht sah, sagte sie leise, fast flüsternd: „Der Mann da drin ist tot, ermordet!"

„Nach dem Tod des letzten auf Schloss Stammheim lebenden Nachkommens der Grafen von Fürstenberg–Stammheim, Franz-Egon im Jahr 1925, wurde das Schloss 1928 an die Stadt Köln verkauft. Während der Zeit des Nationalsozialismus wurde es vom Reichsarbeitsdienst genutzt.
Nach einem Fliegerangriff 1944 brannte es dann bis auf die Außenmauern aus. Noch bis zum Beginn der 1950er Jahre stand das restliche Mauerwerk der zweigeschossigen Kriegsruine am Rheinufer. Die dahinterliegenden Wirtschaftsgebäude waren bereits zuvor abgetragen worden. Zum 1. April 1952 übernahmen die Farbenfabriken Bayer in Leverkusen den Besitz mit etwas mehr als 20 Morgen anhängender Ländereien, also den gesamten Park, zur Errichtung eines Altenheimes für ehemalige Mitarbeiter. Es erhielt den Namen des damaligen Vorstandsvorsitzenden Ulrich Haberland. Während der Bauplatz des eigentlichen Schlosses frei blieb, entstand das Altenheim an der Stelle, wo die Wirtschaftsbauten waren. Die Stadt Köln behielt sich dabei für alle Fälle ein Rückkaufrecht vor. Die Bayer AG übernahm auch die Pflege der Parkanlage und hielt diese für die Öffentlichkeit offen. Am 1. Januar 1983 nahm die Stadt Köln den Park einschließlich des jetzt leerstehenden Altenheimes unentgeltlich wieder in ihren Besitz. Das Gebäude wurde zwischenzeitlich auch an das Studentenwerk verpachtet, steht aber nun seit 2001 ungenutzt und leer."
Anja Jemel lachte und rief gutgelaunt:
„Das hast du auswendig gelernt, gib es zu."
Prandel lachte nun ebenfalls, als er sagte: „So ungefähr steht es im Wikipedia. Ich interessiere mich halt dafür."
Sie schlenderten wieder durch den Park, einmal um sich einen erneuten Eindruck zu verschaffen und zum anderen, um den Jugendlichen mal auf den Zahn zu fühlen, was sich so in Sachen Drogen tat. Es war 16 Uhr, die ideale Zeit. Die Schule war aus und wie sie wussten, waren von 16 bis 22 Uhr meist immer einige von ihnen vor Ort.

Als sie bei den Jugendlichen ankamen, verstummten die Gespräche sofort und sie sahen freundliche, aber auch feindliche Gesichter. Prandel überflog die Situation blitzschnell. Das Pärchen vom letzten Mal, diese Bea und dieser Benno, waren nicht dabei, dafür aber das eine Mädchen, dessen Personalien sie beim ersten Mal aufgenommen hatten.
Lächelnd stellten sie sich inmitten des Halbkreises. Prandel begutachtete einen besonders getunten Roller und lachte:
„Hat euch niemals eine Polizeistreife damit angehalten? Das sieht doch jeder, dass der Roller frisiert ist." Er bekam keine Antwort, auch ein Besitzer des Rollers meldete sich nicht, doch Prandel hatte mit Verkehrsdelikten nichts zu tun, daher wurde er rasch ernst:
„Wir haben neue Erkenntnisse. Euer Freund Kevin stand unter Drogen!"
Entsetzte Gesichter, aber auch Blicke untereinander.
„Was wisst ihr darüber? Was für Sachen werden denn hier vertickt? Ich meine, ich könnte euch hier und jetzt durchsuchen lassen. Ein Anruf und das war es für euch. Aber ich biete euch die freundschaftliche Tour. Sagt mir, was ihr wisst und wir können über alles reden."
Jemel stand ein wenig abseits, sie war in Bereitschaft sofort zuzugreifen, sollte jemand versuchen, zu fliehen. Niemand versuchte es, dafür sagte ein Mädchen nun:
„Wir nehmen hier keine Drogen. Und Kevin eigentlich schon mal gar nicht. Daher kann das gar nicht sein. Der Einzige, der hier schon mal so Pillen verkaufen will, - aber wir kaufen keine - das ist dieser Benno. Der macht hier ab und an rum."
„Das war doch der Junge, der sich ein wenig gesträubt hatte?" fragte Jemel nun lächelnd und das Mädchen nickte.
„Okay, und Ihr selber?" hakte Prandel nach, doch alle Jugendlichen versicherten ernsthaft, dass sie zwar mal ein Bier tranken, vielleicht auch ab und an mal einen Joint, aber das auch nur eher selten, doch niemals Pillen. Extasy und Pillen, harte Drogen, das

war tabu, und Prandel glaube es ihnen auch.
„Also dieser Benno und diese Bea?"
„Die Bea eher nicht. Die macht ja erst seit zwei Tagen mit dem rum, ich denke die weiß das gar nicht", sagte jetzt ein Junge, und ein Mädchen lachte:
„Ja klar, das Mauerblümchen. Nee, die trinkt nicht mal ein Bier."
„Nun, wie ein Mauerblümchen, kam sie mir aber nicht vor", sagte Anja Jemel und schüttelte irritiert den Kopf. Sie hatte diese Bea auf dem Schoß des Typen gesehen, knutschend und fummelnd, nicht mal die Anwesenheit der Polizisten hatten sie gestört.
„Ja, seit einigen Tagen ist sie was aufgedreht. Sicher, weil sie verliebt ist, so kennen wir sie auch nicht. Vielleicht ist sie dem Typen verfallen", sagte wieder ein anderer Junge und die anderen nickten beifällig, doch Prandel meinte, fast wie zu sich selbst:
„Sei denn, sie ist nun selbst unter Drogen und verhält sich deswegen so auffällig. Weiß jemand, wo wir diesen Benno finden können?"
Schulterzucken, niemand wusste etwas und nun klingelte auch noch Prandels Handy.
Er ging dran, schaute in die Runde, hörte zu, dann legte er auf und machte Anja ein Zeichen.
„Komm, wir müssen…", sagte er und als sie ihn fragend ansah, bedeutete er ihr mit einem Nicken, dass er es ihr später erklären würde.
Sie verabschiedeten sich, dann gingen sie wieder Richtung Haupteingang. Als sie an einer knallroten Skulptur vorbeigingen, die wie ein Löffel mit Haken aussah, kam kurz eine Erinnerung, aber Prandel verdrängte sie sofort, denn er war in Gedanken ganz woanders. Ernst sah er seine Kollegin Anja an und sagte: „Anruf von der Zentrale. Mord im Excelsior. Und nun rate mal, wer da tot liegt und noch interessanter, wer da mit involviert ist?"
Anja hob fragend die Augenbrauen und Prandel antwortete

grimmig:
„Der Typ, der eins auf die Fresse bekommen hat, liegt tot im Zimmer. Und gefunden hat ihn diese Malerin hier aus dem Schlosspark. Diese Susanne Schäfer.“

Sie war in der Niersstraße, bei ihrer Freundin Amelie. Nur war Amelie unten in der Küche und sie war mit Benno alleine in Amelies Zimmer. Es bot sich so an. Amelies Eltern waren den ganzen Tag arbeiten, kamen immer sehr spät nach Hause und Amelie selber tat alles, was Bea ihr sagte. Und da Bea nicht zu Benno wollte, dessen Mutter ständig zu Hause war und dessen Vater fast immer Bier trinkend auf dem Sofa hockte, trafen sie sich lieber hier, bei Amelie.
Bennos Familie war Hartz 4 Empfänger. Alles, was Benno haben wollte, musste er sich selber besorgen. Schon früh hatte er gelernt, für sich selber zu sorgen. Sein Vater hatte seit über 20 Jahren schon keinen Job mehr, seine Mutter war nur ein Wrack und trank selber jede Menge. Geschwister hatte er auch, aber ein Bruder saß im Gefängnis, seine Schwester war irgendwo abgetaucht, niemand wusste wo. „Die geht anschaffen", hatte er mal gesagt, aber sie wagte nicht, weiter nachzufragen.
Nun lag er in seinen Boxershorts auf Amelies Bett, ansonsten war er nackt. Bea trug einen BH und eins von den neuen Höschen, die sie sich gekauft hatte. Sonst nichts, und sie kam sich toll, begehrenswert und weiblich vor. Sie saß am Bettrand, schaute auf Benno, der auf dem Rücken lag, die Arme über dem Kopf verschränkt hielt und ihr von seinen Plänen erzählte. Bea fühlte sich gut. Sie hatte noch am Vormittag trainiert, geduscht, nun war sie in Höchstform. Sie platzte förmlich vor Energie, aber da war noch etwas anderes in ihr. Etwas, dass sie herausforderte. Eine Art Bestätigung. Sie war entschlossen, erregt, und sie wusste, dass heute etwas passieren würde, das ihr Leben veränderte.
Benno erzählte gerade von seiner tollen Idee. Er wollte Drogen auf Kommission kaufen, verkaufen, den Gewinn wieder einsetzen. Immer wieder, bis er soweit war, dass er sich selber Leute anstellen könnte, die für ihn Sachen verticken würden.
„Ey, ich bleibe einfach hier liegen, mache nix und die Jungs verkaufen mein Zeug. Ich kassiere nur ab. Das wäre doch was, oder?"

Bea nickte. Sie hatte gar nicht richtig zugehört. Er war dumm, das wusste sie, aber es war ihr egal. Es ging ihr nur um Kevin. Aber für ihn würde sie alles machen. Und da sie auch Erfahrung brauchte, um sich im Bett nicht zu blamieren, war sie auch bereit, in dieser Richtung alles nur Erdenkliche zu tun. Sie würde sich die Erfahrung holen, sie würde so viel lernen, dass kein Mann ihr widerstehen könnte.
Langsam beugte sie sich über Benno und spielte an seiner nackten Brust.
Kurz sah er irritiert auf, dann grinste er ein wenig und griff ihr an die Brust.
„Willst du das Ding nicht mal ausziehen?", fragte er, ganz den coolen Macho mimend. Bea stellte sich vor ihn hin, sah ihm in die Augen, als sie mit den Armen nach hinten griff und den Verschluss des BHs löste. Sie sah Benno trocken schlucken, als er ihre nackten Brüste sah und ein unglaublicher Triumph machte sich in ihr breit. Sie konnte es fast schmecken, konnte seine Gier körperlich fühlen und spürte plötzlich ihre eigene Erregung.
Sie sah weiter in seine Augen, es wurde kein Wort gesprochen, als ihre Hände nun an ihre Hüften griffen und das sexy Höschen nach unten zogen. Zuerst nur ein kleines Stück, dann, als seine Augen stierten und sie seine Erregung nun deutlich in seiner Unterhose sehen konnte, ganz. Sie streifte es lässig mit den Füßen ab, verschränkte im Stehen die Beine ein wenig und sagte: „Ich bin bereit."
Benno zog nun hastig seine Unterhose aus und als sie nun seine Erregung sehen konnte, als sie begriff, dass SIE die Ursache dafür war, wurde ihr fast schwindelig vor Glück. Sie kam auf ihn zu, legte sich zu ihm und dann konnte sie ihn auch fühlen.
Leider hatte Benno genauso wenig Erfahrung wie sie, aber das wusste sie nicht. Es dauerte nicht lange und es war nicht annähernd so magisch, wie sie es sich immer vorgestellt hatte, doch nach einer Pause machte Benno weiter und diesmal war es schon ein wenig anders. Sie probierte Dinge aus und als Benno diesmal

erschöpft vor ihr liegenblieb, sagte er heiser:
„Und nun, zur Feier des Tages, werfen wir uns was Feines ein."
Bea war enttäuscht.
„Nein, für mich nicht."
„Aber du hast doch sonst auch …".
„Gekauft, aber nicht genommen", sagte sie geheimnisvoll, drückte ihn nach unten und legte ihren Kopf auf seine Brust. Sie hörte ihn atmen und dachte an Kevin. Was würde sie darum geben, wenn er hier liegen könnte. Wie würde er reagieren, wenn er wüsste, dass sie jetzt, in diesem Augenblick… Der Gedanke erregte sie erneut, doch Benno schien ermattet zu sein. Er drückte sie nun auch fast ein wenig ärgerlich zur Seite, als er sagte:
„Für heute reicht es…, ich denke, wir knallen uns ein paar Pillen rein, spülen die mit einem Bier runter und gehen feiern. Was hältst du davon?"
Bea war enttäuscht, sagte es ihm aber nicht. Sie nickte nur. Sie würde sich die Pillen nehmen, einstecken und später sehen, was sie damit anstellen könnte. Aber das sollte Benno egal sein.
„Ach, äh… was ich fragen wollte…", begann Benno und Bea schaute ihn kurz an, während sie ihr Höschen anzog und nach dem BH griff.
„Ich meine, sind wir jetzt ein festes Paar? Also gehen wir jetzt zusammen?"
Bea musste lachen. Sie sah Benno an, seinen treuseligen Blick, und sie konnte sich nicht mehr halten vor Lachen.
„Natürlich gehen wir jetzt zusammen. Wir gehen in den Park und ob wir ein Paar sind oder nicht, hängt von dir ab. Davon, ob du auch brav das machst, was ich von dir erwarte. Dann nämlich gibt es jede Menge von dem, was du eben hattest…"

1952

Es waren fünf Jahre vergangen. Jacob stand am Rande des Schlossparks und beobachtete die vielen Lastwagen, die Bauarbeiter und die Hektik, die hier an diesem Tage herrschte.
Es waren seit damals keine weiteren, engen Verwandten, geschweige denn Liebsten gestorben. Seit er die weiße Frau gesehen hatte, war es beim Tode seiner Schwiegermutter geblieben. Das war jetzt nun nicht gerade ein Fluch im Sinne der weißen Frau, eher ein Segen für ihn, und er war sich jetzt nicht mal mehr ganz sicher, was er damals, an diesem schweren Tag des Jahres 1947 gesehen hatte.
Nun baute man hier ein Altenwohnheim, das Haberland-Haus. Die Bayer AG hatte das Gelände erworben, es wurde darauf nun ein komplett neuartiges Gebäude hochgezogen und die Presse überschlug sich darin, das Projekt zu loben. Pensionäre der Bayer AG konnten sich hier auf den wohlverdienten Ruhestand freuen und Jacob wäre gerne auch auf der Liste der Glücklichen. Langsam schlenderte er an den vielen anderen Schaulustigen vorbei, ging zu den Absperrungen in Richtung Rhein. Ja, es war ein gewaltiges Vorhaben, aber es würde sicher auch schön werden.
Um die Bauarbeiter nicht zu stören, wandte er sich nach links in Richtung Kapelle und ging in einem großen Bogen zum Rhein, um von dort aus die Bauarbeiten des Haberland-Hauses zu beobachten.
Jacob war nüchtern, er hatte nichts getrunken und eigentlich trank er schon seit Längerem nichts, sein Arzt hatte es ihm verboten. Auch seine Frau hatte ordentlich Druck gemacht und auch er selber spürte, dass etwas mit ihm nicht stimmte. Also war eine längere Abstinenz wohl nur angebracht. Leicht war es ihm nicht gefallen, aber nun gewöhnte er sich so langsam daran. Er hatte auch ganz andere, intensivere Eindrücke seiner Umgebung bekommen. So achtete er nun auf kleine Blumen, die

er sonst nie beachtet hätte. Er sah das Wasser auf dem Rhein und machte sich seine Gedanken zum fließenden Wasser. Woher kam es, wohin ging es, - all solche, eher philosophischen Gedanken. Es war also momentan eine Bereicherung seiner Eindrücke und Empfindungen und Jacob war stolz darauf.
Er ging unten am Wasser entlang, dann stieg er den Damm wieder hinauf, um oben besser die Bauarbeiten beobachten zu können. Als er den Hang hinaufkam, war er überwältigt. Hier war es gut. Er sah den LKW, der gerade Schutt auflud, er sah andere LKW mit Sand, sah eine Menge Bauarbeiter, und da das Wetter gut war, legte er sich in das grüne Gras, kaute auf einem Halm und beobachtete einfach das Treiben. Ja, es würde bestimmt schön werden. Ein Altenwohnheim mit Blick auf den Rhein, umgeben von Grün, inmitten einer schönen Lage und nicht weit von Geschäften und dem Zentrum entfernt. Ein Traum!
Jacob konnte sich alles gut vorstellen und dachte dabei auch an die früheren Zeiten zurück. Damals. Ja, er konnte sich noch gut erinnern. Er war damals eigentlich ständig betrunken gewesen, aber – er musste grinsen - er hatte auch eine Menge toller Sachen erlebt. Wenn er in der Schänke nicht nur getrunken, sondern auch mit den Mädchen gefeiert hatte. Wenn seine Frau Barbara das geahnt hätte... Nun, die Zeiten waren wohl vorbei.
Und dann jener schicksalhafte Abend, an dem ihm die weiße Frau begegnet war. Oder hatte er einfach zu viel getrunken? Jacob schloss die Augen, versuchte es sich erneut vorzustellen. Ja, da war dieser nebelartige, weiße Umriss gewesen. Aber das Gesicht war deutlich. Doch, er erinnerte sich. Da war dieses Gesicht, die Augen dunkel, leer, böse. Das Gesicht war blass, fahl, tot und grausam verzogen. Das war der Blick einer Toten. Einer bösen, einer seelenlosen Kreatur, nicht von dieser Welt.
Jacob fröstelte plötzlich, obwohl er in der Sonne lag. Er drehte sich wieder herum, schaute in die Richtung der Bauarbeiter und erschrak. Da, vor ihm auf einem ausgegrabenen Betonklotz, da stand oder schwebte sie. Die weiße Frau! Sie zeigte mit einem

fahlen, blassen Arm in seine Richtung. Das Gesicht, obwohl weit entfernt, schien böse zu grinsen.
Jacob schaute sich um. Das mussten doch auch andere sehen. Die Bauarbeiter, die LKW-Fahrer. Mitten am Tag stand sie da auf diesem Betonbrocken, aber anscheinend war er der Einzige, der sie sehen konnte.
Tränen liefen ihm die Wangen herunter. Jacob drehte sich um, lief schreiend die Böschung des Damms hinab, aber der war so steil, dass er schon nach wenigen Metern fiel. Er kullerte die letzten Meter, knallte auf Steine, Stöcke und harte Wurzeln, dann erreichten seine Beine das Wasser. Jacob schrie, aber vor seinen Augen stand noch immer nur das Bild der weißen Frau. Er schrie noch, als ihn die Wellen mitrissen und er in den Fluten versank. Das letzte Bild, das er vor Augen sah, war der anklagende Blick der weißen Frau.

„Und sie glauben daran?“ Die Schwester stellte das Tablett zurück, lächelte, dann setzte sie sich zu der Frau an dem kleinen Tisch.
„Ja…“, flüsterte die Frau, die älter aussah, als sie eigentlich war. Mit ihren grauen Locken und den vielen Falten im Gesicht hätte sie niemand für 56 Jahre gehalten, eher 10 Jahre älter, oder sogar noch mehr.
„Ich glaube nicht nur daran, ich weiß es sogar“, flüsterte sie weiter und nickte heftig, sodass die grauen Locken wackelten. Sie sah aus ihren milchig weißen Augen zu der Schwester auf und sagte in festem und bestimmtem Tonfall:
„Ich habe nicht nur damals gelebt. Ich war auch um das Jahr 200 vor Christus schon auf der Welt. Damals war ich allerdings ein Mann. Leider bin ich in einer Schlacht ums Leben gekommen. Ich war noch sehr jung. Vielleicht so um die 20, damals zählte man das ja nicht.“
Sie schüttelte den Kopf, verzog die Lippen dabei, als würde sie es tatsächlich bedauern. Die Schwester lächelte. Es gehörte zu ihren Aufgaben, den Patienten hier zuzuhören und Elena Printer war keine gefährliche Patientin. Man musste sie einfach lieb haben. Sie war einfach nur eine ältere, verwirrte, aber nette Dame. Sie hatte sogar Tagesausgang, half in der Patientenküche und jeder hier mochte sie.
„Reinkarnation ist weit verbreitet. Es gibt sogar ganze Kulturen, die feste daran glauben“, bekräftigte sie Elena und diese nickte, als sie sagte:
„Ich weiß nicht, wie das heißt, Renatation oder so, ist mir egal, ich weiß nur, dass ich schon mehrmals gelebt habe. Aber einige Leben waren nicht so einfach. Es ist immer schlimm, wenn man gestorben ist und dann seinen eigenen Leichnam sieht. Das ist der Moment, der eigentlich den Tod bedeutet. Das Sterben selber ist nicht so schlimm.“
Sie sprach so überzeugend, dass es der Schwester kalt über den Rücken lief. Dennoch lächelte sie und sagte:

„Ja, aber da gab es zum Beispiel einen Mann, der behauptete, er hätte 1880 in einem Regiment gedient, das aber erst 1905 gegründet wurde…“

Die alte Dame lachte und schüttelte gleichzeitig den Kopf.

„Zahlen, Zeiten, Fakten. Was spielt das für eine Rolle? Entweder hat er sich in der Zeit vertan, in den Jahreszahlen oder in der Erinnerung. Das ist nicht wichtig. Es kommt doch nur darauf an, dass diese Seele sich erinnern kann.“

„Diese Seele?“, fragte Schwester Paula zweifelnd, und Elena nickte.

„Ja, wir sind eigentlich alle geschlechtslos. Mann, Frau, das ist doch so egal. Wir bekommen einen Körper zugewiesen, für den sind wir verantwortlich und darin leben wir. Also die Seele. Wenn der Körper stirbt, ist die Seele befreit und geht als Energie ins Ganze über. Von dort kann sie – muss aber nicht – sofort oder später, in einen anderen Körper gelangen und wieder geht es von vorne los. Alles ist ein Kreis. Alles ist immer nur ein Kreislauf, alles ist in Bewegung und ständig beginnt es von vorne. Das Leben ist so. Geburt, Tod, dazwischen das Leben und niemand braucht Angst zu haben. Es ist immer nur ein Augenblick. Es kann ein schönes Leben kommen, ein weniger schönes Leben, ein kurzes, ein langes, ein quälendes oder ein glückliches Leben. Das wissen wir nicht, und je mehr wir erleben, erfahren, erlernen, umso reifer wird unsere Seele.“

Paula verzog ein wenig zweifelnd die Augenbrauen, dann stützte sie sich am Tisch ab.

„Na ja, ich muss mal wieder was tun, sonst wird Oberschwester Hiltrud noch sauer, sie schaut schon wieder so griesgrämig herüber.“

Elena kicherte, knuffte Paula am Arm und sagte:

„Ja sicher, wir können uns ja später nochmal unterhalten.“

„Später…“, dachte Paula und schaute auf die Uhr. Noch zwei Stunden, dann war ihre Spätschicht vorüber. Dann würde sie die Station 6A hier in der Langenfelder Landesklinik verlassen,

Feierabend machen und danach 4 Tage Urlaub haben. Urlaub von der Psychiatrie, Urlaub von der Schicht und Urlaub von den Patienten. Aber das brauchte sie Elena nicht gerade jetzt zu sagen. Sie würde es eh bald vergessen haben.
Elena sah wieder aus dem Fenster. Obwohl es dunkel wurde und sie eigentlich kaum etwas erkennen konnte, schaute sie stundenlang hinaus, als ob es etwas sehr Interessantes zu erkennen gäbe. Wenn man sie fragte, dann antwortete sie stets: „Ich sehen nichts Bestimmtes da draußen, ich sehe einfach nur in die Zeit."

Sie trabte am Rheinufer entlang und hing ihren Gedanken nach. Ja, der Sport im Zimmer reichte ihr nicht mehr. Joggen war eine neue Leidenschaft und sie fühlte sich mit jedem Tag besser. Benno hatte sie ausgelacht, als sie ihn überzeugen wollte.
„Du betrügst dich selber“, hatte er gesagt. „Du machst Selbstmord, weil du Angst vor dem Tod hast“, meinte er und sie hatte ihn böse angesehen.
Ja, sie wusste, was er meinte. Dass sie, um besser, länger und gesünder zu leben, zu viel von ihrem täglichen Leben erübrigte, sich im Leben beschnitt, um gesünder zu sein, besser auszusehen. „Es kommt auf die Qualität an“, hatte sie erwidert, aber Benno lachte nur.
„DAS soll Qualität sein? Jeden Tag zwei bis drei Stunden Horror, damit man was schlanker ist?“
So ging es ständig weiter, bis sie ihn einfach hatte stehen lassen. Sie war nach Hause gelaufen, in ihre Sportsachen geschlüpft, und nun rannte sie. Ja, zuerst hatte sie nicht gejoggt, sondern war regelrecht gerannt. Als wäre sie vor etwas davongerannt. Zuerst durch die Straßen Stammheims, dann Richtung Flittard und dann am Rheinufer entlang. Sie kannte und liebte diese Strecke. Ganz früher war sie hier ab und an mal spazieren gegangen, nun aber freute sie sich, dass sie soweit auch laufen konnte. Und weiter. Sie hatte die Strecke erweitert und später, wenn das Glücksgefühl sie völlig ergriffen hatte, würde sie auf der B8 zurück traben. Eine Hammerstrecke, aber es war gut so. Sie fühlte sich anders. Sie empfand anders und sie sah auch anders aus. Verdammt, Benno hatte nicht Recht. Es war ihr Leben und die Stunden, die sie dafür täglich brauchte, waren keine Qual, sondern eine Freude. Sie würde, wenn sie zurück war, noch mehr trainieren. Ihre Übungen durchziehen auf jeden Fall, vielleicht sogar noch etwas mit der Hantel, und ein Beintraining war ebenfalls noch drin.
Danach erst könnte sie duschen und ausruhen. Sie würde vor dem Spiegel stehen und sich selber begutachten können. Ja, sie

meinte, jeden Tag ein wenig mehr Erfolg zu sehen, ein wenig weniger Bea, dafür mehr sexy Muskeln. So sollte es sein.
Doch was würde sie mit Benno machen? Langsam wurde er lästig. Nein, so hatte sie es nicht geplant. Er sollte sich bestimmt nicht in sie verlieben und sich an sie hängen. Ein wenig flirten, gut, auch mehr, aber das war es auch. Kevin sollte eifersüchtig werden, nicht mehr. Eine Beziehung mit Benno wollte sie nicht und konnte sie auch nicht gebrauchen. Kevin würde bestimmt keine Frau ansprechen, die in einer festen Beziehung wäre. Andererseits - vielleicht machte es sie für ihn noch attraktiver?
Es klingelte und Bea erschrak fürchterlich. Sie hatte keine Kopfhörer auf, wie viele andere Jogger, sie wollte alles um sich hören. Die Vögel, das Tuckern der Rheinschiffe, Hundegebell, ein Kinderlachen, eben alle Geräusche, die zum Leben dazugehörten und da gehörte eine aggressive Fahrradklingel absolut nicht dazu.
Kurz sprang sie zur Seite, nahm aber an Geschwindigkeit noch auf, sodass sie neben dem Fahrrad herlief, als der Fahrradfahrer versuchte, sie zu überholen. Es war eine Frau von vielleicht 40 Jahren, die arrogant nach vorne sah und sie gar nicht weiter beachtete. Bea legte noch mehr Tempo zu, blieb auf gleicher Höhe mit der Frau auf dem Fahrrad und ein nie gekanntes Gefühl der Freude überfiel sie.
Die Frau schaute nun irritiert zu ihr, aber Bea grinste nur böse, lief noch ein wenig schneller und die Fahrradfahrerin trat in die Pedale.
Der Weg vor ihnen wurde schmaler. Entweder die Radfahrerin würde abbremsen oder Bea müsste langsamer werden, aber sie hatte nicht vor, zu kapitulieren. Nicht schon wieder. Nicht immer und immer wieder im Leben zurückstecken. Nein, es war Zeit, zu kämpfen. Sie konzentrierte sich kurz, dann trat sie mit dem rechten Bein kurz aus, traf das Vorderrad, stolperte selbst aber nicht. Dafür aber drehte sich das Rad, die Frau kam ins Trudeln, sie schrie kurz auf, dann flog sie mit dem Fahrrad zur

Seite. Das Rad blieb auf dem Damm liegen, die Frau selber kugelte den Damm hinab. Geschätzte 20 Meter, ziemlich steil und sicher auch schmerzhaft, aber Bea schaute gar nicht mehr hinterher. Sie lief weiter, zuerst grinsend, dann laut lachend.
„Selber Schuld!“, rief sie, dann verfiel sie wieder in einen gemächlicheren Trab. Die Szene war vergessen, das Hochgefühl blieb. So sollte es im Leben sein. Probleme waren da, um ausgelöscht zu werden. Sie war die Siegerin und fertig. Mehr gab es da gar nicht.
Bea lief weiter und das Gefühl des Sieges, des Glücks, ließ sie fast weinen. Es war so unbeschreiblich großartig gewesen und – ja, es war ein Fingerzeig für sie. Genau so würde sie in Zukunft alle Probleme lösen. Kurz, schmerzlos, aus dem Instinkt heraus. Benno könnte sie noch heute entsorgen, und sobald Kevin aus dem Krankenhaus kam, würde sie ihn ansprechen. Kurz und klar. „Hallo Kevin, du kennst mich ja schon länger, ich habe extra Sport gemacht, um attraktiver zu sein. Ich habe mich verändert, ich bin wie für dich gemacht… willst du mich?“ Aus den Tränen des Glücks wurden nun Tränen der Unsicherheit, und verzweifelt schluchzte sie auf.
Warum war das Leben nur so ungerecht? Da gab es Mädels, die bekamen mit einem Fingerschnippen so viele Jungs, wie sie wollten, und sie, Bea, unternahm solche Höllenanstrengungen, um Kevin zu bekommen, und es klappte trotzdem nicht. Noch nicht. Entschlossen nickte sie sich während des Laufens selber zu. Ja, es würde klappen. Bald. Ihr Plan war gut, ihr Plan würde aufgehen. Ein wenig anschieben musste erlaubt sein.
Sie lief nun gerade auf die B 8 zu. Der Weg war asphaltiert, ein Grünstreifen trennte die Fahrbahn vom Fuß- und Radweg, und hier war Platz genug. Sie lief rechts, wollte nicht provozieren. Auch hatte sie das Tempo ein wenig gedrosselt.
Kurze Zeit später rannte sie die Moses-Hess-Straße entlang und jetzt fiel ihr Entschluss. Ja, egal wie verschwitzt sie war, egal, wie fertig sie aussah, jeder konnte sie sehen, und sie sah gut aus. Sie

würde, so wie sie war, ins Eiscafé gehen und ein Wasser trinken. Alle, die dort waren, würden sich über sie wundern. Ja, die sportliche Bea. Nicht mehr die kleine Dicke, sondern die neue Bea. Das Frauenpower Wunder war da! Lachend lief sie weiter, bis sie das Café erreichte.

„1817 war ein schlimmes Hungerjahr für die ganze Region. Das Rheinland und gerade auch hier das Gebiet geriet in eine schlimme Not. Aber die Ursache dafür war 1816…“ Prandel sah sie an und bemerkte nicht ihren gelangweilten Blick. Sicher, seine Erklärungen waren oft interessant, aber Anja Jemel hatte andere Sachen im Kopf. Sie fuhren gerade vom Tatort zurück und die Eindrücke dort lagen ihr immer noch schwer im Magen. Der Tote, diese Schnittwunde, wo man das Fleisch an der Kehle auseinanderklaffen sah… Dennoch nickte sie und Prandel erklärte weiter:
„Das Frühjahr 1816 war zu trocken, bis Mai fiel fast gar kein Regen. Kurioserweise gab man den Ziegelbäckern die Schuld, da diese von solch einem Wetter profitierten. Also kamen Unruhen auf. Die Behörden mussten eingreifen und es gab Bittgebete“, hier lächelte er, als würde er in Erinnerungen schwelgen und Anja atmete tief ein, um nicht loszuschreien. Dennoch hörte sie weiter zu.
„Es gab Prozessionen unter großer Beteiligung des heiligen Gezelinus von Schlebusch. Kennst du die Gezelin-Kapelle von Schlebusch?“ Als Anja den Kopf schüttelte, machte Prandel tadelnd: „Ts, ts, ts…, dort gibt es auch eine kleine Quelle. Es gibt viele Leute, die auch heute noch dort ihr Trinkwasser holen. Sie liegt direkt, wenn du von Leverkusen, nach Schlebusch fährst, an der Abbiegung nach Alkenrath und…“
„Okay, komm zur Sache. Was war mit dem Hungerjahr“, fuhr Anja dazwischen und Prandel, der den Wagen steuerte, sah sie kurz von der Seite an, dann erzählte er weiter:
„Auch nach Stammheim kamen viele von weither zu den Prozessionen zur freudenreichen Gottesmutter von Stammheim und zum Salvatorbild. Ab Mai begann es dann auch tatsächlich zu regnen, aber nun hörte es gar nicht mehr auf!“
Prandel lachte, als hätte er einen Witz gemacht. Anja enthielt sich eines Kommentars und so erzählte er weiter:
„Es regnete bis Mai ununterbrochen und dann weiter bis in den

Winter hinein. Du kannst dir sicher schon vorstellen was das bedeutete?“
Anjas Nasenflügel bebten, aber sie schüttelte nur leicht den Kopf. Prandel tat, als hätte er gar nichts bemerkt, und erzählte weiter:
„Was überhaupt irgendwie gewachsen war, das verfaulte jetzt. Ställe, Scheunen, alles blieb leer und die Hungersnot begann. Die Brotpreise schossen so nach oben, dass niemand mehr eines bezahlen konnte. In ihrer Not sammelten die Leute alles, was irgendwie essbar war. Gras, Kräuter, Pilze, Beeren, was noch gewachsen war, alles was grün war, wurde gegessen... Du kannst dir nicht vorstellen...“
„DOCH!“, rief Anja nun. Sie sah ihn nun offen an, und lauter, als es ihre Absicht war, sagte sie:
„Doch, ich kann es mir gut vorstellen. Aber ich kann mir nicht vorstellen, wie du von einer Hungersnot berichten kannst, wo wir gerade von einem Tatort kommen, an dem ein Mensch bestialisch ermordet worden ist!“
„Na ja, bestialisch...“ Prandel wägte den Kopf hin und her und verzog ein wenig das Gesicht. „Man hat ihm die Kehle durchgeschnitten. Das sieht nie toll aus. Aber ich habe vielleicht nicht daran gedacht, dass du noch nicht so viele Tote gesehen hast. Hat dir der Anblick zu schaffen gemacht? Tut mir leid, leev Mädche...“, fügte er noch zärtlich hinzu und Anja konnte nicht anders, als nun zu lächeln.
„Ja, ist mir in die Knochen gefahren. Irgendwie habe ich nur noch auf diese Schnittstelle geschaut, auf seine Augen, auf den Mund und dieses Bild hat sich mir eingebrannt. Ich kann nichts dafür, ich werde das Bild einfach nicht los. Wer ist zu so etwas fähig?“
Prandel nickte, überlegte einen Augenblick, dann sagte er leise:
„Das wissen wir noch nicht. Oft wirst du überrascht sein, wer zu so etwas fähig ist. Die Motive sind fast alle gleich. Gier, Eifersucht, Rache obenauf. Das sind die häufigsten Gründe. Na ja,

wir werden das schon noch rausbekommen."
„Hast du einen Verdacht?" fragte Anja, vielleicht nur, um das Bild vor ihren Augen zu verdrängen. Prandel nickte:
„Wir werden mal diesen Künstler, diesen Hofer, ins Gebet nehmen müssen. Er hatte sich ja mit ihm auch geprügelt. Vielleicht war es einfach nur Eifersucht? Wenn er ein gutes Alibi hat, sieht es düster aus. Dann müssen wir im Leben dieses März recherchieren. Was hatte er für Freunde, was für Feinde. Wobei das oft das Gleiche ist."
Hier lachte Prandel wieder, aber Anja konnte seine gute Laune immer noch nicht teilen. Sie atmete einige Male ein und aus, dann sagte sie:
„Und diese Schäfer selber? Scheint ja eine ganz üble Schlampe zu sein…"
Prandel lachte auf, dann schüttelte er den Kopf.
„Meine liebe Kommissarin und Kollegin. Du musst noch viel lernen. Nur weil sie sich sexy kleidet, ist sie keine Schlampe. Und nur, weil du eine Frau bist und ihren Stil nicht magst, ist sie keine Mörderin. Ich finde, sie ist doch ein lecker Mädche? Also mich spricht sie durchaus an".
Anja schaute ihn entsetzt an, aber als sie sein lachendes Gesicht sah, wusste sie, dass er sie nur foppen wollte.
„Okay, also du meinst, ihre Story ist echt. Ja, sie kam mir auch ein wenig schockiert vor. Das war nicht gespielt. Sie war ja völlig fertig!"
„Denke mal, du hast mit einem Kerl Sex, gehst kurz raus, kommst wieder und der Typ liegt da mit durchschnittener Kehle auf dem Bett. Wobei derjenige, der das gemacht hat, ein Profi war. Das war sauber gemacht. Nicht dilettantisch und dumm, sondern da wusste jemand, wie es geht. Ein Arzt, ein Metzger vielleicht?"
Anja sah ihn entsetzt an, aber er meinte es durchaus ernst, wie sie ihm ansah, und sie begann ebenfalls nachzudenken. Ja, das war keine spontane Tat, nichts was man mal eben so machte.

Kein Kurzschluss. Da war etwas geplant und durchgeführt worden. Doch von wem und warum?
Sie befanden sich nun wieder kurz vor Stammheim und da Anja nicht weitersprach, begann Prandel nun wieder von vorne.
„1818 wurde übrigens das Schloss verkauft. Unter dem Druck des preußischen Königshauses soll Freiherr Friedrich Ferdinand Max August von Scharffenstein das Schloss Stammheim an den Freiherrn Theodor Hermann Adolf von Fürstenberg-Neheim verkauft haben. Scharffenstein war unter Napoleon der Bürgermeister von Düsseldorf, der verbotenen Stadt…", hier lachte er wieder laut auf „…und sympathisierte mit den Franzosen. Er wurde deshalb auch als Kollaborateur angesehen. In der damaligen Zeit…"
„Wir sind da", unterbrach Anja seinen Redefluss und Prandel meinte lächelnd:
„Wenn ich dich langweilen sollte, dann sag das doch einfach. Ich kann nicht anders. Es ist die Geschichte von Köln, von Stammheim insbesondere, und da kenne ich mich aus wie kein Zweiter. Das ist ein Hobby von mir. Dat is minge Passion."

Als Kevin hinaus humpelte, eingehakt bei seiner Mutter, atmete er erleichtert die frische und warme Luft ein, die ihn umgab. Er wollte jetzt nur noch schnell nach Hause. Die letzte Zeit war ein einziger Alptraum gewesen.
Sein Bein war in einer Schiene, ein Verband zierte seinen Arm, am Kopf klebte ein großes Pflaster, aber ansonsten hatte er einfach wahnsinnig viel Glück gehabt. Er lebte, das alleine zählte und – es kam immer so, wie es kommen sollte. Durch diesen Unfall hatte man herausgefunden, dass er gezielt unter Drogen gesetzt worden war. Also hatte er sich alles nur eingebildet? Die weiße Frau? Aber Kristin war tot, das war eine Tatsache. Jedoch war es vielleicht einfach nur ein Unfall gewesen und das Eine hatte mit dem Anderen gar nichts zu tun?
Er spürte die Hand seiner Mutter an seinem Arm, seine kleine Schwester hatte fürsorglich ihre kleine Hand an seine Hose gekrallt, als könnte sie damit jeden Schaden von ihm fernhalten. Gerührt schossen ihm die Tränen in die Augen. Ja, er fühlte sich geliebt. Geborgen und sicher. Seine Familie würde alles für ihn tun und er alles für sie.
Sie brauchten nicht weit zu gehen, ein Taxi wartete in der Nähe und nun ging es von der Uniklinik in Lindenthal zurück nach Stammheim.
„Ist das nicht zu teuer?“, hatte Kevin gefragt, doch seine Mutter hatte ihn nur angelächelt und erwidert:
„Selbst wenn, das wäre es mir wert. Aber keine Sorge, das zahlt die Kasse. Ich habe das vorher geklärt. So kannst du keine Bahn fahren und Taxi ist immer noch billiger als ein Krankenwagen.“
Kevin sah aus dem Fenster, als sie diese Gegend verließen und Richtung Heimat fuhren.
Der Taxifahrer unterhielt sich mit seiner Mutter, seine kleine Schwester hatte sich an ihn gekuschelt, zuerst sehr vorsichtig, als sei er ein Kriegsversehrter, dann aber hatte er sie an sich gedrückt und nun schmiegte sie sich so richtig gegen ihn. Er fühlte sich wohl.

Er schaute aus dem Fenster, sah sich die Gegend an und je mehr sie sich Stammheim näherten, umso größer wurde sein Gefühl des Unwohlseins.
Nein, die Probleme waren noch lange nicht beseitigt. Auch wenn es nun eine Erklärung für die weiße Frau gab, auch wenn es vielleicht gar keinen Zusammenhang zwischen dem Tod von Kristin und seinen Erlebnissen gab, jemand musste ihm dennoch die Drogen verabreicht haben. Kevin zerbrach sich den Kopf. Wie oft hatte er versucht sich zu erinnern. Was war davor gewesen? Was war genau passiert? Er war doch in der Gruppe gewesen. Er hatte Bier getrunken, wie jeder andere auch. Dann hatte er die Kälte gespürt und kurz danach… Er versuchte nicht an die weiße Frau zu denken, sondern kehrte zurück zu den Gedanken, was davor passiert war. Frank hatte die Bierflaschen verteilt. Wer hatte sie geöffnet? Er selber?
Kevin verzog das Gesicht. Er wusste es nicht mehr. Kurz zuckte seine Schwester Linda zusammen, dachte, er hätte Schmerzen, aber er strich ihr beruhigend über das Haar und sie lächelte wieder zufrieden.
Nein, um ehrlich zu sein, er konnte sich nicht mehr erinnern, wer die Flasche geöffnet hatte. Wer war alles dagewesen? Da war Kristin gewesen, Bea und Lisa, Carmen und Jo und Ben und Frank und …, es war zu viel. Kevin brummte der Kopf. Unmöglich, sich das alles jetzt vorzustellen. Bildlich recherchieren, was genau geschehen war. Es soll ja Spezialisten geben, die können so etwas, überlegte Kevin. Die versetzten jemanden in eine Art Trance, dann konnte man sich an alles erinnern. Vielleicht sollte er so etwas von der Polizei annehmen?
Sie bogen in ihre Straße ein, seine Mutter ließ sich eine Quittung geben, damit sie das Geld von der Krankenkasse zurückerstattet bekam, und dann halfen sie ihm in die Wohnung. In der Küche setzte er sich an den Tisch und seine Mutter machte ihm einen Eiskaffee.
Kevin war glücklich. Geborgen zu Hause, die Aussicht, auf die

Spuren aller Rätsel zu kommen, machte ihn zufrieden. Nun musste er noch klären, was mit dem Roller war. Laut Polizei war er untersucht worden. Da es jedoch keine Manipulationen gegeben hatte, könnte er ihn – nach der Reparatur – wieder verwenden. Leider wusste er nicht mal, was alles kaputt war. Der Polizist hatte nur gesagt: „Es gibt nichts, was man nicht auch reparieren könnte", aber er hatte auch nicht über Geld gesprochen. Nun gut, Kevin hatte genügend Kumpel. Wenn Frank ihm ein wenig beim Basteln half und Jörg, der immer ein paar Teile herumliegen hatte, da sah er schon eine Menge Hoffnung auf baldige Fahrt. Es wäre nur noch seine Heilung abzuwarten. Der Arzt hatte ihm gesagt, dass er mit zwei bis drei Wochen rechnen könnte, aber er fühlte sich so gut, dass er es nächste Woche einfach versuchen würde. Sofern er den Roller dann schon hatte. Denn, - was war ein Junge ohne Roller? Wie ein Mädchen ohne Brüste? Er musste über den Vergleich lachen und seine Mutter sah ihn lächelnd an.

„Na, dir scheint es aber wieder gut zu gehen. Alles klar? Ich habe auch eine gute Nachricht für dich."

Er sah auf, und als hätte sie seine Gedanken erraten, sagte sie zu ihm:

„Dein Roller wird nächste Woche fertig sein. Deine Freunde haben da eine Menge getan, zwei, drei neue Teile habe ich bezahlt, aber dann dürfte er auch fertig sein."

„Wow – DANKE!", rief Kevin, dann stützte er seine Ellenbogen auf dem Küchentisch ab, legte den Kopf in beide Hände und starrte nach draußen.

Das Leben konnte so schön sein. Sicher, seine große Liebe war tot. Einfach so aus dem Leben gerissen und er würde da sein Leben lang mit zu kämpfen haben. Aber es durfte nicht SEIN Ende bedeuten.

Er war jung, er wollte leben, er musste leben.

Ja, er würde sich umsehen. Der Roller war wieder bereit, bald auch seine Knochen, dann könnte er sich nach einer liebevollen Freundin umsehen. Verständnis müsste sie haben. Rücksicht und Geduld aufbringen. Er konnte nicht einfach zur Tagesordnung übergehen, schließlich war seine große Liebe gestorben. Dafür würde sie Verständnis haben müssen. Also am besten wohl eine, die seine Situation kannte. Die sich in ihn hineinversetzen konnte.

Kevin sah nach draußen und erstarrte. Dort, genau gegenüber dem Küchenfenster stand Bea. Aber sie sah so anders aus. Sie wirkte anders. Nicht mehr so gemütlich, sondern eher – angriffslustig? Kevin kniff die Augen zusammen, aber es stimmte. Sie stand da und starrte zu ihm ins Küchenfenster hinein. Er wollte winken, aber dann wurde ihm bewusst, dass die Gardine davor war und sie ihn ja gar nicht sehen konnte.

Warum aber stand sie dann da und starrte genau zu ihm hin? Schon wieder wurde es ihm ein wenig unheimlich.

Irmgard Theissen erwachte mit einem starken Dröhnen im Kopf. Um sie herum war völlige Dunkelheit. Sie konnte sich nur schemenhaft an das Geschehene erinnern und das Einzige, was sie wahrnahm, war der Duft von frisch gewaschener Wäsche. Langsam richtete sie sich auf und es fiel ihr ein, dass sie die Wäsche aufhängen wollte. Wie lange hatte sie wohl hier oben auf dem Speicher gelegen? Ein kleiner Blackout. Irmgard entdeckte die zerbrochenen Dachpfannen. Jetzt wurde ihr klar, wie viel Glück sie gehabt hatte.

Sie schleppte sich langsam die Treppe zur Wohnung hinunter. Die Korridortür stand offen. Hatte sie vergessen, die Tür zu schließen? Sie konnte sich nicht erinnern. Ihr Kopf schmerzte immer mehr. Sie ging ins Bad und erschrak - eine dicke Platzwunde über der Stirn blutete stark. Sie versorgte sich notdürftig und wollte im Wohnzimmer einen Krankenwagen rufen. Die Tür zu Peters Arbeitszimmer stand offen und das Zimmer war völlig verwüstet. Das totale Chaos. Irmgard griff zum Telefon, rief zuerst den Krankenwagen und dann ihren Mann über Handy an. Dann wurde ihr schlecht und sie musste sich übergeben.

Der offizielle Teil der Vorstandssitzung „Beim Ingrid" war vorbei. Die Männer nahmen ihre Gläser und die Bierdeckel mit den aufgemalten Strichen für jedes Glas Bier. Peter Theissen zählte vier Striche. Er hatte heute nicht den richtigen Durst auf ein leckeres Kölsch.
Aber nun folgte der obligatorische, inoffizielle Teil – wie immer trank man noch ein paar Bierchen an der Theke. Ingrid, die Wirtin, fragte in die Runde: „Die Herren, fünf Kölsch?"
Peter Theissen war nervös und unruhig. Eins noch und dann nach Hause. Das war sein Plan.
Ingrid stellte den Männern die Biere hin. „Sie sieht immer noch toll aus", dachte Peter. So ein bisschen wie Barbara Eden in der TV-Serie „Bezaubernde Jeannie" aus den 60er Jahren.

Der erste Vorsitzende faselte irgendwas von „Angriff ist die beste Verteidigung". Peter Theissen war das im Moment völlig egal. „Wir müssen jetzt in die Offensive im Fall Haberland-Haus gehen", führte er an der Theke weiter aus. Er war wie immer in seinem Element. „Peter, hörst du überhaupt zu?" „Ja, ja, sicherlich." „Wir müssen die Stadt Köln zu einer positiven Entscheidung drängen", gestikulierte der erste Vorsitzende.
Immer diese Reden, dachte Peter. Ansonsten das gleiche Geplänkel wie auf jeder Vorstandssitzung.

„Ingrid, zahlen bitte", rief Peter. „Das macht sechs Euro fünfzig, lieber Peter." Peter legte acht Euro auf die Theke. „Stimmt so, Ingrid."
„Jungs, ich bin durch die Tür. Ist nicht mein Tag heute. Trinkt noch ein Bier für mich mit." Peter zog die Jacke an und ging. Sein Handy klingelte. Seine Frau war dran, völlig aufgelöst. Er solle sofort nach Hause kommen.

Hofer saß vor seiner Flasche Bier am Aubachs Eck und dachte nach. Was war bloß in ihn gefahren? Manchmal verstand er sich selbst nicht mehr. Aber nun war ja alles gut. Hoffentlich. Mit zittrigen Fingern trank er erneut einen Schluck, erinnerte sich an das Erlebte.
Unruhig und gehetzt streifte Hofer durch die Dunkelheit. Gedanken schwirrten durch seinen Kopf, er musste unbedingt an diese blöden Unterlagen kommen. Dieser Briefwechsel zwischen der Stadt Köln und diesem Bürgerverein könnten für ihn und sein Vorhaben von größter Wichtigkeit sein. Eigentlich gab es nur eine Möglichkeit: dieser Theissen musste die Briefe haben. Doch wie käme er an diese Briefe heran? Er und die Bürgervorsteher hatten nicht wirklich das beste Verhältnis. In den Augen des Vereins war er ein durchgeknallter Künstler. Die sollten ihn noch kennenlernen.

Wie durch Zufall gelangte er zur Ecke Hofstraße – Scharffensteinstraße. Ach ja, hier geht ja auch dieser Karnevalszug lang, dachte Hofer noch. Karneval war nichts für ihn. Damit hatte er überhaupt nichts am Hut. Die Leute meinten immer, er ginge zum Lachen in den Keller. Aber so humorlos war er gar nicht.

Er hielt inne, weil etwas seine Aufmerksamkeit erregt hatte. Er stand vor einem hellgrünen Haus und aus einem auf Kipp geöffneten Fenster im Parterre drang eine lautstarke Unterhaltung. Zwei Personen stritten sich. Zumindest hörte sich das so an. Ein Mann und eine Frau. Hofer erkannte die Stimme des Mannes. Das ist doch dieser Bürgervereinsmensch, dachte er sich, und gebannt hörte er der lautstarken Unterhaltung zu. Kurz darauf sah er, wie Peter Theissen das Haus in Richtung Gisbertstraße verließ.

Die Frau schimpfte immer noch sehr laut und Hofer hörte sie sagen, dass sie noch diese blöde Wäsche aufhängen müsste und dieser Theissen ihr nicht im Haushalt helfen würde. Die hatte überhaupt nicht mitbekommen, dass der Typ schon längst die Biege gemacht hatte, amüsierte sich Hofer.

Wieder öffnete sich die Haustür, und ein Typ im Rockabilly Look schleppte einen Gitarrenkoffer raus. Zuvor hatte er die Haustür mit einem Keil vor dem Zufallen gesichert. Hofer nutzte die Chance und schlich ins Haus. Auf dem Speicher wollte er auf Theissens Frau warten.
Der Speicher war sehr düster, nur zwei kleine Lampen versuchten ein wenig Licht zu spenden. Eine Seite des Speichers hing voller Wäsche. Er erkannte T-Shirts mit irgendwelchen Bandlogos. Aha, dass muss die Wäsche vom Gitarristen sein, dachte er sich. Zufällig entdeckte Hofer auch die gestapelten Dachpfannen im Gebälk. Und da kam ihm dann die Idee. Mit seinem Taschenmesser schnitt er aus der Wäscheleine eine passende Schnur zu-

recht, wickelte ein Ende um den Stapel mit den Dachpfannen und legte die Schnur über die Leinen bis zu einer Ecke hinter der Bettwäsche, wo er sich versteckte. Er dachte sich noch, dass es wie ein Unfall aussehen würde. Dann hörte er Schritte.

Eine blonde Frau mittleren Alters schleppte einen Korb mit Wäsche die Speichertreppe hinauf und fluchte wie ein Bauarbeiter. Hofer war sich vollkommen sicher, dass dies die Perle von diesem Theissen war.

Hofer ließ sie gewähren und die Wäsche aufhängen. Als sie genau unter dem Stapel Dachpfannen stand, zog Hofer an der Leine.

Krachend fiel der Stapel auf sie hinab.

Hoffentlich hat das keiner gehört, dachte Hofer noch, den Radau hatte er nicht mit einkalkuliert. Zu blöde. Aber er hatte wohl Glück. Er schaute kurz nach Theissens Frau. Sie lebte, hatte aber ordentlich was abbekommen. Eine Platzwunde direkt über der Stirn. Die übersteht das, ist ein robustes Mädchen, dachte sich Hofer und zog ihr den Schlüssel aus Tasche. Wo die Wohnung war, konnte er sich denken.

Schnell war er die Treppe wieder runter und gelangte auch tatsächlich unbemerkt in die Wohnung. Er fand ziemlich schnell das Arbeitszimmer von Theissen. Im Regal standen fein säuberlich beschriftete Aktenordner. Einer hatte ein aufgeklebtes Etikett mit der Aufschrift „Stadt Köln-BüVe-Haberland-Haus". Bingo. Hofer war zufrieden. Er sorgte noch für ein wenig Durcheinander, damit keiner so schnell auf die Idee kam, dass es hier nur um diesen Ordner ging. Den Hausschlüssel warf er auf die Dielenkommode, ließ danach die Türe einfach offen und verschwand so heimlich, wie er gekommen war. Unterwegs hatte er den Aktenordner in eine schwarze Tasche gesteckt.

Nun wischte er sich den Schweiß ab und starrte auf die schwarze Tasche.

Ja, er hatte es geschafft. Aber um welchen Preis?

Peter Theissen überquerte die Gisbertstraße und eilte nach Hause. Er hatte nur wenige Meter zu gehen. Das war der Vorteil. Er wohnte sehr zentral in Stammheim. Bäcker, Apotheke, Banken und Kneipen alle nur einen Steinwurf von seiner Wohnung entfernt.

Als er in die Scharffensteinstraße einbog, sah er den Notarzt und die Polizei vor dem Haus, in dem er wohnte. Er stürmte ins Haus, sah seine Wohnungstür offen und hörte schon, was los war. Ein Notarzt und zwei Rettungsassistenten versorgten seine Frau und Polizeibeamte schwirrten umher.

Peter Theissen war total erschrocken. „Sie hat Glück gehabt", meinte der Notarzt. „Es ist nur eine starke Platzwunde am Kopf. Aber wir nehmen Ihre Frau mit ins Klinikum Merheim. Sie muss auf jeden Fall weiter untersucht werden, um sicher zu sein, dass nicht Schlimmeres passiert ist. Sieht nach einer Gehirnerschütterung aus. Sie können gerne mitkommen."

„Machen sie das, Herr Theissen", sagte ein Polizist zu ihm. „Wir sind hier soweit durch und kommen morgen noch einmal mit der Spurensicherung vorbei. Ein Kollege von der Kripo wird Sie dann befragen."

Elena stand früh auf. Eigentlich jeden Tag, denn die Tage waren für Elena alle gleich. Um 6 Uhr stand sie auf, dann verrichtete sie ihre Toilette. Frühstück gab es ab 7 Uhr, danach half sie meist dem Personal. Mal in der Küche, mal in der Gärtnerei, es kam darauf an, wo sie gerade gebraucht wurde. Später, nach dem Mittagessen, hatte sie einfach Zeit für sich. Oft ging sie dann hinaus, spazierte durch das Gelände und auch in den Wald.
Wenn das Wetter schön war, dann verbrachte sie hier einige Stunden, starrte einfach auf das Grün und hing ihren Gedanken nach. Wenn es nicht so schön war, ging sie gerne in das Café, von Insidern auch „Café Wahnsinn" genannt, aber sie blendete die anderen Anwesenden meist einfach aus. Sie bestellte sich etwas, dann fixierte sie irgendeinen Punkt, die Tasse, ein Bild an der Wand, irgendetwas halt, dann versank sie in ihren Gedanken. Und genau aus diesem Grunde war sie hier. Oft ging ihre Reise sehr weit, sehr lang und sehr tief, und sie war dann auch nicht ansprechbar. Hier aber ging es. Hier wusste man um ihren Zustand und hier hatte man auch Verständnis für sie.
Heute jedoch war es schön und sie ging in den Wald. Dort, wo das Gelände endete, wo der Wald begann, stand eine kleine Holzbank und diese war ihr Ziel. Ein junger Mann, Patient wie sie, grüßte sie kurz und sagte, dass er Geburtstag habe. Das tat er jeden Tag. Sie gratulierte ihm herzlich, lächelte und der junge Mann ging weiter. Dann setzte sich Elena, schaute auf eine nahe Birke, betrachtete die weiße Rinde und ihr Blick blieb auf einem kleinen, schwarzen Fleck hängen. Dann wurde dieses Teil unwichtig und es dauerte nicht lange, bis Elena in ihrer Traumwelt versank.
Jeder, der sie nun angesehen hätte, wäre im Glauben gewesen, sie würde mit offenen Augen schlafen, aber sie hatte sich in der Vergangenheit verirrt. Mit einem Lächeln im Gesicht war sie nicht in irgendeiner Vergangenheit in ihrem Leben, sondern viel weiter zurück. Sie reiste durch die Zeit und erinnerte sich ihrer Leben, die sie gehabt hatte.

Günter war ein stattlicher Mann gewesen. Hätten da nicht seine Frau und seine Kinder im Wege gestanden, ihr Leben wäre noch viel länger gewesen. So hatte sie früh sterben müssen. Ja, sie sah sich über dem Grab schweben, sie sah ihr Grab, auf dem ein anderer Name stand.
Verwirrt verschwand das Lächeln aus ihrem Gesicht und sie zuckte zusammen, dann aber erinnerte sie sich der schönen Augenblicke mit ihrem Geliebten, einem Ritter in Stammheim, und ein Lächeln verzauberte ihr Gesicht.

Ein Mädchen kam an der Bank vorbei, sah die ältere Dame dort lächeln und musste unwillkürlich mit lächeln. Doch dann veränderte sich Elenas Gesicht und ihr sonst so sanftes Gesicht verzerrte sich, wurde grausam, und voller Wut verzogen sich ihre Lippen. Das Mädchen erschrak und rannte weg, Elena bekam davon nichts mit. Ihr Minenspiel wechselte noch einige Male, dann ging ein Zittern durch ihren Körper, ihre Augenlider flatterten und sie erwachte aus ihrer Trance. Leider konnte sie sich nicht an alles erinnern, nur ein paar Details blieben ihr. Wie bei einem Traum. Sie wusste auch nicht mehr, ob sie das nun alles wirklich erlebt hatte oder ob es alles nur ein Traum war. Sie kannte die Geschichte der Geliebten von Günter, sie hatte viel darüber gelesen. Aber das konnte doch nicht alles nur Einbildung gewesen sein?
Elena war sicher, dass sie in ihrem früheren Leben eben genau diese Dame gewesen war. Aber das war doch nur ein Leben von vielen. Von so vielen Leben, dass sie oft auch den Überblick verlor. Da gab es Erinnerungen, wie sie als Sklavin gelebt hatte, als Krieger, als Ritter, als Dienstmagd. Verwirrt schüttelte sie den Kopf, dann ging sie wieder langsam zurück. Ihre Gedanken waren noch bei ihren Visionen. Hatte sie geschlafen, wie ihr Bruder so oft behauptete, oder war es tatsächlich eine Erinnerung gewesen? Elena bekam Magenschmerzen, wie so oft, wenn sie darüber nachdachte.

Es dauerte nicht lange und sie hatte das Gebäude, in dem sie untergebracht war, erreicht.
Sie drückte auf den Aufzugknopf und die Schiebetüren öffneten sich. Das Mädchen, das sie im Wald gesehen hatte, stand im Aufzug und schaute sie aus großen Augen an. Sie hatte wohl vergessen, was sie gesehen hatte, denn plötzlich lächelte sie und sagte:
„Ich bin die Jungfrau Maria."
Elena lächelte milde. Sie kannte diese Aussage von dem Mädchen, das hier ebenfalls untergebracht war. Ja, sie glaubte ihr sogar. Warum nicht? Wenn sie dem Mädchen sagen würde, wer sie alles gewesen war, würde die es nicht glauben wollen.
„Das ist schön…,geheiligt seist du…", sagte sie, dann war sie auf ihrer Etage angelangt. Sie lächelte dem jungen Mädchen noch einmal zu, dann verließ sie den Aufzug und ging zu ihrer Station.
Ja, hier gab es die unterschiedlichsten Menschen. Aber verrückt? Nein, nur anders. Vielleicht sogar weitsichtiger als die sogenannten normalen Menschen da draußen. Menschen wie ihr Bruder. Menschen wie in ihrer Familie, obwohl es nur noch sie und ihren Bruder gab. Aber er lebte ja nur für die blöde Kunst. Die Kunst und so ein dummes, altes Haus. Aber irgendwie hing ja immer alles zusammen.

Prandel war nicht wiederzuerkennen. Seit er Anja heute abgeholt hatte, wirkte er, als hätte er Drogen genommen. So kannte sie ihn nicht und sie fand ihn nervend. Erneut mussten sie in Stammheim zu einem Verhör. Auf eine Frau Theissen war ein Anschlag verübt worden und Mord, sowie versuchter Mord, fiel in ihren Bereich. Außerdem wurde ein Zusammenhang vermutet, da der Mann dieser Frau auch irgendwie mit dem Schlosspark, beziehungsweise dem Haberland-Haus zu tun hatte. Dennoch, Prandel, der sich eigentlich hier wohlfühlte, gut auskannte und ständig Geschichten erzählte, wirkte auf sie wie ein Fremder.

„Wenn das hier in diesem Stammheim so weiter geht mit all diesen Straftaten, miete ich mir hier am besten sofort ein Appartement. Oder was meinst du, Jemelchen?" PHK Prandel schien an diesem Morgen in einem Wechsel zu sein. Von „Schlecht gelaunt bis zum geht nicht mehr" bis zur Hochform war alles dabei.

Und da war es wieder, dieses Wort. Schon das dritte Mal an diesem Tag. Anja Jemel sah langsam rot. Hoffentlich fing er jetzt nicht noch an zu reimen.

Jemelchen – Schemelchen- da da da …

„Wenn Du meinst, Chef, mach das", erwiderte Jemel stinksauer. „Die armen Stammheimer", dachte sie noch. Wenn der hier als neuer Mitbürger aufschlägt, haben die allezeit Spaß an den Backen. Prandel interessierte sich zwar für Köln und kannte alles über Stammheim, aber hier wohnen, das war noch eine ganz andere Sache.

Prandel bog am Bahnübergang ab, fuhr links in die Scharffensteinstraße und erlebte das volle Chaos. Kein Parkplatz mehr frei. Alles total dicht. „So eine Scheiße", fluchte Prandel. „Haben die hier alle keine Arbeit oder sonst nichts zu tun?"

„Ja, echt tolle Wohngegend hier. Mir gefällt`s." Anja Jemel lachte und war amüsiert. Jetzt konnte sie ihren Chef zur Abwechslung mal ein bisschen hochnehmen.

Nach mehreren Umkreisungen des Zielgebiets wurde Prandel fündig. Total sauer parkte er ein.
„So. An die Arbeit Frau Kollegin. Hast wohl `nen Clown gefrühstückt." Prandel war auf Hundert. „Hoffentlich kommt die Spurensicherung gleich. Aber wo sollen die denn hier parken? Verdammt."
„Ich rufe die SpuSi gleich mal an und gebe denen einen Tipp für einen guten Parkplatz. Auf dem großen Parkplatz am Kaisers Lebensmittelmarkt ist immer was frei und das ist hier gleich um die Ecke", bemerkte Jemel.
„Ich glaube, du hast sie nicht mehr alle. Lässt mich hier zehnmal im Kreis fahren..., und außerdem heißt das Spurensicherung." Jetzt war Prandel soweit. Innerlich war Jemel schon kurz vor einem Lachflash. Und der kam jetzt mit aller Wucht aus ihr raus. Als sie sich beruhigt hatte, war Prandel völlig fertig und sie sagte: „Nennst du mich noch einmal Jemelchen, passiert dir das immer wieder aufs Neue. So!"
Prandel bekam kurz Schnappatmung, musste aber dann ebenfalls lachen. „Okay, für heute hast du gewonnen, liebe Anja. Aber die Rache wird fürchterlich sein. Warte ab."
Na klar, dachte Anja. Er wird mir wieder endlose Dialoge über „sein" Stammheim vortragen. Geschichte, Fakten, todlangweilige Vergangenheit…
Inzwischen schien die Spurensicherung eingetroffen zu sein.
„Dann wollen wir mal", übernahm Prandel das Kommando.
Als sie die Wohnung betraten, saß eine Frau mit einem dicken Verband auf dem Kopf in der Küche. Ein paar blonde Haare lugten hervor und sie schien noch völlig unter dem Einfluss des Erlebten zu stehen. An der Kaffeemaschine hantierte ein Mann, klapperte mit den Tassen und schien der Ehemann, also Herr Theissen zu sein. Dazwischen wuselten noch andere Personen, das waren Kollegen von Prandel und Jemel und man nickte sich zur Begrüßung kurz zu. Die Spurensicherung war also doch bereits bei der Arbeit und obwohl Theissen einen Stuhl anbot,

wollten Prandel und seine Kollegin lieber stehenbleiben.
„Sie haben also gar nichts bemerkt?“, fragte Prandel, und Theissen machte einen genervten Eindruck.
„Ich habe das doch alles schon ihren Kollegen erzählt. Wie oft denn noch?“
„So oft wie ich es möchte“, sagte Prandel und Jemel schaute ihn von der Seite her an. Schon wieder hatte sich sein Gemütszustand geändert, nun wirkte er leicht arrogant und genervt zugleich.
„Sie erzählen jetzt noch einmal die ganze Geschichte. Wo waren sie also zum Zeitpunkt des Anschlags, was haben Sie mitbekommen, was geschah danach?“
Theissen knallte die Tasse so laut auf den Tisch, dass seine Frau erschrocken zuckte, aber das schien ihn nicht zu kümmern. Laut rief er:
„Ich werde mich beschweren. Wir sind hier Opfer eines Anschlages geworden und sie behandeln uns wie Kriminelle!“
„Beschweren können sie sich gerne. Aber warum sind SIE Opfer eines Anschlages geworden? Ich denke, nur ihre Frau?“
Nun verzog sich Theissens Gesicht zu einem gehässigen Grinsen.
„Wie ich Ihren Kollegen bereits erzählt habe, ist mir ein Ordner mit wichtigen Papieren entwendet worden. Wenn Sie sich also vorher mit ihren Kollegen verständigt hätten, bräuchten wir das Ganze hier nicht endlos bis zum Erbrechen zu wiederholen.“
Prandels Schnäuzer wackelte gefährlich. Sein Blick war nicht einzuordnen und Jemel ging schnell dazwischen.
„Wir haben dazu noch keine Gelegenheit gehabt, aber das ist auch nicht weiter tragisch. Wir hätten es sowieso gerne aus ihrem Mund erfahren. Also. Was war das nun für ein Ordner, der verschwunden ist?“
Theissen sah an die Decke, sagte aber nach einer kurzen Weile:
„Bürgerverein Haberland-Haus…, alle wichtigen Dokumente darüber sind nun weg. Ich bin aber nicht der Einzige, der diese Unterlagen besitzt, es sind nur Kopien.“

Prandel nickte Jemel zu. Deshalb also der Verdacht, dass es etwas mit ihrem Fall zu tun hätte. Leider waren sie nicht umfassend informiert worden, aber das würden sie jetzt ausreichend nachholen.
„Ich denke, es gibt viel zu erklären“, sagte Prandel, zog sich einen Stuhl heran, setzte sich verkehrt herum darauf und sagte leise, aber mit gefährlichem Unterton:
„Und nun darf ich Sie bitten, alles zu erklären, was es zu erklären gibt. Ich muss ALLES wissen. Auch ob Sie sich gestritten haben, ob es vorher schon irgendwelche Anzeichen gegeben hat, einfach alles. Und erst wenn ich mir ein Bild von der ganzen Situation machen kann, sind Sie mich los. Für Ihre Frau gilt das natürlich nicht…“ Er sah mitfühlend zu Theissens Frau und ergänzte:
„Wenn Sie sich nicht wohlfühlen, können Sie jederzeit abbrechen und in Ihr Schlafzimmer gehen. Wir werden dann mit ihrem Mann alleine weiter reden.“
Theissen seufzte, dann setzte er sich ebenfalls und begann zu erzählen.

Zwei Stunden später standen sie wieder vor dem Auto. Die Sachlage schien klar zu sein. Theissen hatte wohl nichts mit dem Anschlag auf seine Frau zu tun, und diese war wohl nur ein Opfer geworden, damit der Täter an diesen Ordner herankommen konnte. Ziemlich aufwendig für einen einfachen Diebstahl, aber interessant war eben nur die Tatsache, dass es um den Ordner ging, der das Haberland-Haus betraf. Der einzige Hinweis zu der Tat, die einzige Verbindung. Was war dem Täter, oder der Täterin so wichtig, dass sie sogar eine Tötung in Kauf nahmen, um an diesen Ordner heranzukommen? Denn Frau Theissen hätte durchaus auch tödlich getroffen werden können.
„Ich glaube, wir müssen uns mal mit diesem Künstler unterhalten, den wollten wir doch sowieso noch mal sprechen“, sagte Anja Jemel und Prandel nickte.
„Ja, Jemelch… Anja…“, sagte er und rollte mit den Augen „…

den knöpfen wir uns jetzt vor und er sollte verdammt gute Alibis haben, sonst pack ich ihn direkt an den Eiern!"
„WAS ist los mit dir?", rief Anja Jemel nun laut und wütend packte sie Prandel an der rechten Hand, mit der er gerade das Auto aufschließen wollte.
„So kenne ich dich nicht. Seit du mich abgeholt hast, bist du ein anderer Mensch. Als wärst du ein Zwilling von dir. Selbst wie du redest… deine Launen, deine Stimmungsschwankungen, das ist alles nicht normal. Jetzt rede, oder ich fahre nach Hause, dann kannst du das hier erst mal alleine weitermachen!"
Prandel nickte, machte ein Zeichen mit dem Kopf und schloss den Wagen auf. Sie stiegen ein und dann erst sagte Prandel:
„Gestern, nach Feierabend… ich habe mir den ganzen Mord nochmals durch den Kopf gehen lassen und dabei zwei bis zwanzig Kölsch getrunken. Dann kam noch Max, ein alter Kollege, und wir haben ein, zwei Schnäpse dazu gehabt. Na ja, wenn ich dann morgens wach werde, womöglich durch einen Einsatz geweckt, dann bin ich nicht ich selbst. Entschuldige. Warte noch `ne Stunde, dann bin ich sicher wieder der Alte, ich bin ja auch nur ein Mensch. All diese Taten, diese Toten, diese ganze Kacke... es nimmt mich doch mehr mit, als ich es zeigen mag."
Diese sehr ehrliche und menschliche Erklärung ließ Anja nicht kalt. Sie drückte erneut seine Hand, diesmal aber liebevoll und mit Wärme, dann nickte sie nach vorne.
„Dann mal los, jetzt werden wir uns diesen Hofer mal vorknöpfen."

1223

Apolonia zitterte am ganzen Körper. Es war nicht nur die Angst, erwischt zu werden, sondern ihr ausgezehrter, kraftloser Körper war am Ende. Sie sah Berbelin in die Augen und als diese nickte, huschten sie weiter. Niemand in der Nähe, die Nacht war ruhig. Kalt, dunkel und ruhig – genau richtig für ihr Vorhaben. Aber sie hatten sich die Nacht schwerlich aussuchen können, es war einfach passiert und nun mussten sie auch die Konsequenzen tragen.

Die Türe knarrte, als Berbelin sie mit aller Kraft aufzog, dann leuchtete sie die nassen, mit Moos bewachsenen Stufen an. Hier war es immer feucht, aber das war egal. Die Fackel in der Hand gab nur spärliches Licht ab, doch es reichte um den Weg zu erkennen. Apolonia hielt das Bündel in der Hand, Berbelin die Fackel und so stiegen die beiden Frauen die Stufen hinab, bis sie eine weitere Türe erreichten.

Apolonia konnte nicht mehr. Am Ende ihrer Kraft, stützte sie sich an der nassen Wand des Ganges ab und atmete tief durch. Ihre Beine versagten und kurz knickte sie ein, dabei hätte sie ihr Bündel fast verloren, doch mit letzter Kraft hielt sie es oben. Berbelin verzog das Gesicht, ihre Lippen bildeten harte, kurze Linien, dann sagte sie:

„Weiter, wir haben keine Zeit für ein Nickerchen!"

Apolonia nickte. Eigentlich war sie eine hübsche junge Frau, doch ihre braunen Locken steckten unter einer Haube, und ihr Körper wurde von einer schwarzen Kutte bedeckt. Sie sah genauso aus wie ihre Ordensschwester Berbelin, sie beide waren die Bräute des Herrn. Doch anstatt friedlich in ihren Betten zu liegen, wandelten sie den Geheimgang des Klosters St. Nikolaus zu Dünnwald entlang.

Sie kamen um eine kleine Biegung, als Berbelin die Hand hob.

„Halt ein!" sagte sie und Apolonia nickte wieder nur. Sie konnte nichts mehr sagen. Sie fühlte Nässe zwischen ihren Beinen, sie

blutete bereits seit einiger Zeit wieder, aber das war wohl die Strafe für ihr Vergehen. Wenn sie sterben würde, dann sollte es eben so sein. Mit letzter Kraft übergab sie Berbelin ihr Bündel. Mit Tränen in den Augen sagte sie:
„Ich darf es nicht sehen?"
„Nein, bis hierhin und nicht weiter", sagte Berbelin, eine Frau, die nur wenig älter als Apolonia war, jedoch eindeutig das Sagen hatte. Sie übernahm das Bündel und nach einem letzten Blick auf Apolonia lief sie weiter.
Nach wenigen Metern machte der Gang erneut eine kleine Biegung und hier gab es nun einige Nischen in der Wand. Berbelin legte das Bündel in eine der Nischen, sprach ein kurzes Gebet, dann eilte sie zurück.
„Kommt mit mir!", sprach sie die auf dem Boden liegende Apolonia an, aber diese rührte sich nicht mehr. Berbelin stieß sie mit dem Fuß an, dann beugte sie sich über ihre Ordensschwester.
„Ihr müsst mitkommen, Ihr könnt hier nicht liegenbleiben…", zischte sie mehr wütend als besorgt, und als Apolonia gar keine Anstalten machte zu reagieren, zog sie einfach an ihrem Arm und schleifte sie ein Stück über den Boden.
Apolonia reagierte immer noch nicht und nun beugte Berbelin sich über die junge Frau. Sie hielt ihr Gesicht ganz dicht vor den Mund von Apolonia, aber aus den Lippen der jungen Frau kam keine Atmung mehr. Kurz überprüfte sie noch andere Lebensfunktionen, schob ihre Augenlider zurück, dann fluchte sie:
„Tot. Ausgerechnet jetzt und hier…", entfuhr es ihr, dann packte sie die junge Frau unter den Armen und schleifte sie zurück in den Gang. Dort, wo sie wenige Augenblicke zuvor das Bündel hingelegt hatte. Sie drückte Apolonia an die Wand, direkt neben der Nische, dann sagte sie leise:
„Dann ruh' neben deinem toten Kind. Du hast es zur Welt gebracht, du hast es getötet und der Herr hat dich direkt dafür gerichtet. So ist der Gang der Dinge." Sie machte ein Kreuzzeichen über der Toten, dann huschte sie den Weg zurück.

Sie drückte die schwere Holztüre wieder zu, schaute sich um, und als sie sicher war, dass sie niemand beobachtete, hastete sie schnell zurück zu ihrer Kammer. Erst als sie in der Sicherheit ihrer kleinen, kargen Zelle war, zog sie den Umhang aus und legte sich auf ihr Strohlager.
Sie schaute auf die Steine an der Wand, lag auf der Seite und starrte die dunkle Wand einfach nur an. Ihre Gedanken überschlugen sich. Was konnte sie tun? Was würde passieren? Apolonia würde vermisst werden, das war klar. Der Geheimgang war vielen Nonnen hier bekannt und viele nutzten ihn. Aber mehr als Ablage der toten Säuglinge und nicht als Leichenkammer für sich selbst. Nun, irgendwer würde den Gang sicher benutzen und Apolonia finden. Man würde denken, dass sie ihr Kind alleine weggebracht und einfach nicht mehr die Kraft für den Rückweg gehabt hatte. Die schwere Geburt, das viele Blut, das wäre Erklärung genug. Man würde sie hinausschaffen und draußen begraben. Wenn überhaupt. Aber das war nicht mehr ihre Sorge. Niemand könnte ihr einen Vorwurf machen.
Aber Berbelin hatte noch einen anderen Plan. Wenn diese Ritter wiederkämen, wenn sie wieder ein Gelage veranstalten wollten, wenn sie wieder ihren Eheweibern entkämen, um hier zu huren, dann würde sie gezielte Fragen stellen. Auf diese Fragen kämen Forderungen und auf diese Forderungen … Berbelin lächelte, als sie an ihren Plan dachte. Ja, das würde gehen. Das könnte ihre Möglichkeit sein.
Sie war nicht gerne hier, im Kloster St. Nikolaus zu Dünnwald. Eigentlich war es nur eine Notmaßnahme gewesen, damit sie nicht verhungerte. Ihre Eltern hatten sie als kleines Mädchen hier abgegeben, das war schon viele Jahre her. Nun zählte sie 22 Jahre, war eine erwachsene Frau und sie wollte schon noch ein wenig mehr vom Leben haben, als nur hier in Dünnwald zu versauern. Wenn die Dünnwalder Ritter so reich wären, wie man sagte, würde es auch für sie reichen. Es gab einige Ritter in der Gegend, die alle dem Grafen Berg unterstanden. Hier in

Dünnwald die Ritter von Haan, in Flittard gab es Ritter und in Stammheim ebenso. Nun, sie alle suchten nach Gelage und Kurzweil und wo gab es mehr Weiblichkeit als in einem Kloster? Doch Berbelin würde sich schon zu verkaufen wissen.
In Gedanken nicht mehr beim Erlebten, sondern bereits in goldenen und guten Zeiten, schlief sie endlich ruhig ein.

2015

Er schaute sich um, als er niemanden sah, ging er rasch hinein. Er kannte den Weg. Eigentlich schon als Jugendlicher, doch war dies sein persönliches Geheimnis. Schnell, ohne auf weitere Gefahren zu achten, ging er seinen Weg durch das Haberland-Haus bis hinunter in den Keller.
Hier kannte er sich bestens aus. Er brauchte nicht mal eine helle Beleuchtung, das Licht seiner kleinen LED Lampe reichte ihm völlig aus.
Hofer sah heute ein wenig anders aus. Er trug einfach eine alte Jeans, einen Arbeitspullover und schwere, feste Schuhe. Es ging ihm nicht um gutes Aussehen. Er hatte etwas zu erledigen, das keinen Aufschub mehr duldete.
Er stellte sein Werkzeug, den Rucksack, eine Schaufel, eine Rolle Plastiksäcke und mehrere Handschuhe beiseite, dann machte er sich an einem hölzernen Regal zu schaffen, das im Keller an der Wand stand.
Wenn ihn jemand beobachtet hätte, würde er meinen, Hofer hätte einfach begonnen, etwas abzureißen. Jedoch zerstörte er nichts, sondern zog das Regal nach vorne, verkeilte es und plötzlich war dahinter eine alte, sehr alte Holztür zu erkennen. Ein matter Eisenring war zu sehen und Hofer zog daran, bis die Türe sich fast geräuschlos öffnete. Hinter dieser Türe ging es in den Gewölbetrakt des alten Schlosses von Stammheim, was aber nur sehr Wenige wussten. Dieser Keller wurde früher auch schon mal als Vorratskeller genutzt, Hofer hatte jedoch später eine andere Bestimmung dafür gefunden.
Doch nun, da man ihm auf den Fersen war, musste er vorsichtig sein, um jeden Verdacht von sich weisen zu können.
Der Zugang zu den alten Schlosskellern war geheim und, außer von Hofer, schon sehr lange nicht mehr benutzt worden. Dennoch war er vorsichtig. Er holte aus dem Rucksack nun eine fest stehende Lampe und stelle sie auf den Boden, sodass der Raum

spärlich beleuchtet wurde.
Nun ging er in die rechte Ecke des sehr alten Kellergewölbes und dort zog er an einem alten Stein in einer Nische. Er schien fester zu sitzen, als er gedacht hatte, und Hofer brauchte ziemlich viel Kraft, um ihn zu lockern. Dann aber rieselten kleine Steinchen und kurze Zeit später hatte er den großen Stein gelöst.
Er sah sich kurz um, es war aber mehr ein Reflex, denn niemand hätte ihn hier sehen können, dann zog er den zweiten Stein heraus und danach den Nächsten. Bald war ein Loch entstanden, das gut einen halben Meter groß war, und Hofer atmete tief durch. Der Geruch, der aus diesem Loch kam, glich dem Verwesungsgeruch einer Gruft, doch Hofer machte das nichts aus. Er holte die Schaufel und die Säcke, dann zwängte er sich durch das Loch.
Hier reichte die kleine LED Lampe aus und er machte sich an die Arbeit.
Knochenreste, zerfetzte Kleidung. Er achtete nicht auf Pietät, er schaufelte all diese Reste zusammen und füllte sie in Säcke. Nicht zu viel in einen Sack, er wollte sie noch bequem tragen können, also verteilte er die Leichenteile in mehreren Säcken, die er dann wieder durch das Loch in den Kellerraum stellte.
Als seine Arbeit beendet war, schaute er sich um, nickte zufrieden und zwängte sich wieder zurück in das Kellergewölbe. Nun begann die Arbeit von vorne. Er drückte die Steine zurück in die Öffnung, verkeilte sie und sie schienen perfekt zu passen, als ob dies schon öfter geschehen war. Um den letzte Stein hinein zu drücken, musste er wieder eine Menge Kraft aufwenden, aber dann war es geschafft.
Hofer zerrieb mit herumliegendem Staub die Fugen, dann packte er sein Werkzeug und einen Sack und ging zurück, bis in den Keller des Haberland-Hauses. Dort stellte er die Sachen an die Wand, dann ging er zurück und holte nach und nach die vier Säcke, die er abgefüllt hatte.
Nach dieser Arbeit verschloss er die Türe, drückte das Holzregal

wieder davor, sodass man kaum etwas sehen konnte und stellte dann das alte Gerümpel davor. Danach ging er mit den Säcken und dem Werkzeug wieder nach oben.
Es war spät und die Dunkelheit hatte bereits eingesetzt, dennoch konnte er die Jugendlichen in der Nähe hören. Sie lachten, riefen und scherzen miteinander. Hofer schaute sich um, aber niemand war in der Nähe und so trug er zuerst sein Werkzeug und danach die Säcke zu der Schubkarre, die er in der Nähe abgestellt hatte. Er zog eine Plane darüber, und dann ging er mit der Karre auf dem Wiesengrundstück entlang bis zum Eingang des Schlossparks, wo er sein Auto abgestellt hatte. Selbst wenn ihn jemand sehen würde, wäre das nicht schlimm. Ein Künstler hatte oft so einen Bezug zu seinen Werken, dass er auch in der Dunkelheit noch arbeitete. Kreative Phasen mussten genutzt werden, und er hatte gerade eine enorm kreative Phase. Hofer musste lächeln, als er über seine Wortspiele nachdachte, dann hatte er sein Auto auch schon erreicht.
Er lud alles in den Kombi, die Schubkarre schob er einfach in ein nahestehendes Gebüsch.
Als Hofer in den Rückspiegel sah, meinte er kurz einen weißen Nebel zu erkennen, aber das war sicher nur Einbildung. Niemand holte in der Dunkelheit zwei Leichen aus einem Keller, ohne dabei merkwürdige Empfindungen zu haben.
Nun musste er aber schnell handeln. Er fuhr am Klärwerk vorbei durch Flittard, dann rechts hoch zur B 8 und danach Richtung Leverkusen. Hofer nahm die Straße entlang des Bayer Werks, bog an der Titanstraße Richtung Autobahn ab und war kurze Zeit später bereits auf der A 1. Nun fuhr er über die Rheinbrücke, aber nur bis zur nächsten Ausfahrt. An der Abfahrt Merkenich verließ er die A1 wieder. Im Ortskern Merkenich fuhr er langsam bis zum Rheindamm, dann einen Feldweg in die Rheinaue von Langel-Merkenich. Hier war er oft als Kind gewesen, sie hatten hier in den dichten Wäldern gespielt und er wusste, dass es eine einsame Gegend war.

Der Feldweg führte ihn fast bis an das Rheinufer und hier parkte er schließlich. Er blieb mit laufendem Motor, aber mit abgeschaltetem Licht fast 15 Minuten stehen, dann erst öffnete er die Tür und ging mit der Schaufel in den nahen Wald.
Dort begann er nun zu graben. Hier würde niemand suchen, hier war totes Gebiet. Nur ein paar Spaziergänger mit Hunden würden mal vorbeikommen, aber gegen allzu neugierige Hunde hatte er auch schon etwas.
Als das Loch tief genug war, holte er die vier Plastiksäcke und legte sie hinein, dann holte er aus dem Auto einen Sack voll Weißkalk. Er schüttete den Kalk über die Säcke, dann schaufelte er die Erde wieder auf, bis das Loch dicht war.
Nun holte er vom Rheinufer noch einige Steine, die er auf die frische Erde warf, dann suchte er Stöcke, brach vom nahen Gebüsch Zweige ab und verteilte sie auf der Erde, bis man bald nichts mehr sehen konnte.
Das Kalkgemisch würde Tiere davon abhalten, hier zu graben, und sehen konnte man einfach nichts. Er hatte das Loch bereits in der Nähe von starkem Dickicht gegraben, in einigen Tagen würde man gar nichts mehr sehen können.
Er ging langsam zum Auto zurück, schaltete die Scheinwerfer aber erst ein, als er vom Rheindamm langsam wieder auf feste Fahrbahn kam, dann beschleunigte er und machte sich rasch auf den Heimweg.
Sein Plan war aufgegangen. Nun könnte man im Haberland-Haus suchen, was man wollte. Sicher, man könnte Spuren finden, aber einen endgültigen Beweis würde man vergeblich suchen.

1224

Die Musik hallte laut durch die dunkle Nacht, die Flammen des Feuers loderten hell. Lachen und kleine, spitze Schreie waren zu hören und alle Tiere des Waldes verhielten sich ruhig.
Ein Gelage, ganz in der Nähe des Klosters von St. Nikolaus zu Dünnwald. Mehrere Ritter und mehrere Nonnen saßen auf Holzbalken rund um das Feuer und es ging gar nicht christlich zu. Einige Nonnen waren nicht als solche zu erkennen, sie hatten keine Hauben auf und waren in schlichten Baumwollkleidern gekommen. Die Ritter griffen ihnen an das weiche Fleisch, lachten und machten Scherze. Aber noch war der Höhepunkt der Nacht nicht gekommen. Noch wurde ausschließlich gegessen und getrunken.
Auch wenn man sonst die Orgien lieber in festen Räumen feierte, so hatten diesmal die Ritter von Haan zu einem Freiluftgelage geladen. Sie waren es dann auch, die für Speis und Trank sorgten. Einige Bedienstete hatten den ganzen Tag nichts getan als Fässer gerollt, Fleisch, Obst und Brote herangeschafft und nun feierten sie hier. Ausgelassen und ohne jede Heimlichkeit. Es war laut, zwei Barden spielten auf, ein kleiner Mann in bunten Tuchfetzen schlug Purzelbäume neben dem Feuer und ein dicker Mann mit freiem Oberkörper schöpfte aus einem Fass ständig Wein in die hingehaltenen Becher.
Eine junge Frau saß auf dem Schoß eines Mannes und er knetete ihr ungeniert die Brüste, während sie laut lachte und nichts auf die Blicke der anderen gab. Selbst als er eine Brust von ihr freilegte und sie küsste, drückte sie nur trunken und lachend seinen Kopf an ihren Busen.
Und die anderen Feiernden machten nichts anderes. Sie alberten herum, sie amüsierten sich, sie wollten einfach nur Freude, gutes Essen, guten Wein und Fleischeslust.
Berbelin hatte ein helles Kleid an, das bereits viele Flecken aufwies. Einige beschmutzte Männerhände hatten ihren Spuren auf

ihm hinterlassen, aber das war ihr nur Recht. Sie sprang von dem Holzbalken auf, tanzte zur Musik, und ein raues Männerlachen begleitete sie dabei. Sie wiegte sich in den Hüften und beugte sich vor, sodass der bärtige Mann ihre Brüste richtig sehen konnte. Dann tanzte sie an ihn heran und als er nun nach ihr griff, sprang sie spielerisch zurück.

Der Mann wischte sich die Weinreste von den Lippen, warf den Becher einfach auf den Boden und grölte:

„Komm her, du schönes Geschöpf, du bist zu hübsch für den Herrn, bevor du ihm begegnest, will ich es dir besorgen!"

Sie lachte kokett, warf ihren Kopf nach hinten, sodass er ihren schlanken Hals sehen konnte, dann drehte sie sich herum und ging ganz langsam, tänzelnd davon. Er folgte ihr, das spürte sie. Berbelin ging einige Meter vom Feuer weg. Es war eine warme Sommernacht, das Feuer gab noch zusätzliche Hitze ab und so war sie froh, aus dem Licht und der Hitze zu kommen. Sie ging einen kleinen Pfad entlang, nur wenige Meter, dann setzte sie sich an den Rand einer Lichtung. Der Mann, der vor ihr auftauchte, war der bärtige Ritter von eben. Ritter Ruben. Er lachte nun nicht mehr, sie konnte nur seine Gestalt erkennen, wusste genau, was er von ihr wollte.

Es war einer der Ritter von Haan, und Berbelin war beim ersten Teil ihres Planes. Sie ließ ihr Kleid von den Schultern fallen und die weißen, nackten Brüste waren im fahlen Mondlicht gut zu erkennen. Der Ritter schluckte, dann kam er rasch näher. Er griff nach ihren Brüsten, dann sank er neben ihr ins Gras.

Die spitzen Schreie von ihr waren bis zum Feuer hin zu hören, aber das kümmerte keinen. Im Gegenteil, es gab sogar Paarungen direkt am Feuer, vor aller Augen, und es störte niemanden. Aber Berbelin hatte ja einen anderen Plan und dafür wollte sie ihn ein wenig vom Feuer weglocken, was ihr ja auch gelungen war.

Als Ritter Ruben ohne Beinkleider bei ihr war, als sie nackt vor ihm lag, genoss sie jeden Stoß, denn er brachte sie Stück für

Stück näher an ihr Ziel. Sie dachte nicht mehr an Apolonia, dachte nicht mehr an die toten Babys, die vielen Kinderleichen und auch die toten Mütter, sie dachte nur an ihre goldene Zukunft.

Als er in ihr kam, schrie sie auf. Sie sah die Zukunft wie einen Lichtblitz vor sich und sie weinte vor Glück. Was Ruben nicht ahnen konnte, denn Berbelin erzählte ihm weder etwas von ihren Plänen, noch, dass sie bereits seit einigen Wochen guter Hoffnung war. Aber das würde der Kerl gar nicht erst erfahren.

Als er sich von ihr löste, klatschte er ihr mit der nackten Hand auf den Oberschenkel und sagte:

„Ihr seid gut gewesen, ich komme Euch bestimmt noch öfter besuchen."

Dann zog er sich seine Beinkleider wieder an und ging zurück zu den Anderen. Berbelin aber griff nach ihrem Küchenmesser, dass sie extra hier versteckt hatte und begann, sich selber Schnitte beizubringen. Sie verletzte sich ziemlich heftig, schnitt sich in die Brust, in den Bauch und an den Armen. Blut verrieb sie sich im Gesicht und an den Händen. Erst als sie sicher war, dass es so aussah wie es aussehen sollte, erhob sie sich langsam. Noch ein Weilchen wollte sie warten, dann würde ihr Moment kommen.

Ruben saß wieder mit einem Krug voll Wein am Feuer, einige Nonnen waren splitternackt und einige Männer ebenso. Drei Leiber wälzten sich auf dem Boden neben dem Feuer, es waren zwei Frauen und ein Mann und niemand nahm Anstoß daran. Einige Teilnehmer aßen mit den Händen das Fleisch, rissen Brot auseinander, tranken Wein und über alledem spielte die Musik. Das Feuer knisterte, ein Stöhnen und Lachen erfüllte die Luft, es roch nach Trunkenheit, Sex und Sommer.

Zunächst nahm niemand Notiz von der Person, die in dem zerrissenen, hellen Kleid aus dem Dickicht auftauchte. Die nackten Brüste ragten heraus, alles war voller Blut und Berbelin selber taumelte, als würde sie jeden Moment tot zusammenbrechen.

Erst als der Musiker sie erkannte und die Musik verstummte, erst als einige Anwesende erschrocken zu ihr schauten, erst als sie sicher war, dass die ganze Aufmerksamkeit ihr galt, da zeigte sie mit anklagendem Finger auf Ruben, der sie total geschockt auf dem Baumstamm sitzend anstarrte. Dann rief sie laut und anklagend:
„RUBEN – du hast mich geschändet, du hast mich umbringen wollen. Warum?“

Sex, Wein, Weib und Gesang, das war alles in Ordnung, niemand scherte sich darum. Aber eine Nonne zu vergewaltigen, zu schänden, sogar versuchen, sie zu töten, das ging nun gar nicht, und jeder der Anwesenden wusste, was dies zur Folge haben würde. Es müsste Meldung an den Grafen von Berg gemacht werden. Der Schuldige müsste - wenn nicht bestraft - so doch zur Rechenschaft gezogen und es musste Gerechtigkeit hergestellt werden. Berbelin wusste von solch einem Fall aus der Vergangenheit. Damals war der Ritter dazu „verurteilt“ worden, die Frau zu heiraten. Denn als Nonne weiterzuleben, das ging nun als Geschändete nicht mehr.

2015

Sie warf die Arme in die Luft. Ja, so war es gut. Sie war in ihrem Element. Die Sommernacht war warm, hier am Rheinufer war es schön, ruhig und niemand außer ihr und Kevin. Es war ihr Ziel, die Erfüllung, sie hatte es endlich geschafft. Dabei hatte es gar nicht so gut ausgesehen.
Er war die Straße entlang gehumpelt und sie war wie aus dem Nichts aufgetaucht. Kevin war stehengeblieben und hatte sie angestarrt, als wäre sie eine Erscheinung. Dann hatte er sie angesprochen.
„Du hast vor unserem Küchenfenster gestanden."
„Ist das verboten?"
„Aber du konntest mich nicht sehen... und hast dennoch zu mir geschaut."
„Ich kann dich fühlen. Ich kann dich spüren", hatte sie geantwortet und Kevin hatte sie so eigenartig angeschaut. Dann war er weitergegangen, humpelnd an einer Krücke, wollte an ihr vorbei, aber sie hatte ihn am Arm festgehalten.
Kevin hatte sie fragend angesehen und Bea hatte nun alles auf eine Karte gesetzt:
„Kristin ist tot, ich weiß das. Und du hattest viel Glück, ich habe von deinem Unfall erfahren. Aber mal ehrlich, das zeigt doch nur, wie schnell das Leben zu Ende gehen kann. Und ich…", sie zögerte kurz, dann aber sagte sie es offen und schaute ihm dabei in die Augen „… liebe dich. Schon länger, aber ich wagte es nie zu sagen."
Er schaute sie an, dann nickte er leicht und seine Augen schwammen ein wenig, als würde er weinen wollen. Ohne ein Wort hakte sie sich bei ihm ein, stützte ihn an der Seite, wo er seine Krücke hatte und dann gingen sie gemeinsam weiter.
Sie sah gut aus, ihre dunklen Locken reichten bis an die Schultern, ihre Bluse war modisch und ihr kurzer Rock war nicht zu kurz, um obszön zu wirken, aber kurz genug, um ihre durchtrai-

nierten und wohlgeformten Beine zu zeigen. Sie trug Chucks und wirkte leicht und unbeschwert, während Kevin schwerfällig mit seiner Krücke wirkte.
Zuerst sprachen sie nicht miteinander, sie gingen nur ein Stück gemeinsam und dann, als würde ihnen der Augenblick der Gemeinsamkeit genügen, nahm sie seine Hand und er unternahm nichts dagegen, ließ sie gewähren.
In diesem Moment durchraste sie die erste Welle unglaublicher Glückseligkeit.
Danach sprachen sie über einige Dinge aus der Vergangenheit. Wie verrückt das Leben sein konnte oder wie unglaublich Zufälle manchmal sind und warum das Schicksal sie nicht schon früher ein wenig näher zueinander geführt hatte.
„Manchmal muss man eben erst die Dunkelheit erkennen, um das Licht zu schätzen", sagte Bea und Kevin nickte. Ja, da war was dran. Bea schien nicht so oberflächlich zu sein wie die anderen Mädchen, er hatte sich schlicht in ihr getäuscht. So ganz war sie ja immer noch nicht seine Traumfrau, er war auf blonde Mädchen fixiert, aber ihre Anziehungskraft konnte er magisch spüren. Ihre Ausstrahlung, ihre Weiblichkeit. Er konnte sie riechen, wahrnehmen und fühlen und – sie fühlte sich gut an. Ihre Hand fühlte sich gut an, sie gab ihm Sicherheit und ein wenig Geborgenheit und noch etwas, das er noch nicht so genau benennen konnte. War es Erregung? Oder einfach nur ein wenig Neugierde?
Sie gingen gemeinsam bis ins Café, setzten sich dort wieder an den Tisch direkt neben der Treppe, die nach unten führte, dann bestellten sie sich eine Cola und nun benahmen sie sich auch wie ganz normale Jugendliche.
Sie alberte ein wenig herum, sie flirteten und die Zeit verging. Als es dämmerte, rief Kevin kurz zu Hause an, damit sich niemand Sorgen machte, dann verließ er mit ihr das Café.
Sie schlenderten in Richtung Schlosspark, aber nicht zum Treff der anderen, sondern hielten sich weiter rechts, wollten gar nicht

von ihrer Clique gesehen werden. Sie huschten am Haberland-Haus vorbei und dann gingen sie den steilen Abhang am Rhein hinunter. Hier suchten sie sich ein abgeschiedenes Stück, wo sie niemand sehen konnte, dann setzten sie sich ins Gras, direkt am Rheinufer.

„Es ist schön hier", sagte Bea und Kevin nickte, obwohl sie es nicht sehen konnte. Sie hielt ihn wieder an der Hand und nun zog sie ihn zu sich herüber und ein erster, zarter Kuss berührte Kevins Lippen.

Danach sprachen sie wieder miteinander. Über die Schule, über die Eltern, über die Freunde und über das Leben selbst. Sie waren jung, sie hatten andere Ansichten über das Leben als Erwachsene, aber sie waren schon früh mit dem Tod konfrontiert worden. Vielleicht war es das Erlebte, das sie so schnell zueinander finden ließ, es dauerte jedenfalls nicht lange, bis aus dem zaghaften Kuss ein richtiger Kuss wurde. Kevin brauchte keine Krücke, da er im Gras saß, er hatte die Hände frei und sie erforschten Beas Körper. Sie bebte und genoss diesen Augenblick. Als er ihre Brüste berührte, durchlief ein Zittern ihren Körper und nun wollte sie mehr. Viel mehr.

Sie begann, Kevin zu entkleiden und er ließ es geschehen. Er half auch Bea beim Ausziehen und ein wenig später saß sie nur im Slip neben ihm.

„Meinst Du, man kann uns sehen?" flüsterte er, aber sie lachte nur leise:

„Wie denn? Wir haben ja kein Feuer hier. Wir können nach oben sehen, aber die oben können uns nicht sehen."

Kevin kicherte.

„Da entgeht denen aber eine Menge..."

Bea zog nun Kevins Unterhose herunter und er ließ es geschehen. Dann zog sie sich komplett aus. Kevins Herz raste und selbst Bea, obwohl geplant, war so aufgeregt, dass sie einen trockenen Mund hatte und kaum sprechen konnte. Aber für das, was sie vorhatte, brauchte sie auch nicht zu sprechen. Sie beugte

sich über Kevins Schoß und er sog zischend die Luft ein, dann, ein wenig später, setzte sie sich auf Kevin.
Er schloss nicht die Augen, er sah ihr dabei zu. Er beobachtete sie und Bea wusste genau, was sie tat. Sie wollte Kevin für immer an sich binden.

Was sie nicht wussten war, dass sie doch beobachtet wurden. Benno war ihnen schon seit geraumer Zeit gefolgt. Er hatte alles beobachtet und als seine Augen sich an die Dunkelheit gewöhnt hatten, lag er oben am Damm und schaute genau zu ihnen herunter. Seine Zähne knirschten vor Wut und seine Fäuste ballten sich, bis die Knöchel weiß hervortraten. Unentwegt schwor er Rache, aber das konnten die Zwei weiter unten nicht hören.

Bea schloss die Augen und genoss ihren Triumph. Sie warf die Arme in die Luft. Ja, so war es gut. Sie war in ihrem Element. Die Sommernacht war warm, am Rheinufer war es schön ruhig, und niemand außer ihr und Kevin waren hier.
Es war ihr Ziel, die Erfüllung, sie hatte es endlich geschafft.

Sie schrie, versuchte sich aufzurichten, aber die Lederfesseln hielten sie davon ab. Ihr Gesicht war schweißüberströmt, die Haare hingen ihr fettig und nass ins Gesicht. Seit 12 Stunden schon zerrte sie an ihren Fesseln und schrie sich die Seele aus dem Leib, ihre Augen waren verdreht und sie befand sich in einer anderen Welt. Sie hatte sich eingekotet, im Zimmer stank es und die Fenster standen weit offen.
Zwei Pflegerinnen drücken sie nieder, dann schüttelte Paula den Kopf, sah Hiltrud verzweifelt an und sagte:
„Das kann so nicht weitergehen, wir müssen etwas unternehmen."
Hiltrud, die Oberschwester, nickte mühsam, als koste sie es enorm viel Kraft, einen Entschluss zu fassen, dann aber sagte sie:
„Ja, du hast Recht. So kann es nicht weitergehen. Ich dachte, es wäre ein Anfall, so wie immer. Aber das hier geht weit über das Normale hinaus. Wir werden Dr. Prügger rufen müssen."
Paula nickte erleichtert. Sie überprüfte noch einmal Elenas Lederbänder an den Handgelenken, dann stand sie auf, griff zum Telefon und rief den leitenden Oberarzt, Dr. Prügger, an.
Elena bekam davon nicht viel mit. Sie zerrte weiter an den Fesseln und immer, wenn es mal den Anschein hatte, sie würde sich beruhigen, ging erneut ein Ruck durch den mageren, ausgezehrten Körper und sie schrie wie eine Besessene.
Es dauerte nur wenige Minuten, bis Dr. Prügger kam. Er beugte sich über die Patientin, stellte ein paar Routinefragen, die Hiltrud auch beantwortete. Blutdruck, andere Werte, Medikation, Verhalten.
„Und so war sie noch nie?", fragte er leise, während Elena sich erneut versuchte, aufzubäumen.
„Noch nie!", flüsterte Paula ängstlich und nun schrie Elena laut und deutlich:
„So helft mir doch, es wird sonst meinem Kinde schaden. Oh, mein Gott, Herr, erlöse uns!"
Verwundert sahen sich die Pflegerinnen an, Dr. Prügger schüt-

telte kurz den Kopf, dann sagte er:
„Wie es aussieht, presst sie."
„Sie tut WAS?" rief Paula verwirrt und Prügger erklärte nochmals:
„Sie presst, als würde sie ein Kind zur Welt bringen."
Und tatsächlich, als Paula nun genau hinschaute, sah es aus als würde eine junge Mutter in den Wehen liegen. Elena schien tatsächlich mitten in einer Geburt zu sein. Dr. Prügger untersuchte sie noch eingehender, dann entschied er:
„Tilidin, 200 mg und zusätzlich zum Entkrampfen der Muskeln noch Sirdalud, 4 mg. Danach werden wir mal sehen, die Patientin sollte ruhiger werden."
Hiltrud rannte los, um das Geforderte zu bringen und Dr Prügger sprach beruhigend auf Elena ein. Aber erst als sie gespritzt wurde, beruhigte sie sich tatsächlich. Die Augenlider wurden schlaff, die Augen fielen zu und der Körper entkrampfte sich. Erleichtert atmete Paula ganz tief ein, legte ihre Hände an die Brust und bekreuzigte sich.
„Gläubig?", scherzte Prügger, aber Paula schüttelte fast unmerklich den Kopf, als sie sagte:
„Nein, nicht wirklich. Aber das hier… es ist so … als wäre etwas im Spiel, das wir nicht begreifen können. Da kann man mit einem kleinen Gebet bestimmt nichts verkehrt machen."
Prügger lächelte und ging zur Tür.
„Wenn noch was sein sollte, rufen sie mich. Egal, auch wenn es unbedeutend scheint. Ich möchte hier umfassend informiert werden."
Hiltrud und Paula versicherten es ihm und als Prügger weg war, sagte Hiltrud zu Paula:
„Jetzt gönn` dir erst mal eine Pause. Du warst ja hier Stunden im Einsatz. Ruh' dich aus, wenn was ist, dann rufe ich dich. Ich bleibe jetzt mal hier!"
Paula nickte und wollte gerade aufstehen, als Elena die Augen aufschlug.

„Wow, bei den Medikamenten wird sie nun Regenbogen sehen", flüsterte Hiltrud leise, aber Elena lächelte nur. Sie drehte leicht den Kopf und mit einer leisen Flüsterstimme, fragte sie nur:
„Bin ich wieder zurück?"
„Aber ja, wo waren sie denn?", rief Paula. Elena antwortete lächelnd:
„Ich war in einem früheren Leben. Leider konnte ich nicht einfach weg, ich habe damals ein Kind zur Welt gebracht. Ich war in einem Kloster und ich wusste, dass man mir das Kind wegnehmen und töten wollte. Die Geburt war schwer, doch irgendwann entfernte ich mich von meinem eigenen Körper, schwebte durch Zeit und Raum und – ja, jetzt bin ich wieder hier."
Paula sah sie erschrocken an, Hiltrud machte ihr ein Zeichen, dass sie eben einfach nur verrückt sei, doch Paula schüttelte ernst den Kopf.
Da Elena die Augen wieder geschlossen hatte, sagte sie laut:
„Nein, ich glaube nicht, dass sie verrückt ist. Langsam beginne ich, ihr zu glauben. Sie reist tatsächlich zwischen ihren früheren Leben hin und her. Sie hat einiges zu erzählen gehabt und ich denke, es ist an der Zeit, auch dich einzuweihen."
Hiltrud wirkte erstaunt, aber auch amüsiert, als sie sagte:
„Da bin ich aber mal gespannt."
Paula lächelte.
„Ich gehe jetzt eine kleine Pause machen und wenn ich zurück bin, erzähle ich dir alles, was ich weiß. Vielleicht hilft das auch, die Patientin besser zu verstehen. Wer weiß, es könnte sogar der Schüssel zur ihrer Krankheit sein."

„Wir hätten Sie auch festnehmen lassen können, also seien Sie wenigstens so kooperativ und tischen Sie uns keine Lügen auf, sonst fahren wir direkt zur Wache“, erklärte Prandel, und er klang sauer. Seine ganze massige Gestalt wirkte bedrohlich und er ähnelte Zeltinger mehr denn je. Jemel, seine Kollegin, stand neben ihm und versuchte ebenfalls, böse zu blicken, was ihr aber nicht ganz gelang. Ihr Mienenspiel war ein anderes, dafür war sie aber schneller und eine bessere Kämpferin, was ihr Gegenüber aber sicherlich nicht wusste.
Hofer lehnte neben einer dicken Eiche, kaute auf einem Grashalm herum und tat gelangweilt.
„Und was habe ich Ihrer Meinung nach verbrochen?“, fragte er und verdrehte dabei die Augen. Nun reichte es Prandel. Er griff blitzschnell zu, packte Hofer am Pulli und zog ihn bis auf wenige Zentimeter an sich heran.
„Pass op, Jung. Et is jetzt Schluss mit Lustig!“
Jemel legte ihre Hand auf seine und sein Griff lockerte sich, aber Hofer hatte wohl begriffen. Schon wesentlich ernsthafter fragte er nun:
„Also, wenn ich helfen kann, werde ich das selbstverständlich auch tun, aber worum geht es denn nun genau?“
Prandel atmete tief durch, dann grinste er.
„Geht doch“, sagte er, dann packte er Hofer am Arm und drückte ihn ein Stück vorwärts. „Da steht eine Bank. Dort setzen wir uns hin und dann unterhalten wir uns einfach mal über verschiedene Dinge.“
Jemel musste lächeln. Da war er wieder, der alte Prandel. Vorher hätte sie ihn schlagen können, so hatte er sie genervt, aber nun war er wieder in seinem Element. Sie waren vor gut einer halben Stunde am Haupteingang des Stammheimer Schlossparks angekommen Prandel hatte mal wieder den Reiseführer gespielt.
„Betrifft zwar jetzt nicht Stammheim, aber das Kloster zu Dünnwald, nach dem du mal gefragt hast. Damals soll es zwischen dem Rittergut Haus Haan und dem Dünnwalder Kloster

tatsächlich einen unterirdischen Geheimgang gegeben haben. Und in dem nahen Wald, der sich bis nach Leverkusen und Bergisch Gladbach hin erstreckt, liegen noch 300 Hügelgräber. Bei einem großen Steinblock wird das Grab eines Heidekönigs vermutet. Der Name dieses Ortes Dünnwald soll sich unter anderem vom nahen Flüsschen Dhünn herleiten, andere Quellen sprechen vom keltischen Wort Dun. Wer weiß das schon genau. Aber es ist interessant. Es gibt auch eine Art Lehrpfad. Fünfzehn Kilometer in die Geschichte des Orts, zum Beispiel zur Kirche St. Nikolaus, an deren Stelle im Jahre 1117 das Kloster Dünnwald gegründet wurde. Dieses gilt auch als Geburtsort des Kölner Stadtteils. In der ältesten Straße des Ortes geht es zum Geburtshaus des Mundartdichters und Volkskundler Franz-Peter Kürten. Dagegen blickt das historische Gasthaus „Am Ritter“ in eine Geschichte als Zollhaus, Pferdewechselstation und Ort der Gerichtsbarkeit zurück. Es handelt sich um eines der ältesten Häuser Dünnwalds, das im Laufe der Jahrhunderte vielfach sein Aussehen veränderte.“

„Das hast du jetzt doch auswendig gelernt“, rief Jemel, schon wieder leicht genervt und Prandel lachte. „Ja, steht so im Internet. Unter anderem im Kölner Wochenspiegel, da kannst du tolle Geschichten nachlesen.“

Sie gingen nun den Weg an den Kunstwerken entlang durch den Stammheimer Schlosspark und von Weitem konnten sie bereits Hofer an seiner Skulptur lehnen sehen.

„Um noch zum Schlosspark selber zu kommen. Wusstest du, dass der gesamte Park hier…“ Jemel unterbrach ihn, indem sie ihre Hand auf seinen Arm legte. Sie schaute ihn an und sagte leise, aber eindringlich:

„Bitte. Wir sind gleich bei Hofer. Ich kann mich nicht konzentrieren, wenn du ständig wie ein Lehrer redest. Du kannst mir das bei Gelegenheit gerne mal alles erzählen, aber nun wollen wir uns auf Hofer konzentrieren.“

Prandel wirkte nicht beleidigt, eher belustigt und nickte.

„Es is ja schon jot Kind, ich bin ens räuhich…“, sagte er in tiefstem Dialekt, dann erreichten sie auch schon Hofer, der sie genervt und arrogant anschaute.
Nun saßen sie gemeinsam auf der Bank und wirkten wie gute alte Bekannte, die sich ein wenig ausruhten. Prandel mit seiner wuchtigen Gestalt saß rechts, links saß Jemel, die wie ein sprungbereiter Panther wirkte, und in der Mitte, ein wenig verloren wirkend, saß Hofer. Er hatte seine Hände zwischen den Knien, saß vorgebeugt und ließ die Fragen über ihn ergehen.
„Sie wurden hier in der Nähe mit einer schwarzen Tasche gesehen. Ein Jugendlicher konnte sich genau daran erinnern.“
„Na ja, es gibt viele schwarze Taschen.“ Hofer schüttelte verärgert den Kopf.
„Meinen Sie nicht auch, dass es zu viele Zufälle wären? Es war der Tag, an dem bei Theissens eine schwarze Tasche verschwunden ist. An dem Tag, an dem der Anschlag auf Frau Theissen verübt worden ist. Und ich hätte auch gerne gewusst, wo Sie zum Zeitpunkt waren, als Michael März ermordet wurde.“

„Sie wollen mir jetzt den Mord anhängen? Ein Diebstahl, diese schwarze Tasche, das ist ja noch erklärbar. Aber jetzt noch einen Mord? Ich weiß nicht, vielleicht sollten Sie mal die Beweislage klären und Fachleute fragen?“
Da kam sie wieder durch, diese grenzenlose Arroganz, aber Prandel lächelte nur.
„Unsere Beweislage werden wir hier nicht auf den Tisch legen. Wir haben schon unsere Beweise, aber einige entscheidende Details müssen wir noch ermitteln und deswegen reden wir erst miteinander. So wie es aussieht, deuten alle Straftaten – zumindest teilweise – in Ihre Richtung. Sie sollten uns etwas entgegenkommen, sonst bleibt uns nichts anderes übrig, als sie in Gewahrsam zu nehmen.“
Hofer lachte verächtlich auf „Wenn Sie nichts gegen mich in der Hand haben, bin ich in kürzester Zeit wieder draußen. Und

dann können Sie sich auf was gefasst machen. Ich werde mich über Sie beschweren. Über sie Beide. Was sie hier veranstalten, ist unprofessionell. Sie haben keine Beweise, versuchen mich aber unter Druck zu setzen."
Prandel lächelte, dann zog er sein vibrierendes Handy aus der Tasche. Er las eine Nachricht, dann wurde sein Lächeln noch breiter als er sagte:
„Während wir uns so nett hier unterhalten haben, sind ein paar Kollegen von uns in ihrer Wohnung gewesen. Und was glauben Sie, was wir gefunden haben?"
Hofer schaute ihn mit großen Augen überrascht an und als Prandel sagte:
„Richtig, eine schwarze Tasche!"
Beim letzten Wort sprang Hofer auf und wollte fliehen. Aber er hatte nicht mit Jemel gerechnet. Hofer kam nicht mal zwei Meter weit, dann flog ihm Anja mit angewinkelten Beinen ins Kreuz. Hofer fiel um wie ein gefällter Baum, ächzte und Anja Jemel hockte auf ihm. Die Handschellen klickten und Prandel, der gemütlich aufgestanden war und nun neben ihm stand, sagte:
„Da haben wir Unprofessionellen aber mal Glück gehabt, was? Unsere Kollegen sind immer noch bei Ihnen. Ich bin gespannt, was wir noch alles finden werden."

1225

„Die sieben schwarzen Raben“, flüsterte sie, dann huschte sie weiter. Ihr Kleid flatterte im Nachtwind, ihre Schuhe hatte sie irgendwo im Matsch verloren. Sie war barfuß und wirkte eher wie eine arme Sünderin, aber das störte sie nicht. Ihre braunen Locken waren unter dem Kapuzenmantel verborgen und nur ihr blasses, fast fahles Gesicht war im Mondschein zu erkennen. Die Geräusche der Nacht machten ihr nichts aus, Berbelin war nicht ängstlich. Sie hastete den Pfad entlang, immer darauf bedacht, keine Geräusche zu machen. Eben hatte sie den Ort der sieben schwarzen Raben passiert, es waren sieben dunkle Eichen, die auf einer großen Lichtung direkt nebeneinanderstanden und wegen ihrer Verästelungen den Spitznamen „sieben schwarze Raben“ bekommen hatten. Es war ein gut bekannter, ein geeigneter Treffpunkt, denn hier verirrte sich des Nachts kaum jemand hin.
Berbelin fluchte leicht, als ihr Kleid sich im Geäst verhedderte, dann aber, als es riss und ein Stück Stoff am Ast hängenblieb, rannte sie einfach weiter. Es war egal. So vieles war egal, dies hier könnte ihre letzte Chance sein.
Der Graf von Berg hatte sie nicht mal empfangen. Ihre ganze Sache mit der Vergewaltigung war nach hinten losgegangen. Man hatte sie unehrenhaft aus dem Kloster geworfen, und als sie drohte, sich an noch höherer Stelle zu beschweren, hatte man ihr ausrichten lassen, dass sie auch leicht ihr Leben verlieren könnte. Berbelin hatte nun gar nichts mehr. Wenn sie essen wollte, wenn sie leben wollte, blieb ihr nur ihr Körper und sie war bereit alles zu tun, damit sie überleben konnte.
Ein anderer Graf hatte sich gemeldet, der ihr über eine befreundete Nonne eine Botschaft zukommen ließ, und nun war sie auf dem Weg zu dieser Verabredung. Doch sie war nicht dumm und sie wusste, wie schlecht die Menschheit war, daher würde sie nicht so unvorsichtig sein, direkt zum Treffpunkt zu laufen.

„Das wäre ja wie das Opfer zur Schlachtbank zu bringen“, dachte sie, und ihr Weg beschrieb einen großen Kreis. Sie näherte sich nun von der Westseite. Stammheim lag auf der anderen Seite, der Ritter von Stammheim, um den es sich handeln sollte, würde also von ihrem Standpunkt aus gut zu sehen sein.
Berbelin wusste, dass sie ärmlich aussah, aber das ließ sich nicht ändern. Warum auch bestand der Ritter darauf, sich nachts zu treffen? Sie war durch den Morast gelaufen, denn vorher hatte es mehrere Tage nur geregnet und der Waldboden war feucht, durchweicht, und im Dunkeln konnte sie ja nichts sehen. Ihr Kleid selber – nun, darüber brauchte sie nicht zu reden. Sie würde eben mit ihren weiblichen Attributen aufwarten müssen.
Berbelin schaute zum Himmel, versuchte, am Stand des Mondes die Zeit zu errechnen. Ja, Mitternacht würde passen. Es konnte also nicht mehr lange dauern.
Sie glättete ihr Kleid, was aber eher eine nervöse Geste war, dann strich sie ihre Haare, versuchte, wenigstens einige Knoten zu entfernen, als sie ein Pferd hörte. Es schien langsam im Schritt zu gehen, sie hörte die Hufen, dann das Schnauben. Langsam schaute sie in die Richtung und nun konnte sie die Silhouette eines Reiters erkennen. Nun, ich werde mich noch nicht zu erkennen geben. Vielleicht ist es eine Falle? Ist dies gar ein Meuchelmörder? Wird er mich vergewaltigen und dann irgendwo verscharren? Sie dachte an die Botschaft. „Dir ist Unrecht getan worden, und ich kann Dir helfen“, hatte da gestanden. Dann Ort und Zeit und mehr nicht. Doch griff man in ihrer Situation nicht zu jedem Strohhalm?
Das Pferd stand nun genau auf der Lichtung der sieben Raben und tänzelte unruhig herum. Der Ritter blieb noch auf dem Rücken des Pferdes, dann aber, nach einem kurzen Augenblick, stieg er von seinem Pferd, streichelte es, flüsterte ihm irgendetwas zu und band es an einem kleineren Baum fest.
Er selber trug einen Umhang, aber keinen Helm, und sie konnte das dichte, dunkle Haar mehr erahnen als erkennen, doch

irgendwie sah er nicht bedrohlich aus. Seine Haltung, seine Erscheinung – ach was, sie musste auch mal lernen, zu vertrauen. Viele Möglichkeiten blieben ihr ja nicht.
Sie wartete noch einen Augenblick, dann sagte sie in die Stille der Dunkelheit hinein:
„Ich bin bewaffnet, seht euch also vor!" Doch es klang nicht so mutig, wie es klingen sollte und der Ritter lachte laut und rau auf.
„Dann zeigt euch, ich will euch keine Gewalt antun, doch wenn ihr unser Treffen mit einer Drohung beginnt..."
Es raschelte im Gebüsch und Berbelin trat hervor. Es muss ein eigenartiger Anblick für den Ritter gewesen sein. Sie trug nur ein Kleid, war barfuß und verdreckt, ihre langen Locken lugten neugierig unter der schwarzen Kapuze hervor. Der Ritter zog sein Schwert, rammte es in den Waldboden und ging mit ausgestreckten Händen auf sie zu.
„Ich bin Günter, Ritter von Stammheim", sagte er, und als sie einfach stehenblieb, umfasste er ihre Hände mit den seinen. Nun konnte sie sein Gesicht erkennen, und es sah gut aus. Seine Augen strahlten Wärme und Gutherzigkeit aus.
„Ihr wollt mir helfen?" ‚fragte sie zögernd, dann setzte sie hastig hinzu „...und warum, was soll ich dafür tun?"
Günter lachte leise, dann nickte er und wies auf sein Pferd.
„Ich würde vorschlagen, ihr sitzt hinten auf, ich bringe uns an einen trockenen und sicheren Ort und dann erzähle ich alles."
Berbelin nickte, dann folgte sie ihm zu seinem Pferd.
„Wie heißt Ihr eigentlich mit vollem Namen?", fragte Günter und Berbelin sagte schüchtern.
„Man nennt mich Berbelin, Berbelin von der Hofer. Ich bin Nonne – na ja, gewesen."
Günter nickte, saß auf, hielt ihr seine Hand hin und zog sie ebenfalls auf sein Pferd, dann sagte er nur:
„Haltet euch gut fest, Berbelin, ich werde euch sicher helfen können."

Sie ritten langsam, aber sicher durch den Wald. Günter folgte dem Pfad und bald waren sie aus Dünnwald heraus, kamen in die Gegend von Stammheim. Günter lenkte das Pferd neben eine Kapelle und saß neben einem kleinen Holzhaus ab. Er half Berbelin hinunter und als er sein Pferd in einem Nebenschuppen versorgt hatte, führte er sie in die Hütte. Dort gab es eine Bettstatt aus Stroh, einen Tisch, Stühle, eine Feuerstelle und – es war eine gute Bleibe, jedoch wohl nicht bewohnt. Dennoch stand eine Schale mit Äpfeln auf dem Tisch und ein Krug mit Wein, sowie zwei Becher.

„Ich habe von eurem Schicksal gehört…", begann Günter, dabei lud er mit einer Geste zum Sitzen ein. Dann schenkte er Wein in die Becher und erzählte weiter:

„Es ist nicht ritterlich, was dort geschah. Seid gewiss, der Ritter, der euch Gewalt angetan hat, ist durch mich einer gerechten Strafe unterzogen worden. Ihr braucht keine Angst mehr vor ihm zu haben. Der Graf von Berg möchte aus politischen Gründen nicht mit hineingezogen werden, das wäre zu kompliziert zu beschreiben.

Daher braucht ihr nur zu wissen, dass ihr seine Gunst zwar habt, er sie aber nicht offiziell zeigen kann. Er beauftragte mich nun, dass ich mich ein wenig um euch kümmere. Ihr könnt hier wohnen, ihr bekommt eine regelmäßige, kleine Zahlung und es wird euch gereichen. Doch ihr müsstet bereit sein zu schweigen."

Berbelin nickte nur. Nach allem, was sie durchgemacht hatte, nach all dem Unrecht sollte sie nun einfach mal Glück haben? Der Ritter sah auch nicht so aus, als wollte er ihr Gewalt antun, jedoch hätte sie fast nichts dagegen gehabt. So wie er aussah…

„Ihr solltet euch erst einmal baden und säubern. In der Nebenkammer findet ihr Gelegenheit dazu, sowie auch ein wenig Kleidung. Ich habe hier ein paar Kleider meiner Frau, sie müssten euch passen. Wenn nicht, habt Ihr Zeit genug, sie zu ändern."

„Ihr seid vermählt?" fragte Berbelin fast erstaunt und Günter nickte.

„Ja, ich habe auch drei prächtige Kinder", erwiderte er voller Stolz, doch als er dann ihren Blick sah, fügte er hinzu:
„Was mich aber nicht davon abhalten würde, euch die ein oder andere Gunst zu erweisen…"
Berbelin schlug züchtig die Augen nieder.
„Wo denkt ihr hin?" flüsterte sie fast hastig, doch Günter winkte ab.
„Ach, ich weiß doch, wie es im Kloster zugeht. Ich weiß, was damals passiert ist, ich kenne die Gelage dort im Wald und ich bin ein Mann. Daher – mir ist nichts fremd. Doch würde ich niemals Gewalt ausüben. Ich bin ein ehrenhafter Ritter. Eine Friedelschaft wäre hier wohl angemessen."
Berbelin nickte, schaute ihm dann offen in die Augen und sagte:
„Es wäre nicht nur Dank, es wäre offene Hingabe von mir. Eine Friedelehe wäre ein Traum von mir…"
Günter nickte. Er schaute sie an. Schlamm klebte an ihren zierlichen Füßen, die so grazil wie Puppenfüße wirkten. Sie war schlank, das Kleid an vielen Stellen zerrissen und er spürte eine innere Wärme, die sich in ihm ausbreitete. Berbelin, die es wohl gemerkt hatte, sagte schüchtern:
„Ich könnte mich kurz säubern gehen?"
Doch Günter wollte nicht warten. Sie hatte zugesagt, seine Geliebte zu werden. Eine Friedelehe mit ihm einzugehen, warum sollte er also warten? Er stand auf, winkte sie zu sich und als sie zögernd, langsam auf ihn zuging, war es ihm, als hätte er zu viel Wein getrunken. Seine Gefühle übermannten ihn fast, als er ihr Kleid nahm und in einem Ruck zerriss.
Als sie nun so nackt vor ihm stand, als er ihre mageren Hüftknochen sah, als er ihre Brüste sah, die von kleinen Wunden übersät waren, beugte er sich vor und vergrub seinen Kopf in ihrer Weiblichkeit. Sie streichelte sein Haar und er drängte sie langsam zur Bettstatt. Dort legte sie sich für ihn bereit und es dauerte nicht lange, bis auch er entkleidet war. Als Günter in seine Geliebte eindrang, war es für ihn mehr als ein Zeichen

von Ehre oder Lust. Er fühlte fast so etwas wie Liebe. Er konnte sich an nichts erinnern, das sein Herz so stark ausfüllte und schon wieder wollten ihm vor Rührung die Tränen kommen. So etwas kannte er nicht und als er in ihr kam, als er ihr dabei in die Augen sah, da wusste er, dass er nicht nur eine Friedelehe eingegangen war, sondern auch eine ganz besondere Geliebte bekommen hatte.

2015

Der Sommertag neigte sich dem Ende und noch immer kochte die Wut in ihm hoch. Er hätte gerne schon gehandelt, doch es fehlte ihm der Mut und der entscheidende Moment. Irgendetwas fehlte noch: der Plan, die Umsetzung. Bisher hatte er sie nur verfolgt und dann war es zu einer Entscheidung gekommen. Bea und Kevin hatten sich voneinander verabschiedet. Bennos Herz schlug immer noch hoch, als er an diese Szene zurückdachte. Da gingen sie beide mitten durch Stammheim, am Café vorbei und hielten Händchen. Dann küssten sie sich und als Kevin dann ging, war Bea minutenlang stehengeblieben und hatte ihm hinterher gesehen. Wie in einem albernen, kitschigen Liebesfilm. Nun musste er sich entscheiden. Kevin oder Bea?
Er war Bea gefolgt. Egal, wohin sie ging, Benno war immer ein Stück hinter ihr. Mal hockte er hinter einem parkenden Wagen, dann wieder versteckte er sich hinter einer Hausmauer. Er beobachtete alles, was sie machte. Wie sie sich ein Eis kaufte, in ihrer Handtasche kramte, mit ihrem Handy telefonierte, mit einer Freundin sprach. Er beobachtete alles und seine Wut wuchs mit jedem Augenblick, mit jedem Ereignis ein Stück meh r. Später war sie einfach Richtung Stammheimer Schlosspark gelaufen, aber dann hatte sie einen großen Bogen um ihren Treffpunkt gemacht. Sie war von der Seite her an den Rhein gelangt, dann unten einfach weitergegangen. Als sie sich dann auf die Wiese gesetzt und dort nur herumgesessen hatte, war er kurz davor, die Geduld zu verlieren. Er hatte sie angesehen und sich verschiedene Dinge vorgestellt. Zu Rock und Bluse trug Bea offene Sandalen. Ihre dunklen Haare hatte sie hochgebunden, was ihr ein ganz eigenartiges Aussehen verlieh. Schön, doch ungewohnt. Nun sah er ihren schlanken Hals, ihre sportliche Figur, ihre nackten Beine unter dem Rock und er spürte, wie die Erregung ihn durchflutete. Schließlich waren sie ja mal zusammen gewesen. Er hatte durchaus immer

noch Rechte. Und wenn er jetzt einfach zu ihr ging? Wenn er sie einfach einforderte? Sie gar nicht lange fragte, sondern sich holte, was ihm zustand? Doch er wusste auch, dass dies eine Vergewaltigung wäre und diese nicht nur unter Strafe stand, sondern ihm auch keine rechte Befriedigung verschaffen würde. Gegen Gewalt hatte er nichts, aber Sex mittels Gewalt war eine andere Sache. Die machte keinen Spaß. Das Schönste war es doch, wenn er sie zum Jubeln brachte, wenn sie seinen Namen in höchster Verzückung rief, und das wäre dann sicherlich nicht der Fall gewesen.

Nervös strich er sich über seine Nasenwurzel. Eine Angewohnheit, die ihm nicht weiter auffiel. Er sah sich um. Tatsächlich war niemand in der Nähe. Und was, wenn er sich einfach mit ihr unterhalten würde? Man kannte sich ja schließlich. Er überlegte weiter. Was tat sie denn hier? Alleine! Warum saß sie hier? Benno wollte sich gerade zu erkennen geben, als sie aufstand und ein Stück weiterging. Nun, als der Rasenstreifen zu Ende war und eine kleine Mauer begann, schaute sie sich um, als würde sie sichergehen wollen, dass sie auch niemand beobachtete. Dann kratzte sie an einem Stein in der Mauer und nach wenigen Augenblicken hatte sie ihn in der Hand. Sie legte ihn auf den Boden, griff in den Hohlraum und holte eine kleine Tüte hervor. Die kam ihm sehr bekannt vor. Das waren seine kleinen Pillen. Dieses Luder hatte sie ihm wohl geklaut?! Sicher, er hatte einige an sie verkauft, aber dieses Versteck – und so viele Pillen? Gerade wollte er sie ansprechen, als er einen Schatten wahrnahm. Unversehens näherte sich eine Person und Bea schien plötzlich genauso erschrocken zu sein wie Benno. Schnell wollte sie die Tüte zurück stopfen, aber es war zu spät. Die Person zerrte daran, es gab Streit und dann riss die Tüte auf und einzelne Pillen flogen im hohen Bogen durch die Luft. Benno war sprachlos. Er kannte diese Person und wusste überhaupt nicht, in welchem Bezug die Beiden zueinander standen. Er konnte auch nur vereinzelte Wortfetzen aufnehmen, er war einfach zu weit entfernt.

Es war ihm egal, er musste näher heran. Beide Frauen stritten nun heftig und er beeilte sich, um etwas zu hören. Eine kleine Hecke Immergrün spendete ihm nun ein wenig Schutz; er ließ sich auf den Boden fallen und nun konnte er die zwei Frauen hören. Bea, die er ja gut kannte und dann diese Künstlerin, diese Malerin. Er kannte sie nur vom Sehen. Sie sah ja auch ziemlich gut aus, obwohl sie so alt war, aber alle Jungs fanden sie geil. Die Zwei nun zusammen zu sehen, verwunderte ihn sehr.
„Ich hatte dir gesagt, dass du sie niemals selber nehmen sollst", keifte dieser blonde Superschuss und Benno stand der Mund offen, als Bea zurückschrie:
„Ich nehme sie ja gar nicht. Ich wollte einfach nur den Rest vernichten. Drogen sind nicht gut!"
„Ach, aber den Zweck haben sie erfüllt, ja?", antwortete Susanne Schäfer und Bea schaute sie trotzig an.
„Was weißt du schon", sagte sie leiser und nun bückte sich die Malerin und begann eifrig, die bunten Pillen aufzusammeln.
Bea sah zu, ihr Lächeln wirkte grimmig, fast böse, aber sie sagte nichts.
Susanne klaubte alles zusammen, was sie finden konnte, warf die einzelnen Pillen dann hektisch in ihre Handtasche. Dann aber wollte sie auch noch die kleine Plastiktüte haben. Sie zerrten hin und her und Bea verdrehte der blonden Frau den Arm, dann schlug sie dieser sogar ins Gesicht.
Benno überlegte einzugreifen, wartete dann aber doch lieber ab. Die Malerin schlug nun zurück und jetzt entwickelte sich eine richtige Rauferei unter Mädchen – so dachte Benno zunächst, aber als die Frau Bea im Gesicht traf, rastete diese komplett aus. Sie kickte ihr in den Bauch, dann warf sie ihr die Tüte ins Gesicht. Derart abgelenkt, hatte Susanne den Fäusten, die direkt hinterher kamen, nichts entgegenzusetzen und als die blonde Frau zu Boden ging, trat Bea nach, kickte ihr unter das Kinn und die Susanne Schäfer kippte, ohne ein weiteres Wort nach hinten. Nun öffnete Bea die kleine Tüte, schüttete die ganzen

Pillen über sie aus, dann spuckte sie auf den Boden und zischte: „So, du Schlampe. Dann hast du sie eben alle. Beweisen kannst du eh nichts. Du bist doch die Abhängige!“ Bea stampfte mit dem Fuß auf.

Benno dachte noch, dass sie wie ein trotziges Kind wirkte, dann rauschte Bea davon.

Die blonde Frau blieb ohnmächtig auf dem Rasen liegen. Benno überlegte nur kurz, dann schlich er Bea hinterher. Sicher, er hätte gerne gewusst, was genau los war. Er hätte auch gerne der Malerin geholfen. Er grinste bei dem Gedanken, ihr eine Herzmassage verpassen zu können, aber Bea war wichtiger. Er schlich hinter ihr her. Sie kletterte gerade über das Mäuerchen, dann verschwand sie in einem Bogen wieder Richtung Stammheimer Schlosspark. Sie schlug einen kurzen Haken, dann war sie am Haberland-Haus. Dort stieg sie durch ein Fenster auf der Rückseite ein und war wenig später verschwunden.

Benno zögerte keinen Augenblick. Er rannte ebenfalls zu diesem Fenster, schaute hinein und sah einen engen Gang, in dem der Putz von den Wänden fiel. Es sah gruselig aus, aber er hatte ein Ziel. Kurz schaute er sich um, dann zog er sich in einer fließenden Bewegung ins Innere des Haberland-Hauses.

Fetzen von Farbe und Tapete hingen von den Wänden, den Decken und Fensterrahmen. Es sah irgendwie aus wie die Kulisse eines Horrorfilms, dabei war das Ulrich-Haberland-Haus in Stammheim früher eine Luxus-Residenz für Bayer-Pensionäre. Hofer lächelte bei den Gedanken an die damalige Zeit. Ja, es war lange her. Zuerst hatte er als kleiner Junge seinen Großvater hier besucht, dann sogar selber als junger Student hier gewohnt. 1979 hatte er bei einem Besuch seines Großvaters hier die Keller entdeckt und sich darin verliebt. Diese vielen geheimen Gänge, diese Verstecke… Er war stundenlang unbemerkt in diesen Gewölben unter der Erde herumgelaufen, hatte hier gespielt, sich versteckt und so manches auch entdeckt. Angst hatte er eigentlich schon damals nie dabei empfunden. Sein Großvater, der oftmals einfach nur vor seinem Schachbrett gesessen hatte, lächelte immer nur milde, wenn der kleine Matthias dann nach langer Zeit glücklich und zufrieden wieder aufgetaucht war.

Nachdem das Haberland-Haus 1983 dann seine Pforten als Studentenwohnheim öffnete, gab es keine Gelegenheit mehr für ihn. Doch als er 1989 selber hier als Student wohnen durfte – jedenfalls bis zur Schließung 2001, da hatte er seine Pläne perfektioniert. Er konnte gar nicht anders. Es war Schicksal gewesen, Vorhersehung, Bestimmung. Man konnte es nennen, wie man es wollte. Hofer und das Haberland-Haus waren miteinander verbunden. Sein Großvater hatte es ihm früher oft erklärt:

In den fünfziger Jahren wollte Haberland seinen Pensionären etwas bieten und baute ein sehr modernes Domizil für sie.

Die Gänge waren schmal, der Stil klar. Zurückhaltende Formen und Linien bestimmten das Aussehen, es war typisch für die 50er Jahre. 1952 ließ der damalige Vorstandsvorsitzende der Bayer AG, Ulrich Haberland, dieses Heim bauen.

Und seine ehemaligen Mitarbeiter sollten es guthaben: Fußbodenheizungen im ganzen Haus (eine der ersten in Deutschland überhaupt), 120 Zimmer, jeweils 19 Quadratmeter groß und mit kleiner Kochnische sowie einer privaten Toilette und einem

Waschtisch ausgestattet. Matthias Hofer kannte alle Details, er hatte nicht nur alle Berichte darüber gelesen, er kannte es auch aus eigener Erfahrung.
Luxuriös für die damalige Zeit und dem noblen Ort angemessen – zuvor stand hier das spätbarocke Schloss der Reichsfreiherren von Fürstenberg-Stammheim, welches im Zweiten Weltkrieg zerstört wurde. Auch darüber wusste Hofer alles, die Verbundenheit reichte ja auch viel weiter.
Gespeist wurde damals im Speisesaal, der durch eine konkave Fensterfront einen großzügigen Blick auf Rhein und Park zuließ. Eine Bühne für Aufführungen gab es auch. Hofer starrte oftmals mit leerem Blick und versuchte sich die Szenen von damals vorzustellen. Ja, es war einmalig gewesen, und: die Residenz hatte auch eine Unterwelt. Dort im finsteren Keller wurde es unheimlich. In dem verlassenen Gängen liegen jetzt noch Skelette von kleinen Tieren, Kadaver in verschiedenen Stadien der Verwesung. Dementsprechend roch es hier auch. Der Korridor endet in einer Halle mit Lüftungsmaschinen, Heiz- und Wasserboilern. Letztere laufen noch, damit das benachbarte Vereinsheim des Bayer-Ruderclubs versorgt wird.
Hofer wandte sich nach rechts, verschwand in einem Gang nach unten. Seine Gedanken wanderten in die Vergangenheit. Bis Ende der 70er Jahre war das „Ulrich-Haberland-Haus“ bewohnt gewesen, jedoch wegen der rückläufigen Zahl der Bewohner gab der Konzern das Projekt auf und Haus und Park fielen an die Stadt Köln zurück. Das Studentenwerk nutze es dann als Studentenwohnheim. Hofer hatte sich hier wohl gefühlt. Doch die abgeschiedene Lage, die schlechte Verkehrsinfrastruktur und das in die Jahre gekommene Gebäude zog nur wenige Studenten an. Er war einer der letzten, die hier ausziehen mussten, und das auch nur, weil es einfach geschlossen wurde, sonst würde Hofer heute noch hier wohnen.
Seit 2001 war die Anlage unbewohnt, nun... fast jedenfalls. Hofer selber war oft hier, aber es gab auch andere „Besucher“. Film-

teams, die den Ort als unheimlichen Drehort mieteten, Penner und andere, die sich ab und an hier verirrten, doch niemand kannte sich im Innern besser aus als Matthias Hofer, der hier ja sozusagen schon seine Kindheit verbracht hatte. Er kannte Gänge, die niemand sonst kannte. Er fand sich zurecht, er wusste von Nischen und lockeren Steinen, die sonst niemand jemals zu Gesicht bekam.

Er wollte gerade die schwere Holztür frei räumen - die Regale davor rückte er stets immer wieder an die gleiche Stelle - als er ein Geräusch von oben hörte. Schnell huschte er zurück. Er horchte, dann lief er leichtfüßig und so leise, wie man es ihm niemals zugetraut hätte, nach oben. Er schaute um die Ecke und sah gerade noch diese Jugendliche, die in einem Gang verschwand. Er kannte sie vom Sehen, wunderte sich, was sie hier wollte, als er erneut einen Schatten an dem Fenster wahrnahm. Was denn jetzt noch?, dachte er bei sich, dann sah er einen jungen Mann einsteigen.

Hofer dachte nach. Sie gehörten auf keinen Fall zusammen, sonst wären sie ja wohl zusammen eingestiegen. Entweder war das Mädchen vor dem Jungen auf der Flucht, oder das Mädchen wusste gar nichts von ihrem Verfolger. Aber was wollte sie dann hier in „seinem“ Haus?

Hofer zögerte nicht länger. Er griff in seinen Gürtel und holte seinen 20 Zentimeter langen Hartgummiknüppel heraus. Ein Schlagstock, der ihm schon oft gute Dienste geleistet hatte. Langsam schlich er hinter dem Jungen her, der die Verfolgung des Mädchens aufgenommen hatte.

Der lange Gang machte eine Biegung und Hofer wurde schneller. Er handelte flink und effizient. Als Benno ein Geräusch hörte und sich umdrehte, erwischte ihn das Hartgummi direkt oben auf dem Kopf und es wurde ihm schwarz vor Augen. Benno sackte wie ein nasser Sack zusammen. Hofer fing ihn noch auf, dann zog er ihn in eines der Zimmer, die vom Gang abgingen. Er hatte nicht viel Zeit, um sich mit diesem Jugendlichen zu

befassen, er musste weiter, wollte sehen, was das Mädchen hier machte. Also schleifte er Benno nur in eine Ecke, sah sich kurz um, fand aber nur einen alten Vorhang. Er riss einen Streifen davon ab, fesselte dem Jungen die Hände damit, dann zog er die Türe zu und eilte weiter.
Er horchte wieder, konnte aber nichts mehr hören. Das Mädchen schien sich ruhig zu verhalten, - oder war sie gar nicht mehr da?
Hofer schlich weiter, seine Wahrnehmungen waren aufs Äußerste geschärft. Er kam sich vor wie in jungen Jahren. Sein Jagdinstinkt wurde geweckt und er freute sich darüber. Eine Erregung durchfuhr ihn und er fühlte sich wie ein Zwanzigjähriger.
Ein Rascheln, es hörte sich an, als wenn ein Steinchen durch den Staub rutscht. Hofer versuchte sich zu erinnern. Schutt lag an den meisten Stellen, er sah das Innere des Gebäudes wie in einem Film vor sich. Er nickte sich selber zu, dann huschte er schnell weiter. Er konnte sich schon denken, wo sie war, und als er um die nächste Ecke bog, konnte er sie wieder hören. Sie machte sich irgendwo zu schaffen.
Hofer griff wieder nach dem Hartgummiknüppel, der so unscheinbar aussah und grinste böse. Das würde ein Spaß werden. Er ging einige Meter rückwärts, verschwand dann in einem Zimmer, ging durch einen Mauerdurchbruch, um dann auf der anderen Seite des Ganges wieder aufzutauchen.
Hofer hatte sein Halstuch verloren, aber das war ihm gleichgültig. Vieles war ihm gleichgültig geworden, jetzt zählte nur noch sein Instinkt, seine Gier. Ja, so war es damals auch. Diese blöden Weiber wollten ständig nur mit ihm spielen, nahmen ihn nicht ernst. Wenn er dann was von ihnen wollte, lachten sie nur blöde. Deshalb kam er mit Frauen auch nicht klar, deswegen war er auch allein geblieben. Sicher, ab und zu musste auch er seine Bedürfnisse befriedigen, aber das hier hatte eine ganz neue Qualität gewonnen. Vor vielen Jahren schon hatte er bei der Erfüllung seiner Befriedigung ab und zu die Beherrschung verloren

und es hatte bedauerliche Opfer gegeben. Aber das war schon lange nicht mehr passiert. Nun aber, - das fühlte er – würde es wieder soweit sein. Er würde sich nehmen, was er wollte, ohne lange zu fragen.

Die Erregung ließ sein Herz rasen. Er fühlte das Blut in seinen Ohren pochen, sein Mund wurde trocken und in seinen Lenden pulsierte das Leben wie bei einem sehr jungen Mann. Sein Gesicht verzog sich zu einer Fratze. Seine Augen verzogen sich zu Schlitzen, sein Mund war eine dünne Linie, die Lippen blass und hart. Er sah das Mädchen vor sich, das sich an einem Mauerstein zu schaffen machte, und näherte sich ihr von hinten. Noch hatte sie ihn nicht bemerkt. Sie war auch zu laut, schabte nun mit einem Stöckchen im Putz herum, hockte da und dachte sich nichts dabei. Hofer holte aus, wollte gerade zuschlagen, als sie sich plötzlich herumdrehte. Sie schaute ihn aus schreckgeweiteten Augen an. Erkennen lag in diesem Blick, aber auch Angst und Erschrecken. Hofer grinste sie an, nahm noch diese herrlich jungen Augen, die dunklen Locken wahr, dann schlug er zu.

Sie wurde in den Sitz gedrückt, aber das war im Augenblick unwichtig. Prandel raste mit Höchstgeschwindigkeit über die B 8 in Richtung Stammheim und Jemel wagte nicht, seine Fahrkünste zu kritisieren. Das Blaulicht flackerte auf dem Dach des Zivilfahrzeugs, das laute Martinshorn ließ eh keine Unterhaltung zu. Also hingen sie jeder ihren Gedanken nach, während der Wagen nun bei Gelb mit halsbrecherischer Geschwindigkeit von der B 8 in den Stammheimer Ring einbog, an der Aral Tankstelle fast vorbeiflog und dann weiter raste.
Jetzt erst verringerte er die Geschwindigkeit und sagte – fast gelangweilt, was gar nicht zu seiner Raserei passte:
„Wir sind jetzt fast da,… ich denke, wir kommen der Sache langsam ein Stück näher."
Jemel nickte nur, dann konzentrierte sie sich wieder darauf, nicht gegen das Fenster zu knallen, als Prandel viel zu schnell in den Morgengraben einbog.
Sie rasten noch einige Meter weiter, dann stoppte Prandel abrupt hinter einem Notarztwagen.
„Hier ist es!" sagte er nur, dann stieg er aus dem Wagen. Als Jemel ebenfalls das Auto verließ, öffnete sich bereits die Haustüre und eine verzweifelt wirkende Frau erschien im Hauseingang. Sie hatte die Hände ineinander verschränkt, ihr Gesicht wirkte besorgt und man sah ihr an, dass sie mit den Nerven völlig runter war. Prandel nickte ihr zu, dann fragte er direkt:
„Wo ist sie?" Die Frau deutete nach oben und Prandel rannte die Treppen hinauf. Oben sah er einen Sanitäter vor einer Zimmertüre stehen und als Prandel sich an ihm vorbei drückte, sah er ein junges Mädchen auf einem Bett liegen. Die Notärztin saß bei ihr und streichelte ihr die Hände. Als Prandel sie fragend ansah, sagte die Notärztin:
„Ich habe ihr eine Beruhigungsspritze gegeben. Es scheint momentan alles klar zu sein. Keine Gefahr mehr."
„Kann ich mit ihr reden?", fragte Prandel. Obwohl das Mädchen die Augen geschlossen hielt, nickte die Ärztin und meinte:

„Ja, sie schläft nicht, sie ruht nur. Sie hat sich beruhigt. Ich weiß auch nicht viel, die Mutter hatte ja nur berichtet, dass Jasmin – so heißt das arme Ding hier – sich wohl umbringen wollte, weil sie irgendwas Schreckliches gesehen hätte. Nun, ich habe ihr die Spritze gegeben und sie hat sich augenblicklich beruhigt.
„Die weiße Frau!“, rief die Mutter, die plötzlich im Zimmereingang stand und von Jemel sanft wieder in den Flur hinaus gedrückt wurde.
Prandel setzte sich ebenfalls auf das Bett und sein Blick wanderte im Zimmer umher. Er sah Poster von einer Band, Fotos von einem jungen Schauspieler, aber auch Puppen auf einem Regal. Ein Schreibtisch mit einem Laptop – ein typisches Zimmer einer Jugendlichen.
„Kannst du mir erzählen, was genau du gesehen hast?“, fragte er dann ruhig, ohne das Mädchen direkt anzusehen, und obwohl Jasmin die Augen geschlossen hielt, sagte sie ruhig, fast flüsternd:
„Die weiße Frau!“
„Wo?“
„Sie war direkt vor mir… sie starrte mich an, sie zeigte mit dem Finger auf mich!“
„Wo?“ wiederholte Prandel und es klang nicht ungeduldig, aber dringlicher als vorher.
„Am Rhein, direkt gegenüber von unserem Treffpunkt. Ein wenig mehr Richtung Wiese, da an der Mauer.“
„Du warst heute am Rhein?“
„Nein, gestern.“
„GESTERN?“ Prandel war lauter geworden und schüttelte den Kopf. Die Notärztin verdrehte ein wenig die Augen, aber das war Prandel egal.
„Du hast GESTERN die weiße Frau gesehen und uns heute erst gerufen?“
„Ich habe sie doch gar nicht gerufen. Ich hatte nur Angst, ich habe die Nacht nicht schlafen können und heute Morgen wusste

ich mir nicht mehr zu helfen. Ich dachte, wenn ich sterbe, kann ich vielleicht meine Liebsten retten… Meine Mutter und meine Schwester, meinen Vater, meinen Opa…"
„Ja ja, schon gut." Prandel wirkte irritiert und verärgert. Er dachte kurz nach, dann sagte er:
„Du hast also gestern am Rhein die weiße Frau gesehen. Dann bist du nach Hause. Hast in der Nacht Angst gehabt und wolltest dir heute dann das Leben nehmen?"
Das Mädchen öffnete jetzt die Augen und Prandel konnte nun ihre rehbraunen, verweinten Augen erkennen, als sie nickte und sagte:
„Es erschien mir die einzige Lösung zu sein."
„Hm…", brummte Prandel, dann sagte er, netter und ruhiger:
„Selbstmord ist nie eine Lösung. Und du kanntest natürlich die Sagen um die weiße Frau, wie sie jeder Stammheimer hier kennt. Du weißt – vom Hörensagen, dass jeder seine Liebsten verliert, der die weiße Frau gesehen hat. Und tatsächlich, irgendwer stirbt ja immer. Das ist Unsinn und ich hätte nicht gedacht, dass diesen alten Sagen noch so viel Glauben geschenkt wird."
Jasmin sagte nichts dazu; die Notärztin kniff die Augen zusammen, stand auf und meinte:
„Nun, aus ärztlicher Sicht ist alles okay. Vielleicht sollte sie in die Psychiatrie überstellt werden, das sollten wir noch abklären!", meinte sie, und Prandel hielt sie kurz am Arm fest:
„Bitte machen sie noch einen Drogentest. Ich muss wissen ob Jasmin bestimmte Substanzen im Blut hat." Er wandte sich an das Mädchen und fragte:
„Du hast doch nichts dagegen?"
Jasmin verzog ein wenig das Gesicht, nickte dann aber und meinte:
„Ich habe nichts dagegen, kann aber auch direkt sagen, dass man da schon was finden könnte. Ich meine…", sie zögerte, aber als niemand etwas sagte und man sie nur erwartungsvoll ansah, sagte sie leiser „… meine Mutter muss das ja nicht wissen, aber wir

hatten da ein paar Pillen auf der Wiese gefunden. Da, wo man diese verletzte Malerin gefunden hatte. Mike meinte, das wären geile Extasy und da haben wir auch mal was probiert."
„Okay, wir brauchen keine Psychiatrie, wir brauchen nur diese Blutentnahme als Beweis", sagte er zu der Ärztin, dann aber ernster an Jasmin gewandt: „und du weißt dann hoffentlich, dass das, was du gesehen hast, einfach nur Einbildung war. Das kommt von diesen Zauberpilzen. Halluzinationen. Du redest mit deinen Freundinnen über solche Sachen und dann wirfst du dir diese Pillen ein, danach siehst du das tatsächlich. So real, so echt, als würde es das wirklich geben. Das ist das Gefährliche an diesen Drogen. Ich hoffe, du lernst daraus."
Jasmin nickte, die Notärztin sprach etwas auf einen Stick, dann legte sie sich einige Dinge für die Blutabnahme zurecht. Erneut sprach sie Tageszeit, Zeugen, Beweisgrundlage und solche Dinge auf den Stick, der wie ein Aufnahmegerät funktioniert, dann machte sie sich an die Arbeit.
Prandel wandte sich zu Jemel um, die im Türrahmen gestanden hatte. Er nickte ihr zu und gemeinsam gingen sie nach unten, wo Jasmins Mutter am Küchentisch saß.
Prandel setzte sich zu ihr, erklärte ihr den Sachverhalt, dann sagte er zu Jemel:
„Gestern ist ja diese Susanne Schäfer verletzt gefunden worden. In ihrem Umkreis hat man diese Pillen gefunden, aber da sie überhaupt nichts aussagen wollte, konnten wir auch nichts machen. Wir wissen weder, von wem die Pillen sind, noch wer die Schäfer so zusammengeschlagen hat. Aber eines ist klar: die Pillen wurden halt auch von den Jugendlichen gefunden. Ich denke, wir müssen uns darauf gefasst machen, dass da noch andere was gefunden und genommen haben. Vielleicht sollten wir die Eltern aller Jugendlichen mal behutsam vorwarnen, oder wenigstens für dieses Thema sensibilisieren?"
Jemel nickte, dann stand sie auf. Ein Zeichen für Prandel ebenfalls aufzustehen.

„Für den Fall, dass noch etwas sein sollte, lassen wir ihnen unsere Karte da. Dort können Sie uns jederzeit erreichen. Natürlich können Sie bei einem Notfall auch jederzeit die 110 wählen."
Er drückte der Mutter die Hand, dann verließen sie das Gebäude.
„Hofer?" fragte Jemel, aber Prandel schüttelte den Kopf.
„Ich weiß nicht. Hofer ist kriminell, den bekommen wir auch noch an den Eiern gepackt, aber wir können ihn nicht für alles verantwortlich machen. Ich denke, wir werden ihn dennoch suchen und befragen."
Er montierte das Blaulicht ab, fluchte dabei, weil sich die Vorrichtung ein wenig verklemmt hatte, dann sah er Jemel fragend an, die einfach nur dastand und ihm zusah:
„Erwartest du was? Bist du in deiner Welt versunken?", fragte er sie lächelnd.
Jemel schaute irritiert, lachte dann und sagte:
„Nein, alles klar, ich dachte nur…"
Prandel hob einladend die Hände, Jemel stieg ein uns sagte beim Setzen:
„Ich dachte nur, was machen wir, wenn jetzt tatsächlich jemand in Jasmins Umfeld zu Tode kommt?"

1225

„Cäcilia von Hoffer." Berbelin grinste. Sie fand es zwar albern, wollte Günter jedoch nicht verärgern, also nahm sie jeden Vorschlag von ihm an. Er sorgte gut für sie, sie hatten sich ineinander verliebt. So heftig, dass sie es kaum glauben konnte. Sie sprachen sogar von einer offiziellen Hochzeit, sie wollte unbedingt in einem weißen Kleid heiraten, aber er hatte eine Frau und drei Kinder, also musste sie eine Lösung hierfür finden.

Und nun hatte er sie mit ihrem Namen für die Friedelehe überrascht.

„Damit niemand mehr einen Bezug zu deinem früheren Leben herstellen kann", hatte er es begründet. Für sie war das nicht wichtig. Sie hatte eine warme Schlafstatt, die Hütte war luxuriös und mit allen Annehmlichkeiten ausgestattet, und sie bekam genug zu Essen.

Was wollte sie mehr? Doch nun kam die Liebe dazwischen. Ja, sie hätte es gerne hinausgerufen, die ganze Welt hätte es erfahren können. Sie liebte ihn, er liebte sie. Was war so falsch daran? Schließlich zeigte er ihr jeden Tag, wie sehr er sie liebte. Schenkte ihr kostbares Geschmeide, ließ ihr die erlesensten Sachen bringen, kostbare Weine, Braten und vieles mehr. Er hatte ihr Leben so sehr verändert. Sie wollte ihn, koste es, was es wolle!

Heute wollte er sie wieder besuchen, eigentlich wie jeden Tag, doch diesmal wollte sie ihm mehr bieten als sonst. Was anderes hatte sie denn, als die Waffen einer Frau?

Cäcilia von Hoffer, ehemalige Berbelin aus Dünnwald, badete ausgiebig und verwendete edle Öle für ihr Bad. Dann ließ sie die zwei Burschen, die Günter extra für sie bezahlte, das Wasser ausschütten und ihre Bettstatt richten. Sie schickte die Burschen nun früher als sonst fort, dann ölte sie ihren ganzen Körper, danach verteilte sie duftende Blumen im ganzen Raum. Sie flocht ihre Haare, schmückte sie mit Blumen und Schmuck, den restlichen Körper ließ sie unbedeckt. Ja, sie wollte ihn diesmal nackt

empfangen. Nackt, so wie sie war. Mehr hatte sie nicht zu bieten, aber das aus vollem Herzen.
Sie legte sich auf die Bettstatt und wartete.
Als die Türe sich quietschend öffnete, ließ sie ihre Augen geschlossen. Lediglich ein kleiner Spalt war offen, sodass sie alles sehen konnte, aber für Günter, musste es so aussehen, als würde sie schlafen.
Er näherte sich ihr und dann blieb er einfach vor ihr stehen. Er betrachtete sie lange. Fast wollte sie lachen, es erschien ihr so unwirklich. Was stand er da und schaute sie nur an? Gab es nichts Besseres zu tun? Sie räkelte sich ein wenig, - wie im Schlaf – sie hob ein Bein an, spreizte es leicht und nun kam doch ein wenig Bewegung in Günter. Leise zog er sich aus, seine Augen ständig auf sie gerichtet, und ihr gefiel dieses Spiel genauso wie ihm. Ihre Augen immer noch fast geschlossen, sah sie nur Schemen von ihm, aber als er sich ihr nackt näherte, mit hoch aufgerichtetem Glied, da spreizte sie ihre Beine, bereit ihn zu empfangen.
Ihr Liebesspiel währte zunächst nur kurz. Günter brach nur wenige Minuten später über ihr zusammen, benetzte ihr Gesicht mit Küssen und sprach ihr immer wieder Worte der Liebe zu. Berbelin weinte fast vor Glück. So konnte sich das Schicksal wenden. Von einem armen Klosterkind, zu einer frivolen jungen Frau, bis zur Geliebten eines reichen Ritters.
Günter rollte sich von ihr herunter, stützte seinen Kopf ab und sah sie an. Er schüttelte gespielt den Kopf, sagte dann:
„Wie schön Ihr seid… einfach unglaublich!“
Berbelin atmete tief ein und aus, wobei sich ihr Busen hob und senkte. Günter fasste mit dem Zeigefinger auf ihre Brust, malte die Bewegungen nach und sagte dann:
„Cäcilia, ich bin verrückt nach euch…, ich könnte ständig bei euch sein, ich möchte kaum noch weg von hier. Ihr gebt mir alles, was ich mir ersehne…“
Mit rauchiger Stimme erwiderte sie, indem sie sich zu ihm drehte und wenige Zentimeter vor seinem Gesicht ausharrte:

„So sollte es auch sein… Liebende genügen sich, sie brauchen nicht mehr…“ Günter nickte, dann näherte er sich ihrem Gesicht. Er berührte ihre Lippen, ihre Hände fanden seinen Schoß und erneut fühlte sie die Kraft, die durch seine Lenden strömte und ihn härtete. Günter stöhnte auf, dann legte er sich erneut auf sie, doch Berbelin drückte ihn sanft fort.
„Ihr habt euch genug angestrengt, jetzt bin dran…“, sagte sie lachend, dann schwang sie sich auf den völlig überraschten Günter. Sie bestieg ihn, führte ihn in sich ein und dann ritt sie ihn. Wieder schloss sie die Augen bis auf einen Spalt. Sie konnte ihn erkennen, verzog ihr Gesicht vor Ekstase und warf ihre langen, lockigen Haare durch die Luft. Sie bewegte sich, schrie und ritt... Günter war fassungslos. Er genoss Freuden, die er sonst so noch nie genossen hatte und als er dann noch vor seinen Augen ihre Brüste sah, sie anfassen konnte und sie immer noch seinen Bewegungen entgegenkam, da schrie auch er laut auf, er schrie und rief:
„Ich liebe dich!“
Berbelin lächelte. Ja, er liebte sie. Sie liebte ihn, für immer und ewig. Irgendwann würde sie ihn fragen müssen. Irgendwann würde er eine Entscheidung treffen müssen. Gegen seine Frau, für sie. Es war sicher nicht einfach für ihn, aber so konnte es ja nicht weitergehen. Eine Friedelehe war ihr nicht genug. Ja, sie würde die Frau des Ritters zu Stammheim sein. Sie, Berbelin, oder Cäcilia, oder was immer er ihr für einen Namen geben wollte. Sie und nur sie wäre die wahre Frau an seiner Seite.
Als sie kam, war es wie ein gewaltiger Paukenschlag. Es war, als würde ihr die Wahrheit plötzlich mit dem Hammer des Glücksschmieds eingebläut werden. Ja, so war es und so würde sie es ihm auch sagen müssen.

2015

Er zog sich zurück, hatte genug gehört. Dr. Prügger wusste noch nicht, was er mit all den Informationen anstellen sollte, aber einfach ignorieren konnte er das Gehörte nicht.
Langsam ging er den Gang zu seinem Arztzimmer, dann setzte er sich hin, öffnete sein Word Programm und begann, sich Notizen zu machen. Er versuchte sich genau zu erinnern.
Paula hatte ihn gerufen, weil Elena sich wieder so eigenartig benommen hatte. Als er zu Elenas Zimmer kam, hatte er sie gehört und war nicht eingetreten. Er war der Meinung, dass sie dann gehemmt sein könnte. Also wollte er nur zuhören. Paula, die Pflegerin, hatte ihn gesehen, doch als er ihr mit den Augen ein Zeichen machte, war sie nicht näher darauf eingegangen, sondern hatte ganz normal mit Elena weitergesprochen.
Elena hatte auf dem Bett gelegen und langsam, aber laut und mit fester Stimme gesprochen, während Paula einfach nur an ihrem Bett saß und ihre Hände hielt.
„… und das ist schon seit meiner frühesten Kindheit so. Ich habe einen Bruder, das ist der Künstler in der Familie. Er ist wesentlich jünger als ich und daher sind wir nicht gemeinsam aufgewachsen; ich hatte aber immer ein Auge auf ihn. Der Matthias ist nun Ende 40, er macht Skulpturen und so. Ja, er heißt Hofer, ich bin ja auch eine geborene Hofer und meine früheren Leben haben meinen Bruder auch schon immer fasziniert."
„Er weiß davon? Also ich meine, dass Sie schon mehrmals gelebt haben?" fragte Paula und versuchte so ernst zu klingen, als würde sie ganz selbstverständlich daran glauben.
„Natürlich. Jeder von uns hat schon mehrmals gelebt. Wo denken Sie denn hin? Nur die Wenigsten können sich daran erinnern. Ich habe gewisse Erlebnisse, - wenn ich diese nicht hätte, wäre ich nicht hier. Ich bin verflucht, zu reisen. Ich begebe mich öfter auf Reisen in meine früheren Existenzen. Und momentan immer öfter in eine ganze bestimmte Dame. Ich denke, da braut

sich was zusammen!"
„Wie meinen sie das?" fragte Paula. Sie sah ihren Chef, Dr. Prügger, immer noch an der Türe stehen, aber so, dass Elena ihn nicht sehen konnte.
„Früher bin ich mal hierhin, mal dahin...", antwortete Elena und es klang so voller Leichtigkeit, als wären es Lustreisen gewesen.
„Dann aber verschwand ich immer öfter im 12. Jahrhundert. Ich war damals ein armes Klostermädchen, das ihren Körper anbieten musste, um zu überleben."
„Na na...", wandte Paula ein, doch Elena sah sie streng an.
„Sie haben doch keine Ahnung", schalt sie die Pflegerin und setze hart hinzu:
„Die Wenigsten haben eine Ahnung, was damals wirklich passierte. Sie sehen nur immer schwarz-weiß, aber ich sehe die Farbe, das ist ein Unterschied."
„Natürlich", beeilte sich Paula zu sagen, vor allem, weil Prügger ihr Zeichen machte, weiter zu fragen.
„Und dann?" fragte sie nun auch und Elena erzählte weiter:
„Nun, ich wurde schwanger, bekam ein Kind, das aber bei der Geburt starb. Doch es gab noch ein weiteres Kind, das eine Hebamme heimlich in Sicherheit brachte. In Sicherheit, weil die Ritter es damals sonst getötet hätten. So, wie der Ritter mich tötete. Er verscharrte mich einfach in einem Grab und ich komme nun immer wieder in diese Zeit zurück. Das ist ein Zeichen!"
„Wieso ein Zeichen?" fragte Paula, die nun aber einen Schauer des Gruselns bekommen hatte. Prügger dagegen verzog das Gesicht und machte das Zeichen für verrückt, er drehte den Zeigefinger um seine Stirn und rollte mit den Augen, aber Paula ließ sich nichts anmerken.
„Nun, ich habe schon viel Schlimmes erlebt. Aber es ist kein Zufall, dass mein Bruder so sehr darin involviert ist."
„Aha, der ist auch Wiedergeboren?" fragte Paula naiv, und Elena wurde fast böse.

„Ach was…“, herrschte sie Paula laut an. „Hören sie doch genau zu!“ Paula wagte nun keinen Einwand mehr, als Elena erzählte: „Mein Bruder ist ein Mörder, er ist nicht ganz richtig im Kopf. Er widmet sein Leben diesem einen Ort, er ist bereit, über Leichen zu gehen, um sein Ziel zu erreichen. Und das ist genau der Ort, an dem ich damals ermordet worden bin. Verstehen sie denn nicht?“
Prügger war nun still geworden, Paula wusste nicht genau, wie sie sich verhalten sollte.
„Ihr Bruder ist ein Mörder? In einem früheren Leben?“, fragte sie vorsichtig, doch Elena schüttelte den Kopf.
„Nein, jetzt, hier im richtigen Leben. Er hat als junger Mann einige Frauen umgebracht. Einfach, weil er sonst keinen Bezug zum weiblichen Geschlecht aufbauen kann. Er ist krank im Kopf!“
„Aber wenn Sie das wissen, warum sind Sie denn nicht zur Polizei gegangen?“ Paulas Stimme war nun vorwurfsvoll und ärgerlich geworden, doch Elena schüttelte verächtlich den Kopf.
„Was verstehen SIE denn? Was ist ein Leben? Die jungen Dinger sind eben tot, werden neu geboren und bekommen eine neue Chance. Mein Bruder musste das tun. Es gehört zu seinem Kismet. Seine Vorsehung, sein Schicksal. Egal wie Sie das nennen möchten. Es ist vorgegeben und kann nicht geändert werden. Was sollte ich zur Polizei gehen? Wir alle haben unsere Aufgaben zu erfüllen. Ich habe mit ihm geredet und er hat mir versprochen, es nie wieder zu tun. Das ist auch schon Jahrzehnte her und soweit ich weiß, hat er es auch nie wieder getan. Aber dass ich jetzt so oft in die Zeit reise, und ausgerechnet in DIESE Zeit, und dass es immer dieser Ort ist, das macht mir ehrlich gesagt Angst.“
Paula fühlte eine Kälte durch ihren Körper kriechen, die nicht normal war. Dr. Prügger lehnte kreidebleich an der Wand. Seine Gesten waren ihm vergangen und auch Paula wusste nicht mehr, was sie sagen sollte.

„Das ist..., also ich meine..., sind das Fakten?", wollte sie wissen und Elena schüttelte irritiert den Kopf.
„Natürlich sind das Fakten. Glauben Sie, ich tische ihnen hier Märchen auf?"
„Aber warum sagen Sie mir das jetzt so?"
Nun lachte Elena, als sie sagte:
„Sehen Sie Kindchen, das ist so. Sie wundern sich, was mit mir los ist. Ich wundere mich, warum ich so oft in diese Zeiten verreise und irgendwo muss der Schlüssel für diese Geschichte liegen. Nur wenn ich ihnen das alles erzähle, kann der Schüssel gefunden werden. Darin liegt die Lösung. Verstehen Sie? Schicksal..., mir ist klar, dass sie jetzt irgendwie reagieren müssen. Matthias wird sich schon zu schützen wissen, aber etwas muss jetzt einfach passieren..."

Ihr Spiegelbild gefielt ihr gar nicht, aber sie sah hin und sah es doch nicht richtig. Ihre Gedanken waren ganz woanders.
Susanne hatte keine Geldsorgen, sie war Malerin, Künstlerin, sie besaß eine tolle Wohnung, führte ein gutes Leben. Um ihre Kreativität ein wenig zu fördern, wollte sie ein paar Sachen nehmen… nun, das machen doch alle. Sie hatte Koks probiert, aber es war nicht so ihr Ding. Sie bekam dabei Angstzustände, also ließ sie es bleiben. Sie versuchte LSD, doch hier bekam sie Angst, auf einem Dauertrip hängen zu bleiben. Als sie die Jugendlichen beobachtet hatte, wie einige von ihnen solche Pillen nahmen, hatte sie irgendwann mal ein Mädchen angesprochen. Sie hatte sie beobachtete, wie sie von einem Jungen was gekauft hatte.
Nun, sie waren ins Geschäft gekommen. Diese Bea hatte Pillen für sie gekauft, Susanne gab ihr genügend Geld und alles ging gut. Sie brauchte diese Pillen für ihre Kreativität. Nur so konnte sie mit neuen Ideen malen, nur so konnte sie verrückte Bilder erstellen. Doch dann verliebte sich diese dumme Kuh und nun sollte alles aufhören, keine Pillen mehr, kein Zusatzgeschäft. Und anstatt ihr die Restbestände zu geben, oder ihr wenigstens zu sagen, wie der Dealer hieß, hatte sie getobt und wollte alles vernichten.
„Da bekommt man tödliche Halluzinationen“, hatte sie geschrien, und als Susanne den doppelten Preis bezahlen wollte, hatte sie sie ausgelacht und gemeint, dass sie es zu verhindern wüsste, dass überhaupt noch Drogen hier im Stammheimer Park vertickt würden.
Bei der Rangelei war das dumme Biest sogar noch brutal geworden und hatte sie unglücklich erwischt. Ein Tritt vor das Kinn und Susanne hatte das Bewusstsein verloren. Es gab noch weitere Verletzungen, aber nichts davon war so schlimm gewesen, dass sie hätte im Krankenhaus bleiben müssen.
Nun musste sie überlegen, was sie machen würde. Sie wollte sich ihren guten Ruf nicht ruinieren. Sie konnte ja schlecht zu allen Jugendlichen gehen und fragen. Sie kannte zwar den Jungen, der

die Sachen verkaufte, aber sie wollte lieber an die direkte Quelle kommen. Wie gesagt, Geld war kein Problem.
Also würde sie diesen Bono oder Benno oder wie er hieß, einfach mal direkt ansprechen.
Aber Bea würde ihre Rache zu spüren bekommen. Man trat sie nicht ungestraft, schlug sie nicht zusammen, ohne die Konsequenzen dafür zu tragen. Die Polizei würde sie dabei herauslassen. Da gab es andere Möglichkeiten.
Susanne grinste sich im Spiegel an. Sie trug nur einen Slip, war ansonsten nackt und besah sich die ganzen blauen Flecke. Sie hatte eine super Figur, wog bei ihrer Größe von 170 Zentimetern gerade mal 58 Kilogramm. Ihre Beine waren schlank, wohl geformt und ihre Haut war gepflegt, glatt und weich. Wenn da nicht diese bösen, dunklen Flecken wären, wo Bea sie getroffen hatte. Aber das würde auch vorbeigehen.
Als sie aufstand, verzog sie leicht ihr Gesicht. Es tat noch weh, aber der Gedanke an Rache ließ sie trotz der Schmerzen lächeln. „Du wirst noch um Gnade winseln", sagte sie leise zu sich selber und ging an das große Panoramafenster in ihrer Wohnung. Sie konnte direkt auf den Schlosspark sehen, sah die Skulpturen, die Bäume, Spaziergänger und sogar zwei Jugendliche weit hinten. Ja, sie wohnte passend. Es war ihr egal, ob jemand nach oben schauen und sie fast nackt hier stehen sah, es war ihr auch gleichgültig, welche Gegenleistung sie zu erbringen hatte, wenn sie den Auftrag geben würde, doch eine Schäfer ließ sich nicht so leicht unterkriegen. Sie hatte mehr zu bieten als die Waffen der Frau. Sie war klug, sie war reich und sie war kreativ.
Sie wusste ja damals auch von Beas Plan, an diesen Kevin heranzukommen. Was hatte sie damals heimlich lachen müssen. Dieses dickliche und unbewegliche Ding wollte diesen sportlichen und gutaussehenden Jungen haben. Aber sie hatte auf Verständnis gemacht. Sie hatte Bea zugeredet. Sie hatte Bea Möglichkeiten geboten. Aber dann überschlugen sich die Ereignisse. Dieses dicke kleine Mädchen hatte begonnen, wie eine Verrückte Sport

zu machen. Na ja, NACH diesem Unfall.
Susanne lächelte böse und drückte ihren Kopf gegen die kühlende Glasscheibe. Ihre nackten Brüste drückten sich gegen das Glas und sie schloss die Augen.
Ja, diese Kristin musste aus dem Wege geräumt werden. Sie hatte sich dafür angeboten und es hatte ja nun auch geklappt. Auch wenn sie selber nicht vor Ort gewesen war, nur das Ergebnis zähle. Emre hatte sich das Geld verdient. Niemand hatte ihn gesehen, Kristin flog vor den Bus und alles war gut. Ja, die weiße Frau…
Susanne lachte laut auf, stützte sich an der Glasscheibe ab und winkte einem Mann unten auf dem Gehweg, der fassungslos zu ihr hinaufschaute. Dritte Etage, sie schätzte, dass er einen guten Blick auf ihren Körper hatte. Als sie jetzt winkte, wandte er sich schnell ab und sie lachte auf. Wie verlogen das doch alles war. Die ganze Welt war verlogen. Nur Sex, Geld und Macht, das zählte. Der Rest war egal. Bea war es auch egal gewesen, wie diese Kristin aus dem Weg geräumt wurde und nun heulte sie herum? Und dieser März, mit ihm hätte sie sich gerne verbündet, doch leider hatte ihm jemand die Kehle durchgeschnitten. Auch sie wäre bereit gewesen, sich zu verkaufen, um in den Genuss von Vorteilen zu kommen. Sie war nicht besser, da machte sie sich gar nichts vor. Sie war genauso, wie jeder andere. Wie jede Frau, jeder Mann, jeder Mensch. Der eigene Vorteil zählte. Und wenn man die Möglichkeit hatte, einen Vorteil zu bekommen, dann zögerte man nicht. Dann nahm man – egal, was aus anderen würde. Frauen suchten sich reiche Männer. Männer mit Geld suchten sich schöne Frauen, Männer ohne Geld mussten sehen, dass sie die Reste bekamen.
Die Welt war schlecht. Die Welt war brutal und Susanne wollte ihre Zeit auf der Welt genießen. Skrupel hatten da keinen Platz. Damit dieser Emre gar nicht erst auf die Idee gekommen war, sie weiter zu erpressen, oder mehr Geld für den „Gefallen“ von ihr zu fordern, hatte sie ihn wegen anderer Delikte anonym ver-

pfiffen. Er saß jetzt ein… In ein paar Jahren war die Sache vorbei. Sollte er dann noch lästig werden, würde sie ihn eben auch loswerden.
Susanne warf trotzig den Kopf in den Nacken und lachte gehässig auf. Ihre blonden, langen Haare flogen wirr herum und sie begann zu tanzen. Zuerst langsam, sinnlich und mysteriös, dann aber immer ungestümer und zum Schluss hopste sie splitterfasernackt an der ganzen Fensterfront herum, zu einer imaginären Musik, die nur sie hören konnte.

Er atmete mehrmals tief ein und aus, dann hielt er die Luft an. Er würde sonst noch hyperventilieren. Aber wie sonst, sollte er Herr seiner Sinne werden? Er musste die Kontrolle über seine Erregung zurückerlangen, sonst wusste er gar nicht mehr, was er tat.

Seit er das junge Mädchen niedergeschlagen hatte, war er nicht mehr er selbst. Hofer hatte das Mädchen unter den Armen gepackt, dann zur Treppe geschleift. Dabei war ihr Rock verrutscht und als er die nackten Beine gesehen hatte, wäre es ihm fast gekommen. So etwas war ihm noch nie passiert.

Er war um sie herumgegangen, hatte sie dann wie eine Braut auf die Arme genommen und getragen.

Er roch sie… und sie roch gut. Er roch ihren Angstschweiß, ihr Shampoo und ein dezentes Parfüm. Diese Mischung ließ ihn fast verrückt werden.

Er fühlte sie. Weich, jung, nachgiebig. Fest und doch weich, das war fast zu viel für ihn. Er räusperte sich, sein Mund war so trocken, dass er krampfhaft schluckte. Langsam trug er sie hinunter in den Keller. Er legte sie auf einen alten Schreibtisch. Kurz überprüfte er noch ihre Vitalfunktionen, sie lebte eindeutig, war aber noch immer ohnmächtig. Das war gut so…, er wollte sie nicht nochmals schlagen, nicht bevor… Er grinste, dann rückte er die Regale fort. Immer wieder huschte sein Blick zu ihr hinüber und im Geiste stellte er sich bereits vor, was er alles mit ihr machen würde. Nicht wie damals. Nein, nicht nur kurzes Vergnügen und dann vorbei, diesmal würde er alle seine Phantasien ausleben. Er könnte sie sogar mehrmals benutzen. Fesseln, zu essen und zu trinken bringen und dann … Hofer unterbrach kurz seine Tätigkeit, dachte nach, dann nickte er und rückte weiter. Als er die schwere Holztür quietschend beiseite schob, rührte sich das Mädchen kurz, aber sie blieb bewusstlos. Kurz ging er zu den Schreibtischschubladen, wühlte darin herum und steckte einige Sachen ein. Zufrieden grinsend schaute er das Mädchen an, das sich noch immer nicht rührte.

Hofer hob sie wieder hoch und ging mit ihr den dunklen Gang entlang, dort, wo er die menschlichen Reste in die Säcke gefüllt hatte. Es war muffig hier unten, es stank, aber dafür hatte er kein Empfinden. Für ihn roch es gut und er fühlte sich hier wohl.
Am Ende des Ganges, dort wo eine Nische war, legte er das Mädchen auf den mit Schutt übersäten Boden. Er breitete einen alten Vorhang aus, den er hier einmal abgelegt hatte und rollte sie darauf. Danach holte er die Dinge hervor, die er in der Schreibtischschublade gefunden hatte. Kabelbinder, eine Zange, diverse Stoffreste.
Mit den Kabelbindern fesselte er ihre Arme und Beine, die Zange legte er beiseite, einige Stoffreste legte er bereit, um sie ihr im passenden Moment in den Mund zu stopfen.
Als er aufstand und sie beobachtete, wie sie so dalag, durchströmte ihn ein nie gekanntes Gefühl von Glück und Macht. Das Licht in dem eher dunklen Gang wurde nur von seiner Taschenlampe ein wenig erhellt, wodurch die Beine des Mädchens eher fahl wirkten. Ein wenig Blut sickerte durch ihre dunklen Locken und so langsam kam Bewegung in sie. Ihre Augenlider zuckten, sie versuchte ihre Arme zu bewegen.
Hofer verzog böse lächelnd den Mund. Das würde ihr nun nicht gelingen. Aber ihre Augen könnte sie ruhig öffnen. Mal sehen, ob ihr gefallen würde, was sie zu sehen bekam.
Hofer zog ihren Rock hoch, dann ihren Slip herunter. Ihre Scham zierte nur ein schwarzer Streifen Haare und Hofer, der sich kaum noch beherrschen konnte, schluckte noch trockener.
„Du Biest…“, krächzte er trocken, dann zog er ihr sie vollständig aus. Er rückte ein wenig Schutt zur Seite, legte einen Teil des Vorhanges darauf, sodass sie erhöht liegen konnte und als er sie hochzog, damit sie eine halbsitzende Position einnehmen konnte, wurde sie wach. Sie schlug zuerst die Augen auf, ein Blitz des Erkennens war darin zu lesen, dann öffnete sich ihr Mund und mit leiser, leidender Stimme fragte sie:
„Was soll das? Wer sind Sie?“

„Du hast mich bestimmt schon gesehen, ich dich jedenfalls schon öfter. Du bist eine von den Jugendlichen, die den Park hier immer verschmutzen."
Bea wollte noch etwas sagen, aber er stopfte ihr einfach einige Lappen in den Mund und sie begann sofort zu würgen. Hofer wollte nicht mit ihr diskutieren, er wollte seinen Spaß haben. So oft und so lange wie möglich. Bea würgte, dann sah sie an sich herab. Als sie sie erkannte, dass sie nackt war, verdrehte sie voller Angst die Augen. Sie sah sich um, konnte in der Dunkelheit aber nur Dreck und Schutt erkennen.
Hofer hingegen sah nur sie. Ihre festen und großen Brüste, ihr Körper und – das war sein Spleen – ihre Knöchel hatten es ihm angetan. Er bewunderte die Knöchel von Frauen, stellte sich verschiedene Schuhe dabei vor und da Bea nur ihre Turnschuhe anhatte, zog er ihr diese nun mit einem verächtlichen Blick auch aus.
Sie konnte nicht sprechen, nur immer dieses „Mhhhmmmm", und Hofer ignorierte sie als Person bald vollständig.
Er ging an eine Ecke, wo sich eine Nische in der Wand befand, dort begann er, sich Stück für Stück zu entkleiden. Sauber geordnet legte er seine Sachen hinein, bis er vollständig nackt war. Er stellte sich vor das Mädchen hin, streckte sich, dann spielte er an sich herum.
„Du wirst nun erfahren, wie es ist, wenn man einen richtigen Mann abbekommt. Du wirst mit mir die Freuden der Liebe erlernen." Hofer verlor sich selbst, als er seine Absichten deklarierte, dann aber stutzte er. Da war ein Geräusch gewesen. Er drehte sich herum und konnte gerade noch den Jungen sehen, der einen Stein hoch über dem Kopf schwang und sagte:
„Das war's, du krankes Dreckschwein…", dann krachte der Stein auf seinen Kopf und Hofer ging zu Boden.

„Und sonst haben wir nichts?“, fragte sie und hielt ihm ihr Glas hin. Prandel schenkte nach. Es war dunkel draußen, sie saßen im Halbdunkel in seiner Wohnung, ganz in der Nähe vom Wiener Platz.
Er trug ganz einfach eine Jeans und ein T-Shirt, Anja Jemel hingegen hatte noch ihren Sportdress an. Eine labbrige Jogginghose und dazu ein enges Oberteil. Ihre Haare waren zu einem Zopf gebunden.
Das Wohnzimmer war abgedunkelt, leise Musik erklang im Hintergrund, „The Minute“, von Marion Raven passte zum Wein und Anja konnte sich tatsächlich entspannen. Der Tag hatte es in sich gehabt.
Zuerst waren sie bei Jasmin gewesen, danach war Hofer zur Fahndung ausgeschrieben worden, weil sie ihn zu Hause nicht antreffen konnten und weil er nicht an sein Handy ging, das auch nicht geortet werden konnte. Dann war ein Anruf gekommen, dass bei März im Hotelzimmer noch eine Spur gefunden worden war, die eindeutig diesem Hofer zuzuordnen sei.
Prandel hatte Jemel danach zum Sport gefahren, hatte dann hier und dort noch Ermittlungsgespräche geführt, aber eigentlich nicht mehr viel erreicht. Dann hatte er sie abgeholt und frustriert vorgeschlagen, bei einem Wein gemeinsam alle Dinge noch einmal durchzusprechen.
So saßen sie nun hier bei ihm. Zuvor hatte es eine Fertigpizza gegeben, nun tranken sie einen Wein. Prandel wirkte ein wenig fahrig. Fahrig und nachdenklich, als er versuchte das Geschehene zusammenzufassen.
„Nein, sonst haben wir nichts. Wenn ich also alles mal in einen Dreizeiler packen darf…“, sagte er, hielt das Weinglas hoch und seufzte:
„… dann haben wir folgendes: Eine junge Frau, die tödlich vor den Bus gefallen ist, oder geschubst wurde. Pillen, mit denen man Halluzinationen hervorrufen kann, woraufhin mehrere Leute eine weiße Frau gesehen haben wollen. Diese Aussagen

gehen allerdings auf eine sehr alte Legende von Stammheim zurück.
Wir haben einen Hickhack um das Haberland-Haus, Bürgervereinigungen, siehe Theissen mit einem Anschlag, einen Mord im Hotel, siehe diesen März, dann noch einen verrückten Künstler den wir suchen, eine hübsche, aber undurchsichtige Malerin, die zusammengeschlagen wird, aber nichts erzählen will und all solche obskuren, aber nicht durchschaubaren Sachen."
Anja, stellte das Weinglas ab, schaute Prandel an und meinte:
„Wenn das nicht alles irgendwie miteinander zusammenhängt, würde ich sagen, dass Stammheim schlimmer ist als Chicago. Ich meine die Menge an Straftaten für so einen relativ kleinen Ort."
Prandel nickte.
„Das sehe ich auch so, allerdings finde ich nicht den roten Faden. Also irgendeine Linie, womit das alles zusammenhängen mag."
Anja lächelte, dann legte sie ihren Kopf entspannt nach hinten. Sie fühlte sich sichtlich wohl und Prandel streckte nun ebenfalls die Beine aus. Er saß neben ihr auf einem Fernsehsessel, den er sonst eigentlich nie brauchte. Zufrieden lächelte er vor sich hin, dann hörte er Anja, leise flüsternd neben ihm:
„Und wenn die ganzen Sachen miteinander zu tun haben. Wenn die Drogen, der Mord, das Haberland-Haus und die weiße Frau, wenn das alles miteinander zusammenhängt, dann brauchen wir doch eigentlich nur den Ursprung zu lokalisieren und der Schlüssel ist gefunden?"
„Ja, das sagt sich so leicht, aber wie will man das machen? Noch tappen wir hier im Dunkeln."
Prandel seufzte erneut, dann nahm er eine Zeitung vom Board neben sich, einen „Kölner Wochenspiegel" und sagte:
„Ich lese dir mal was vor, wenn es dir nichts ausmacht. Ich finde das interessant und vielleicht liegt hier auch ein Schlüssel versteckt? Weil irgendwie hängt ja alles zusammen."

Anja nickte. Sie fühlte sich wohl und Prandels schläfrige Stimme führte bei ihr zu Wohlbehagen. Sie genoss es einfach nur.
Prandel legte los:
„Also, ich lese jetzt einfach mal den Artikel vor:
Stammheim. Früher diente das Ulrich-Haberland-Haus im Stammheimer Schlosspark den Pensionären der Bayer AG Leverkusen als Altersruhesitz. Das Haus wurde 1952 von der Bayer AG erbaut und 1982 wegen geringer Auslastung an die Stadt Köln verkauft. Die Stadt vermietete das Gebäude von 1983 bis 2001 an das Studentenwerk. Aber seitdem steht das denkmalgeschützte Gebäude mit seinem Treppenhaus im Bauhaus-Stil leer.

Seit vielen Jahren kämpfen die Bürgervereine von Stammheim und Flittard um den Erhalt des Hauses und um die Einrichtung eines Seniorenheims. 2003 stellten einige Bürgervereine und Personen aus Flittard und Stammheim eine Bauvoranfrage für ein Senioren- und Pflegeheim. Die Anfrage wurde dann 2006 positiv beschieden und ein Kaufvertrag vorbereitet. Als Betreiber war eine Gesellschaft für den Betrieb von Sozialeinrichtungen vorgesehen. Baubeginn sollte im Frühjahr 2007 sein. Als jedoch erforderliche Zahlungen des Investors ausblieben, trat die Stadt 2007 vom Kaufvertrag zurück."
Prandel legte die Zeitung auf seine Knie, schaute Anja an und fragte:
„Noch wach?" Sie lachte kurz auf, nickte und meinte müde:
„Lies weiter, das tut gut!"
Prandel lachte kurz, dann las er weiter:
„Weitere Bewerber standen für Verhandlungen bereit und wollten das Seniorenheim bauen. Drei hatten bereits konkrete Angebote gemacht. Alle akzeptierten auch den Erhalt des alten Cafés im Ulrich-Haberland-Haus als Gastronomiebetrieb für den Stammheimer Schlosspark. Allein, die Stadt vergab den Auftrag nicht.

2007 übergaben die Bürgervereine der Stadt dann 6.365 Unterschriften von Bürgern, die sich für das Projekt Seniorenheim aussprechen. Nach Auskunft von Detlef Fritz, Leiter des Amtes für Liegenschaften, Vermessung und Kataster, wird zurzeit die Verwertbarkeit des Ulrich-Haberland-Hauses verwaltungsintern geprüft. Obwohl das Gebäude im Flächennutzungsplan mit der Zweckbestimmung Alteneinrichtung dargestellt ist, erscheint die Umsetzung der Nutzung laut Fritz weiterhin mehr als fraglich. Das angrenzende Stammheimer Großklärwerk und die damit verbundene Lärmemission, sowie der Lärm des Flugverkehrs seien ein Problem, so Fritz.

Die Aussagen und die Dauer des Prüfverfahrens erzürnen die Bürgervereine und die Bevölkerung der Umgebung. Zur Zeit verbringt das ehemals schöne Gebäude einen Dornröschenschlaf im Stammheimer Schlosspark und verfällt zusehends…"

Prandel warf die Zeitung nun zu Boden und sprang auf. Jemel zuckte erschrocken zusammen. Sie hatte gar nicht mehr richtig zugehört und war nun irritiert, als Prandel rief:

„Und wenn dieser Theissen oder dieser Hofer genau deswegen solch einen Mist machen? Wenn das Haberland-Haus der ausschlaggebende Teil ist?"

Jemel setzte sich auf, sah Prandel an und meinte dann locker:

„Dann gehören die Straftaten vielleicht doch nicht alle zusammen und es gibt ein paar Zufälle. Ich wüsste nicht, warum Drogen und ein Mord an einer Schülerin zum Haberland-Haus führen sollten."

„Aber März wollte das Gelände verbauen. Theissen und Hofer waren dagegen, haben vielleicht deswegen einen Plan ausgearbeitet. Die Schäfer hat was geahnt, ist deswegen zusammengeschlagen worden und … ach, was weiß ich. Aber das wäre eine Spur…"

„Ja, eine Spur schon…" Jemel hatte sich wieder gemütlich zurückgelehnt und genoss die Musik im Hintergrund. Es war nicht einfach, zu entspannen, also musste man jede sich bieten-

de Gelegenheit nutzen. Nun lief „Eloise“ im Hintergrund, ein uralter Schinken, und Jemel musste lächeln, was Prandel aber falsch auslegte.
„Lachst du mich aus?“ fragte er und Anja beeilte sich ihm zu erklären:
„Nein, aber die Musik. Ich wusste nicht, dass du auf solch alte Songs stehst…“
„Leidenschaft. Erinnerung, Emotionen… das verstehst du vielleicht nicht.“
„Von Emotionen verstehe ich vielleicht mehr als du, auch wenn es nicht danach aussieht!“, sagte sie nun schärfer, setzte sich auf und sah ihn an. Nicht böse, aber eindringlich.
Prandel setzte sich direkt neben sie, sah ihr in die Augen und sagte:
„Ich habe tagtäglich mit Mord und Verbrechen zu tun. Da bewahre ich mir meine kleinen emotionalen Inseln… Das kann Musik sein, es gibt aber auch andere Möglichkeiten…“
„Die da wären?“, fragte Anja und plötzlich überzog Prandel ein so seltsames Gefühl, eine Schwingung lag im Raum, die vorher nicht dagewesen war. Wie ein elektrisches Knistern. Seine Stimme hörte sich heiser an, als er antwortete:
„Erinnerungen. Gefühle und sich zu öffnen, gehören dazu…“
„Aha…“, machte Anja nur, dann zog sie seinen Kopf heran und küsste ihn sanft auf den Mund. Prandel wollte etwas entgegnen. Wollte etwas rufen, wollte sagen, dass er viel älter war, dass sie Kollegen wären, dass es kompliziert werden würde, aber – er spürte nur ihre Lippen, die unglaublich weich und warm waren. Er fühlte ihre Hand in seinem Nacken und er gab nach. Er ließ sich tatsächlich fallen. Er versank und tatsächlich vergaß er für einen Augenblick alle Morde, Verbrechen und die schrecklichen Dinge, die ihn sonst immer umgaben. Im Hintergrund hörte er noch „La Gazza Ladra“, bevor er das Denken vergaß.

1225

Es war ein magischer Moment. Sie fühlte es, ein Augenblick der Entscheidung und der Wendung. Und sie hatte es vollbracht.
Berbelin drehte sich im Kreis, ihre langen Haare flogen mit der Drehung und sie lachte laut. Immer schneller drehte sie sich, immer lauter lachte sie, dann ließ sie sich glücklich, aber ermattet auf die Bettstatt fallen. Ja, er würde überwältigt sein, das fühlte sie nun. Ihr weißes Brautkleid war überirdisch schön, ganze drei Monate hatte sie nur darauf verwendet und nun war der Tag endlich gekommen.
Ihre Gehilfen hatte sie schon frühzeitig fortgeschickt, sie war alleine und wenn Günter kam, hätten sie den Abend für sich. Nun, die Frage aller Fragen würde sich nicht verbergen lassen, denn sie würde ihn ja bereits in diesem weißen Brautkleid empfangen und sie war sicher, Günter würde ebenfalls vollkommen glücklich sein.
Vorsichtig deckte sie den Tisch ein. Der Weinkrug, der Krug mit frischem Quellwasser, der Teller mit Obst und die Schale mit dem kalten Braten. Und überall Blüten von den schönsten Blumen der Umgebung. Es sah so festlich aus. Berbelin hätte die ganze Welt umarmen können.
Sie horchte freudig erregt auf, als sie draußen das Schnauben eines Pferdes hörte; es konnte nur Günter sein.
Schnell stellte sie sich in Positur, ein wenig rechts neben dem gedeckten Tisch, die Bettstatt aber in Sichtweite – Günter würde sicher nicht lange warten können.
Es dauerte einen Augenblick, dann knarrte die Türe und Günter erschien.
Berbelin strahlte, sie wartete auf Günters magische Worte, sie freute sich auf seinen Ausruf des Glücks und in dieser Erwartung breitete sie die Arme aus.
Günter blieb allerdings erst einmal dort an der Türe stehen. Ja, er war überrascht, aber er sah nicht so glücklich aus, wie sie ge-

dacht hatte. Vielmehr erschrocken. Sein Mund klaffte auf, seine Augen wurden groß und nach einer kurzen Pause, sagte er nur: „Cäcilia … was soll das?“
„Ja, …, aber…, seht doch. Ein Hochzeitskleid… Ich, ich meine WIR…“, enttäuscht brach sie ab, Tränen stiegen ihr in die Augen und sie ließ die Arme hängen. Sicher würde er sie jetzt in die Arme nehmen und trösten. Sie schluchzte, stützte sich an dem reich gedeckten Tisch ab und wartete auf seine rettenden Arme, doch Günter blieb dort stehen, wo er war, dafür wurde seine Stimme umso kälter, als er nun sagte:
„Erkläre mir, was das soll. Ich habe dir die Friedelehe geboten, ich habe dir ein Heim gegeben, genug zum Leben und alles könnte gut sein. Warum willst Du alles zerstören?“
„Zerstören?“ Berbelin rannte um den Tisch herum und stellte sich vor ihn. „Ich will nichts zerstören, ich will für immer binden. Es ist soweit. Du musst dich entscheiden. Entweder deine Gemahlin, oder ich. Beides geht nicht mehr. Ich leide jedes Mal, wenn du fort reitest, wenn ich dann weiß, dass du zu deiner Gemahlin gehst. Meinst du es wäre leicht für mich?“
Günter starrte sie nur an. Seine Gedanken überschlugen sich. Mit Eiseskälte in der Stimmte sagte er leise:
„Bedenkt, wo ihr herkommt. Bedenkt, was ich für euch getan habe. Reicht das immer noch nicht?“
Doch Berbelin war taub für solche Worte. Sie hatte nur die Zukunft im Sinn, die sie sich in vielen einsamen Stunden so ganz anders ausgemalt hatte.
Trotzig hob sie ihr Kinn hervor, ging an den Tisch, nahm einen Becher voll Wein und sagte laut:
„Ihr habt die Wahl. Entweder ich oder sie. Ich würde mich auch nicht scheuen, eurer Gemahlin alles zu erzählen, oder jedem anderen, der es nur hören möchte. Schließlich lieben wir uns ja.“
Sie trank und Günter trat zu ihr. Seine Kiefer mahlten vor Wut aufeinander, er biss die Zähne zusammen, dann fasste er sie am Arm:

„Kommt zur Besinnung!“ rief er, aber sie riss sich los und schrie: „Ich weiß, was ich will und ich weiß auch, was für dich gut ist. Wir sind füreinander bestimmt!“

Günter griff nach dem schweren Krug aus Steingut und schlug zu. Es war kalte Wut, die ihn handeln ließ. Wut und Verzweiflung und Ratlosigkeit vereinten sich zu diesem Schlag.

Der Krug traf sie ein wenig oberhalb der Augen, an Stirn und Schädel und Berbelin machte noch ganz kurz große Augen, ihr Mund formte noch ein stummes „O“, dann sackte sie zusammen.

Günter sah auf sie herab. Blut sickerte aus ihrem Haar auf den Boden und ihre Augen sahen gebrochen und tot zu ihm hinauf. Was hatte er nur getan?

Er musste handeln. Sofort.

Er verließ das Haus, sprang auf sein Pferd und ritt zu seinem Bruder Hugo auf die gemeinsame Burg. Dieser wusste zwar von seiner Friedelehe, hatte Berbelin aber selber noch nie kennengelernt. Er hörte Günter zu, nickte ernst, dann fasste er ihn an den Schultern und sprach:

„Wir werden das regeln. Doch es ist gut, dass es jetzt passiert ist. Ich werde bald das Land verlassen und daher kann ich dir jetzt noch helfen.“

Gemeinsam ritten die Brüder los. Wenig später trugen sie die Leiche hinaus. Hugo legte sie vor sich auf das Pferd und dann ritten sie durch die Nacht. Niemand sah die zwei Reiter auf ihrem Weg zum Leichhof nach Stammheim. Niemand störte diese Ritter, als sie nun die Leiche vom Pferd nahmen und an den vielen Gräbern vorbei trugen.

Erst als Hugo nickte, legten sie Berbelin neben einem frischen Grab ab.

Hugo hatte kurzerhand die weiche Erde entfernt, ihren Leichnam hineingelegt und die frische Erde wieder aufgefüllt. Dort ruhte sie nun, gemeinsam mit irgendeinem alten Kauz. Niemand würde es je erfahren.

Kurz schauten die Brüder sich an und Hugo nickte erneut. Es bedurfte keiner großen Worte, die Brüder verstanden sich. Günter würde die Bediensteten an einen Freund vermitteln. Alle anderen erfuhren die Geschichte von Cäcilia, die kurzfristig in Familienangelegenheiten abreisen musste. Niemand würde näher nachfragen und nach einiger Zeit war solch ein Thema meist vergessen.

Günter würde sie vermissen. Ja, er hatte sie gemocht, vielleicht war es sogar eine Art Liebe gewesen, jedoch – wenn Liebe zur Gefahr wurde, musste man sich entscheiden, und er hatte sich entschieden.

2015

Hermann Strothe ging mühsam. Sein Rücken hatte vor einigen Tagen richtig Probleme gemacht und da sein Arzt gesagt hatte, Bewegung sei das Beste, war er trotz Schmerzen wieder mit seiner Hündin Penny unterwegs. Eigentlich die alte Runde, die er sonst immer ging. Am großen Park vorbei, ein Stück den Damm, dann den Feldweg Richtung Rhein. Danach ging es über die Kies- und Sandflächen bis zum Waldrand und von dort durch Waldwege wieder zurück.

In Merkenich gab es viele Möglichkeiten spazieren zu gehen, aber dies war „sein" Weg und irgendwie hielt er daran fest. Außerdem ließ ihm Penny keine andere Wahl. Kaum vor der Türe, lief sie bereits los und bestimmte somit auch den Weg. Sicher, er hätte sie anleinen können, aber das wollte er nicht. Penny sollte stromern können, sie war nicht bissig, ließ andere Leute und andere Hunde in Ruhe und – warum nicht?

Er war in den frühen Morgenstunden losgegangen. Er ging mühsam, weil der unebene Weg ständig einen Ausfallschritt erforderte, der ihm wiederum Schmerzen bereitete. Vorsichtshalber hatte er seinen Gehstock mitgenommen, was zwar eigenartig aussah, ihn hier aber nicht störte.

Ja, ein 35-Jähriger Mann mit einem Krückstock, das wirkte immer so dramatisch, aber ihm half es.

Penny war wieder gut fünfzig Meter voraus gelaufen und rannte jetzt über die Kiesfläche am Rhein. Hermann hielt sich lieber daneben auf dem Grasstreifen, hier war der Boden fester und er konnte besser gehen.

Er war alleine. Kein anderer Spaziergänger in Sicht, so hatte er es am liebsten. Alleine, mit sich und seinen Gedanken. Was war wichtig im Leben? Diese Frage hatte er sich in letzter Zeit so oft gestellt. Finanzielle Probleme, dann Sorgen in der Ehe, die Belastungen durch das Haus waren groß und eigentlich gar nicht nötig, doch seine Frau wollte ja unbedingt in dem großen Haus

wohnen bleiben, obwohl ihnen Kindersegen versagt geblieben war.
Warum das alles? Machte es noch Sinn? Oder sollte er lieber einen Schlussstrich ziehen, die Konsequenzen ertragen und sich trennen? Aber er liebte sie und eigentlich liebte er auch sein Leben. Ach, er war so unentschlossen.
Penny erreichte gerade den Waldrand und Hermann beeilte sich ein wenig. Wenn sie im Wald wäre, würde sie alles vergessen, dann hatte sie es mit dem Hören nicht so… Klar, da gab es ja auch so viel zu entdecken. Hier gab es noch Tiere im Wald, deren Spuren Penny gut wittern konnte.
Er wischte mit dem Stock ein paar trockene Äste beiseite, kürzte so ein Stück ab und konnte seine Hündin noch sehen, wie sie in einem Gebüsch im Boden wühlte.
„Penny!“, rief er, aber natürlich hörte sie nicht auf ihn. Hermann ärgerte sich. Was die da wohl wieder ausbuddelte und sich womöglich irgendwelche Krankheiten zuzog? Er hätte lieber gesehen, um was es sich handelte und entschieden, ob es gut für Penny war oder nicht, daher beeilte er sich, zu dem Gebüsch zu kommen.
Nun konnte er sehen, was Penny da hatte. Sie zerrte an einem Müllsack. Da hatte wohl wieder jemand illegal seinen Abfall entsorgt.
„Penny, AUS!“, rief er, aber der Hund war wie von Sinnen. Er jaulte so eigenartig dabei, doch Hermann konnte nicht schneller gehen. Sein Stock versank immer wieder in dem weichen Sand und richtig sehen konnte er auch noch nichts. Er sah nur eine blaue Plastikfolie und irgendwelche Teile, die sein Hund da im Maul hatte, an denen er herumzerrte und wütend kläffte.
„Was hast du denn nur…?“, rief Hermann. Ein eigenartiges Gefühl hatte ihn überkommen. So kannte er Penny nicht. Seine so liebenswerte Hündin war außer Rand und Band, knurrte, hatte ihren Schwanz aber ängstlich eingekniffen, sie wirkte total verstört.

Als Hermann näherkam, sah er ungläubig, was da neben dem Sack alles herumlag: Knochen, Fetzen mit Stoff daran und eine halb skelettierte Hand, ein Stück, das wie ein Bein aussah, mumifiziert, ein Stück Schädelknochen…

Hermann wurde schwindelig. Er hieb mit dem Stock nach Penny.

„Aus, lass das… AUS!", rief er, doch Penny riss wie wild an einem weiteren Sack, der aus der Erde ragte. Hermann ließ seinen Stock einfach fallen, griff in die Tasche und holte sein Handy heraus.

„Kein Empfang …", murmelte er, dann brüllte er „ … verdammte Scheiße!", und bückte sich, trotz der Schmerzen, um Penny am Halsband zu packen.

„Kommst du jetzt her!", befahl er, als er sie hatte und zog ihr ein Stück Knochen aus dem Maul, dann zerrte er sie von dem Ort weg. Seinen Stock ließ er liegen. Er musste jetzt nur eine Stelle finden, an der er Empfang hatte und dann so schnell es ging Hilfe holen.

Er nahm die Leine, die er sicherheitshalber immer bei sich hatte, leinte Penny an und band sie - da sie sich immer noch wie Verrückte gebärdete, an einem dicken Ast in der Nähe an. Dann widmete er sich wieder seinem Handy. Er hielt es hoch, schaute immer auf das Display, drehte sich im Kreis, lief ein Stück und dann hellte sich sein Gesicht auf. „Ein Streifen Empfang wird reichen", murmelte er, dann wählte er die 110, hielt dabei sein Handy aber immer schön hoch.

Als sich jemand meldete, konnte Hermann zuerst gar nichts verstehen, über all den Bemühungen bellte sein Hund immer noch wie verrückt und erst als er erneut ein Stück gegangen war, konnte er den Mann am Polizeinotruf verstehen.

„Strothe hier. Hermann Strothe, kommen sie schnell, ich bin mit meinem Hund hier im Wald in Merkenich und wir haben einige Tüten voller Leichenteile gefunden!"

Sie saßen im Auto, schwiegen, aber es herrschte trotzdem eine zufriedene, wenn auch nachdenkliche Stimmung. Es war ein sonniger Nachmittag. Sie hatten den Tag mit üblicher Puzzlearbeit verbracht, und da sie ständig mit irgendwelchen Leuten zusammen waren, konnten sie noch nicht richtig über das Erlebte sprechen. Nun aber, als die Ampel vor ihnen auf Rot umsprang und Prandel dahinter die ganzen Rückleuchten aufleuchten sah, grinste er:
„Ja, ja, eine Zwangspause ist vielleicht nicht schlecht."
Anja lächelte ebenfalls, sagte aber nichts. Sie waren nun mitten im Kölner Berufsverkehr gelandet und da ging einfach nichts mehr. Sie würden viel Zeit einplanen müssen, um in Richtung Mühlheim zu kommen.
„Ein aufregender Tag…", begann Prandel, doch Anja nickte nur, lächelte, schwieg aber.
„Und Hofer haben wir immer noch nicht, obwohl er zur Fahndung ausgeschrieben ist. Wo kann der sich nur verkrochen haben?"
Anja, lächelte und schwieg weiter. Sie schaute nach vorne, wirkte verträumt und nicht bei der Sache.
„Und diese Schäfer? Vielleicht, wenn wir sie nochmals in die Mangel nehmen?"
Anja Jemel nickte, lächelte, schwieg.
„Verdammt, ich will auch mal was von dir hören!", polterte Prandel. Es klang aber weder böse, noch ungeduldig. Sie konnte sein lachendes Herz fast heraushören. Endlich drehte sie sich zu ihm um, hauchte ihm einen Kuss auf die Wange und sagte:
„Wir müssen darüber reden. Wir sind Kollegen, wir arbeiten zusammen, was sollten wir machen?"
Sie lachte aber dabei und Prandel lachte nun mit ihr. Sie kamen nur stockend vorwärts, immer nur wenige Meter, dann ging nichts mehr. Aber es schien sie nicht zu stören.
„Ja, wir werden uns darüber unterhalten müssen, vor allem, wie oft wir das machen, wie lange und auch ob wir das auch in der

Arbeitszeit machen können…"
Anja lachte lauthals und Prandel fiel mit ein. Er wirkte völlig anders, lockerer, zufriedener und auch Anja fühlte sich in der Situation durchaus zufrieden. Sie waren am Vorabend zusammen im Bett gelandet und danach zufrieden gemeinsam eingeschlafen.
Als dann der Wecker geklingelt hatte, vermieden sie es beide, über die Situation zu reden. Sie machten sich Kaffee, gingen lieb miteinander um, sprachen über den Fall, spekulierten, zogen sich an und machten sich auf den Weg. Okay, unter der Dusche gab es ein kurzes Wiederholungsintermezzo, aber das war so spontan und ohne Worte, da gab es einfach nichts hinzuzufügen.
Prandel, eher beleibt und ein Koloss wie Zeltinger und die schlanke Anja. Jünger, sportlicher und auf jeden Fall schlanker. Konnte das gutgehen?
Anja schien seine Fragen zu spüren und sagte leise, indem sie ihre Hand auf seinen Unterarm legte:
„Mach dir vor allem keine Sorgen um Nichtigkeiten. Wichtig ist, dass unsere Herzen sich verstehen. Nicht, was andere Leute sagen. Nicht, wie wir auf andere wirken, sondern wie wir uns fühlen, das ist wichtig."
Prandel sah sie an und sein Lächeln verschwand. Er sah ernst aus, als er sagte:
„Ich werde dich bei Gelegenheit daran erinnern."
Sie wollte gerade etwas erwidern, als das Telefon klingelte. Die Freisprechanlage wurde aktiviert und Prandel meldete sich:
„Zelti, hier, was gibt's?", fragte er, bemüht, im Ton wie immer zu klingen. Der Anrufer, ein Kollege von ihnen, sagte:
„Hofer, Matthias, wir haben hier was Interessantes. Er ist vor vielen Jahren, als junger Mann, wegen Sexualdelikten aufgefallen. Nicht vorbestraft, aber es hat Beschwerden und Anzeigen gegeben." „Und das steht in den Akten?", fragte Anja Jemel ungläubig, und Prandel lächelte, während der Kollege am Telefon lachend sagte:

„Na ja, offiziell sind das alles gelöschte Daten. Aber es gibt immer irgendwo ein paar Notizen, Hinweise, die werden dann hin und wieder in eine andere Datei verschoben. Wir können das auch nicht offiziell verwenden, aber damit ihr wenigstens wisst, was auf euch zukommen kann. Ihr kommt ja aus Merkenich, vielleicht hängt das tatsächlich auch mit Hofer zusammen. Wir hatten außerdem einen Anruf aus der Landesklinik. Dort ist wohl die Schwester von Hofer. Der Oberarzt dort hat erzählt, dass er unbedingt Meldung machen müsse. Diese Schwester hat wohl erzählt, dass Hofer als junger Mann einige Morde begangen hat. Vielleicht fahrt ihr da mal hin?"
Prandel bedankte sich und schaute Anja nachdenklich an.
„Das würde passen. Ich weiß zwar nicht, wie jetzt Merkenich ins Spiel kommt, aber vielleicht suchte er einfach nur eine Gelegenheit, um diese Sachen zu entsorgen? Und gleich Morgen fahren wir mal nach Langenfeld. Interessant mit der Schwester. Vielleicht erfahren wir da ja sogar noch mehr."
„Dann muss er kalte Füße bekommen haben", sagte Anja und runzelte die Stirn „Und ich denke, es hängt mit dem Haberland-Haus zusammen. Vielleicht hatte er Angst, dass es zu einer Durchsuchung kommt. Oder weil Theissen was weiß oder einfach, weil ihm das alte Versteck zu heiß vorkam. Also, wenn es wirklich Hofer war und wenn es stimmt, was seine Schwester sagt, dann jagen wir einen wirklich gefährlich Irren."
Prandel nickte. „Und dann haben wir hier auch die Gewissheit, wem wir das alles zu verdanken haben."
Prandel war mit Anja in Merkenich gewesen. Allerdings kamen sie zu spät. Die Spurensicherung war bereits mit ihrer Arbeit fertig, viele Kollegen hatten den Ort abgesperrt, es gab eigentlich nichts mehr zu sehen, außer dem Ort selber. Ein Kollege bestätigte, dass es sich um verwesende, teils mumifizierte Leichenteile gehandelt habe. „So um die 20 – 30 Jahre alt…", hatte er gesagt, weiter gab es keine Informationen. Der Finder, ein Mann Mitte 30, mit einem Gang wie ein 80-jähriger, hatte mit seinem Hund

noch in der Nähe gestanden. Prandel hatte ihn noch befragt, aber er hatte seine Geschichte wohl schon zigmal erzählt, und Prandel konnte langsam die Routine im Ablauf erkennen. Das nutzte ihm auch nichts mehr. Er bedankte sich, hatte sich mit Anja noch die nähere Umgebung angeschaut, dann waren sie schweigend zurückgefahren.
Sie fuhren wieder ein Stück, dann hielt Prandel unvermittelt an und schlug gegen das Lenkrad.
„Es nervt!", rief er, und Anja fragte erstaunt:
„Ich dachte, es ist toll, dass wir mal über alles reden können?"
„Ja, Ja…", Prandel nickte „… aber es nervt dennoch. Viel lieber rede ich mit dir bei einem Glas Wein, schöner Musik und einer weichen Unterlage…"
Anja lachte, schüttelte dann den Kopf.
„Wir sollten aber weiter professionell auftreten. Ich überlege, ob wir anderen Leuten davon erzählen sollen."
„Besser nicht!", sagte Prandel sofort, sah Anja dann erschrocken an und ergänzte: „Nicht, dass du das jetzt in den falschen Hals bekommst. Aber es könnte Ärger geben. Liebende dürfen nicht zusammenarbeiten. Es könnte sein, dass man uns trennt oder versetzt, das möchte ich nicht."
Anja nickte ernst.
„Ja, das befürchte ich auch. Ich denke, wir lassen alles so wie es ist. Wir arbeiten zusammen und sagen niemandem etwas. Abends dann, nach Feierabend, könnten wir entscheiden. Entweder zu dir oder zu mir."
Prandel lächelte
„Genau so… du bist klug und das liebe ich so an dir."
Anja verdrehte die Augen.
„Wir müssen ja auch nicht ständig aufeinander kleben…", sagte Prandel und Anja hob fragend die Augenbrauen.
„Ich meine halt, trotz aller Liebe ist es auch gut, wenn jeder so noch seinen Rückzugsort hat. Meine ich halt…"
„Ich weiß, was du meinst…" Anja klang ein wenig kühler als

vorher und Prandel begann zu schwitzen.
„Ich meine, die Liebe zu einer Frau ist anders…, also bei einem Hund zum Beispiel, das ist andere Liebe.“
Anja stützte sich plötzlich auf, schaute ihn von der Seite her an und sagte:
„Das meinst du jetzt nicht ernsthaft? Das musst du mir erklären!“
Prandel druckste herum, dann sagte er:
„Bei einem Tier, da weißt du, was wirkliche Liebe ist. Schau mal. Wenn man seine Ehefrau und seinen Hund gemeinsam in den Kofferraum seines Autos sperrt und diesen dann nach einer halben Stunde öffnet, was meinst du, wer sich mehr freut?“
Anja schaute Prandel sprachlos an, doch als er loszuprusten begann, konnte sie sich auch nicht mehr halten. Sie lachte, bis ihr die Tränen kamen.
Das war er, der Prandel, wie sie ihn liebte.

Bea schaute total verwirrt. Sie konnte es erst gar nicht richtig begreifen und weinte nun vor Erleichterung. Da war Benno wie aus dem Nichts aufgetaucht, hatte wie ein Retter im dunklen Gang gestanden und dann diesen schweren Stein dem verrückten Mann auf den Kopf geknallt. Wer weiß, was der sonst noch alles mit ihr angestellt hätte.

„Benno…“ Sie schluchzte, versuchte ihre Blöße zu bedecken, was natürlich nicht funktionierte, mit den Kabelbindern an Händen und Füßen.

Benno blutete ebenfalls aus einer Wunde am Kopf. Er stand ein wenig verwirrt vor dem zusammengesackten Hofer, dann schüttelte er sich, als würde er wach werden und beugte sich über den bewusstlosen Mann. Er öffnete ihm ein Auge, zuckte dann mit den Schultern. Blut lief Hofer über den Kopf, das Gesicht war bereits rot, Benno wusste nicht genau, was er machen sollte, dann aber richtete er sich auf, streckte sich und sah Bea an.

„DANKE!“, hauchte sie und begann wieder zu weinen. Benno nickte nur.

„Willst du mich nicht erst losbinden?“, fragte sie nun. Benno zeigte seine Zähne. Er grinste, was, mit dem Blut im Gesicht, etwas diabolisch wirkte. „Ich soll dich losbinden?“ Seine Stimme klang wie ein Reibeisen in der Dunkelheit.

„Du hast mich doch hintergangen. Ich habe dich beobachtet… du warst mit Kevin zusammen. Mich hast du abserviert, wie einen alten Abfallsack!“ Benno verzog verächtlich das Gesicht. Bea konnte es nicht fassen.

„Das ist doch jetzt EGAL!“, rief sie. „Wichtig ist doch jetzt nur, dass wir hier rauskommen. Du hast mich vor dem irren Mörder gerettet. Das werde ich dir nie vergessen!“

„Ach ja? NIE?“ Benno höhnte, lachte und spuckte auf den Boden „So, wie wir damals ein Paar waren? Du hast es schnell vergessen. Ich war nur Mittel zum Zweck, wie jetzt auch.“

Bea weinte, jetzt bekam sie wirkliche Angst.

„Was willst du denn jetzt machen? Was hast du vor? Komm,

mach jetzt keinen Scheiß..., die Polizei wird bald hier sein..."
Benno lachte.
„Ach, die Polizei? Warum sollte die kommen? Weil du hier überall illegale Drogenverstecke hast? Weil du gemeinsame Sache mit der Malerin machst? Weil du hier mit dem Irren vielleicht sogar unter einer Decke steckst? Was weiß ich denn? Nichts. Du kannst mir viel erzählen!"
Benno nahm die Hände auf den Rücken als wolle er einen Spaziergang machen, dann ging er auf und ab, während er laut nachdachte.
„Wollen doch mal sehen...", sprach er, „... du hast mit Kevin rumgemacht. Vorher warst du mit mir zusammen, hast von mir Pillen gekauft und offensichtlich auch geklaut... Dann hast du die Pillen an die Malerin verkauft. Guten Gewinn gemacht? Hast du sie wenigstens abgezockt?"
„Benno, BITTE...!", rief Bea schluchzend, doch Benno spazierte weiter auf und ab.
„Und dann bist du hier rein. Hattest hier wohl weitere Pillen versteckt? Oder sogar die Kohle? Ja? Hast du Geld hier versteckt? Na egal. Jedenfalls gehe ich dir hinterher, bekomme eins auf die Birne... AUTSCH!", machte Benno, als hätte er gerade eben erst den Schlag auf den Kopf erhalten. Nun drehte er sich zu Bea um und grinste. Sie sah Blut an seinen Zähnen, auf seinen Lippen kleben. Sie wusste aber nicht, ob es sein Blut war oder das des verrückten Künstlers. Er grinste böse, dann sagte er weiter:
„Aber er hat dich gefesselt. Er wollte dich ficken... Ha ha ha", er lachte wie ein Irrer, bog sich und haute sich auf die Oberschenkel, als hätte er einen absolut tollen Witz gemacht. „Er hat es dir doch hier schön gemacht. Schau mal, Stoff zum drauf liegen, Glas und Spiegelscherben überall, damit Ihr Euch beim Liebesspiel auch beobachten könnt, Dreck und Schutt..."
„Benno, bitte, du hast einen Schlag auf den Kopf erhalten. Vielleicht bist du nicht ganz klar... ich kann dir..."
„SCHNAUZE!", brüllte Benno, und Bea zuckte zusammen.

„Ich war noch nie so klar im Kopf wie gerade jetzt im Moment. Die Verarsche ist vorbei. Ich war immer fair, habe immer gewartet, doch jetzt bin ich am Zug. Es reicht. Ich werde mir nehmen, was ich brauche, ich werde tun, was immer ich will. Es ist einfach genug!“ Die letzten Worte waren weinerlich und wütend aus ihm herausgekommen.
Bea wagte nichts mehr zu sagen.
Plötzlich regte sich der bewusstlose Mann auf dem Boden. Er stöhnte und Benno schaute total verwirrt nach unten.
„Fessle ihn!“, zischte Bea ängstlich, doch Benno zuckte nur mit den Schultern.
Er schaute sich um, so, als suche er etwas, dann erhellten sich seine Gesichtszüge. Er ging zielstrebig in eine Ecke, wo ein größerer Brocken aus Mauersteinen lag. Er bückte sich, wuchtete ihn hoch, wobei er Mühe hatte, ihn zu tragen. Er schleppte den Stein bis vor Hofer, dann ächzte er und mit einem Schrei wuchtete er den Brocken nach oben.
Bea schaute ungläubig zu. Sie konnte nicht fassen, was sie da sah. Sie wollte noch etwas rufen, wollte warnen, wollte irgendetwas unternehmen, aber sie kam nicht dazu. Benno ließ den Steinbrocken von oben auf den Schädel von Hofer krachen.
Es knackte, dann stöhnte Hofer nicht mehr. Sein Schädel war eingedrückt, eine graue, breiige Masse rann aus den Kopfresten heraus und Bea drehte sich zur Seite. Ihr war schlecht und sie fürchtete, sich übergeben zu müssen. Vor allem, weil sie nicht recht begriff, was sie da gesehen hatte. Benno hatte gerade kaltblütig einen Menschen ermordet. Sicher, der Mann war ein Verbrecher gewesen, schließlich hatte er versucht sie zu vergewaltigen, aber das...
Benno ging weiter hin und her, als würde er über sehr wichtige Dinge nachdenken. Bea wagte nicht irgend etwas zu sagen oder zu tun.
Dann blieb er stehen, schaute zu Bea und sagte:
„Du bist ein hübsches Ding. Ich habe dich immer gemocht… du

siehst gut aus. Reizvoll. Deine Figur und so, also welcher Mann könnte da Nein sagen?" Bea riss die Augen auf. Sie befürchtete nun das Schlimmste. War Benno total verrückt geworden? Er deutete nun auf den toten Mann auf dem Boden und sagte:
„Der Mistkerl hier kann es ja nicht mehr machen. Dabei hattest du dich doch schon darauf eingestellt? Hast dich vielleicht schon darauf gefreut? Hmh? Bea, wolltest du? Soll ich für ihn einspringen? Was meinst du. Ich löse deine Fesseln und dann machen wir es hier. In aller Ruhe. Wir haben ja Zeit. Du bist bereits nackt, nichts soll uns stören."
Bea fühlte sich, als wäre sie in einem Alptraum gefangen. Als hätte sie zehn Pillen auf einmal genommen und das wäre einfach nur ein Höllentrip. Benno stand mit blutverschmierten Zähnen vor ihr, sein Blick war irre. Neben ihr auf dem Boden lag ein Mann mit eingeschlagenem Schädel, tot, ermordet. Und dieser Irre wollte mit ihr schlafen! Wollte in diesem Gang voll Unrat, Dreck und Mord einfach nur Sex haben. Was sollte sie tun?
Kurz überflog sie ihre Möglichkeiten. Wenn sie sich wehrte, war sie vielleicht ebenso Opfer und tot hier im Gang, also sollte sie mitspielen. So tun, als ob. Ihm schmeicheln. Vielleicht sogar auf sein Angebot zu gemeinsamen Sex eingehen, dann irgendwie nach draußen gelangen und danach – laufen. Polizei, Hilfe holen, egal was, aber weg von diesem Irren.
Sie versuchte ein Lächeln. In dem dämmrigen Licht des dunklen Ganges würde er die Falschheit dahinter vielleicht gar nicht so erkennen. Mit einer Stimme, die sie selber kaum wiedererkannte, sagte sie:
„Okay, das hört sich doch gut an. Mach mich einfach los und ich zeige dir, wie man einen Mann glücklich machen kann."
„Nimm eine von den Scherben, die hier rumliegen und mach dich selber frei", entgegnete er, dann ging er zu dem toten Mann und begann, dessen Taschen zu durchwühlen. „Mal sehen, was wir hier alles finden können. Hat er dir das Geld schon abgenommen?", fragte er, doch fast mehr zu sich selbst, und Bea

versuchte tatsächlich, an eine der Scherben zu gelangen, aber es war unmöglich.
Plötzlich stand Benno auf, nickte Bea zu:
„So machen wir es. Du zeigst mir, wie man einen Mann glücklich macht, und dann entscheide ich weiter."
Er zog sich aus, warf seine Hose achtlos auf den Boden, und als er nackt vor ihr stand, grinste er wieder dümmlich.
„Stimmt, ich sollte dich losmachen. Mit gefesselten Händen klappt das wohl nicht so gut."
Er bückte sich und zerschnitt mit einem Taschenmesser, das er vorher aus Hofers Taschen geholt hatte, ihre Fußfesseln. Erleichtert bewegte Bea ihre Beine.
Er legte sich nun auf sie. Sie konnte ihn fühlen und spürte, wie er in sie eindrang. Dann erst machte er sich an ihren Handgelenken zu schaffen.
Benno stöhnte, er pumpte in sie hinein und Bea schloss die Augen. Sie versuchte, an etwas anderes zu denken. Es tat weh, es war ekelhaft und es war so unwirklich. Sie tastete mit ihren Händen weiter, bekam Schutt und Dreckklumpen zu fassen und dann griff sie in eine der vielen Scherben, die hier lagen. Sie fühlte sich kühl an. Kühl, glatt und scharf.
Bea dachte nicht lange darüber nach, was sie tat. Sie legte nur alle Kraft in diesen einen Stoß. Sie rammte Benno die ungefähr zehn Zentimeter lange, scharfe und spitze Schreibe seitlich in den Hals.
Benno hörte sofort mit dem Pumpen auf. „Urghhh", machte er kurz, riss seine Augen auf, als hätte er eine Riesenüberraschung gesehen, dann brach er auf ihr zusammen.

Es war ruhig im Zimmer. Die Vorhänge waren zugezogen. Sie flatterten im leichten Wind, denn die Fenster waren geöffnet. Heiße Luft kam herein, aber das störte hier niemanden mehr. Paula, Oberschwester Hiltrud und Dr. Prügger saßen auf Stühlen neben dem Bett von Elena und hörten ihrer leisen Stimme zu. Sie sprach schon lange, oftmals aber konnten sie den Sinn ihrer Worte nicht verstehen.

„Vorher hatte sie sogar in einer Art anderer Sprache gesprochen", berichtete Paula völlig schockiert. Dr. Prügger nickte wissend.

„Das ist gar nicht so selten. Es gibt Menschen, die behaupten, in Reinkarnation sogar im alten Rom gelebt zu haben und in Hypnose sprechen die sogar altes Latein oder andere bereits ausgestorbene Sprachen. Das ist richtig gruselig."

Elena hatte die Augen geschlossen, ein feines Lächeln umspielte ihre Lippen, sie wirkte gelöst. Leise, man sah kaum, wie ihre Lippen sich bewegten, sagte sie:

„Ich werde nun dieses Leben verlassen. Ich werde gehen, aber das ist nicht weiter schlimm."

Paula schaute Hiltrud an und flüsterte leise:

„So gut möchte ich es auch mal haben. Ohne Angst, sondern mit Zuversicht und ohne Schmerzen zu gehen, ist wohl ein Traum."

Hiltrud zuckte mit den Schultern und Prügger legte den Zeigefinger vor die Lippen, zum Zeichen, dass sie ruhig sein sollten.

„Am schwersten hatte ich es als Jäger. Das war kein schönes Leben. Ich hatte oft Hunger, ich musste die schweren Tiere, die ich erlegt hatte, zum Lager schleppen, und wir hatten nur das Feuer und die Höhle, mehr gab es nicht. Aber wir sind damals auch nicht alt geworden. Zählen konnten wir noch nicht, aber älter als 20 wurden wir wohl nicht. Ich kann mich auch nicht so gut daran erinnern. Je näher die Zeit ins Jetzt kommt, desto besser ist die Erinnerung. Im Mittelalter, da sehe ich richtig farbige Erinnerungen vor mir und Anfang des 19. Jahrhunderts, das war als wäre es gestern gewesen." Sie lächelte, und Prügger schaute irritiert, dann aber lauschten sie weiter, denn Elena wurde im-

mer leiser, als sie nun berichtete:
„Und mir hat man mal meinen Hund ermordet. Das ist jetzt so an die 200 Jahre her. Ich war ein kleines Mädchen, und der Mann, der meinen Hund totgetreten hat, der ist mir 100 Jahre später wieder in einem anderen Leben erschienen. Ich war ein Mann und der Boss, und er war ein einfacher Arbeiter. Ich habe ihn dennoch direkt wiedererkannt. Ja, er war kein guter Mensch gewesen, also ist er im nächsten Leben auch nicht mit einem guten Leben gesegnet gewesen. So ist das… ja, so ist das…" Sie hustete, bekam fast einen Anfall, aber sie wehrte die Hilfe von Paula und Dr. Prügger ab.
„Ist gut, das hilft ja jetzt alles nicht mehr", sagte sie, und dann: „Und mein Bruder, der wird im nächsten Leben auch keine gute Stufe erreichen. Vielleicht muss er erst reifen, gut werden, Erfahrung sammeln, um als guter Mensch wiedergeboren zu werden. Als Mensch, der auch ein gutes Leben führen kann. Ich weiß nicht, eigentlich hatte ich ja jetzt ein schönes Leben. Ich habe auch niemandem etwas getan. Zugegeben, ich habe geschwiegen, was meinen Bruder anbelangt, aber – mal abwarten, ob mir das zur Last gelegt wird. So schlimm kann es wohl nicht werden."
„Wie lange müssen Sie denn dann warten?", kam die zögernde Frage von Dr. Prügger, aber Elena antwortete wie selbstverständlich:
„Das hängt davon ab. Das kann man so nicht sagen. Sie können sterben und im nächsten Atemzug sind sie wieder in einem kleinen Säugling, oder aber es dauert 100 Jahre oder 500 Jahre! Was ist die Zeit? Sie ist unwichtig. 1000 Jahre sind ein Wimpernschlag in der Geschichte der Zeit. Was dazwischen ist, das kann ich nicht sagen. Das Nichts? Ich weiß es nicht. Komisch, daran habe ich überhaupt keine Erinnerung. Aber so schlimm kann es nicht sein. Ich bin jedes Mal froh gewesen, wenn ich ein Leben beenden konnte, um etwas Neues zu beginnen. So auch jetzt. Es reicht. Ich bin müde, ich bin es leid. Und ich freue

mich schon auf das neue Leben. Mal sehen, vielleicht werde ich diesmal wieder ein Mann?"
Sie kicherte leise dabei und Paula schluckte trocken, aber Hiltrud musste sich ein Lachen verkneifen. Prügger fasste sie sanft an den Händen, dann fragte er: „Sie können doch noch diese beiden Polizisten empfangen, die sich für heute angemeldet haben?"
Elena hustete, dann lächelte sie wieder.
„Ich weiß es nicht. Es kann gleich vorbei sein oder erst in einigen Stunden. Wer kann das schon sagen? Aber ich fühle es. Meine Seele hat sich bereits ein Stück von meinem Körper gelöst…, bald ist sie frei und nur mein Körper bleibt zurück. So ist das eben. Und alle Fragen, auch die von den Polizisten, werden unwichtig zurückbleiben. So unwichtig!"
Elena hustete wieder, dann spuckte sie in ein weißes Taschentuch…, es war kein Blut, sondern nur Schleim. Hiltrud schaute gelangweilt weg.
„In meinen Augen will sie sich nur wichtigmachen", sagte sie leise, doch Prügger sah, dass auch Elena es verstanden hatte und schaute sie böse an. Hiltrud zuckte mit den Schultern. Ihr war es mittlerweile egal. Wenn es nach ihr gegangen wäre, hätte man Elena einfach ins Hospital gebracht und fertig. Sie hatten hier schließlich auch noch was anderes zu tun. Sie stand auf und rückte den Stuhl laut zurück.
„Ich denke, ich werde jetzt nicht mehr gebraucht. Ich muss mich noch um andere Patienten kümmern!", sagte sie und Prügger erwiderte laut:
„Ja, gehen sie, ist vielleicht auch besser so."
Paula sagte nichts dazu, sie beobachtete nur. Elena blieb still und lächelte. Wieder hatte sie die Augen geschlossen. Gerade, als Hiltrud an der Türe stand, sagte sie:
„Und ich fühle, dass auch mein Bruder das Leben verlassen hat. Nun ist niemand mehr von uns am Leben. Meine Seele löst sich gerade. Das war es dann. Schade, es ist zu spät für Fragen. Es

ist zu spät für Rache, Strafe oder Erklärungen. Leider. Sagen Sie bitte den Polizisten, wenn sie kommen, dass mein Bruder diese Damen tatsächlich ermordet hat. Man wird sie wohl in diesem Horrorhaus finden, da, wo er als Student gewohnt hat. Und er war auch sonst kein unbeschriebenes Blatt. Ich selber habe nichts verbrochen, ich kann nun in Ruhe gehen."

Sie bäumte sich noch einmal auf, dann fiel sie kraftlos zurück und alle Farbe war aus ihrem Gesicht gewichen.

Prügger stürmte sofort zu ihr, fühlte ihren Puls, untersuchte sie, aber es war nichts mehr zu machen. Leise sagte er:

„Sie ist tot. Rufen sie die Polizisten, sie brauchen sich nicht mehr zu beeilen. Es können leider keine Fragen mehr gestellt werden."

Bea irrte umher. Es war nicht so einfach gewesen überhaupt von den unteren Kellern nach oben zu gelangen, und der geheime Gang zum alten Schlosskeller war zu dunkel gewesen, um Einzelheiten zu erkennen. Doch je näher sie jetzt nach oben kam, desto heller wurde die Umgebung.
Bea blutete aus zahlreichen kleinen Wunden. Sie war nackt, verletzt und verwirrt, aber das war ihr nicht wichtig. Was sie in den letzten Stunden erleben musste, hatte sie die letzte Kraft gekostet. Da war der Streit mit der Malerin, die Pillen, das Haberland-Haus, der verrückte Künstler, dann Benno, die Vergewaltigung und dann…, sie würgte, als sie daran dachte, wie Benno auf ihr zusammengebrochen war. Mit der Scherbe im Hals. Bea hatte sich noch an Ort und Stelle übergeben müssen, war dann unter ihm hervorgekrochen und hatte – nach einem letzten Blick auf den zertrümmerten Schädel des Malers, die Flucht angetreten.
Nun kam sie in den oberen Gang. Sie konnte bereits das Fenster erkennen, durch das sie eingestiegen war. Ja, hier in der Nähe hatte sie auch ihr Versteck gehabt, aber das war nun so egal geworden, sie dachte nicht mal mehr daran. Nur noch weg.
Bea kletterte über den Fensterrahmen, das Tageslicht blendete sie.
Sie verletzte sich nun auch noch an den Händen, doch das spürte sie schon nicht mehr. Sie ließ sich auf der anderen Seite nach draußen fallen. Gehwegplatten mit Moos bedeckt boten keine ausreichende Federung und so stöhnte sie schmerzlich auf, als sie landete, doch schien sie keine Tränen mehr zum Weinen zu haben. Sie stützte sich ab, sah sich um, aber sie sah keine Menschenseele in der Nähe. Sie musste um das Haberland-Haus herum, musste zur Rheinseite kommen, an dem Ruderclub vorbei. Nur dann wäre sie wirklich in Sicherheit. Bei dem Gedanken an Sicherheit verirrte sich ein Lächeln auf ihre Lippen. Sie konnte es sich schon gar nicht mehr richtig vorstellen. Ein gemütliches Zimmer. Musik, ein wenig Sport. Normales Essen, ihre Mutter, die sie vielleicht rufen würde. Alles normal, alles so schön, und

der Horror hier nur ein einziger Alptraum?
Es wäre zu schön.
Langsam stand sie auf, orientierte sich. Dann wandte sie sich nach links, zu den Parkanlagen. Menschen. Sie musste einfach auf Menschen treffen…

Prandel rannte. Man hätte es ihm gar nicht zugetraut. Momentan überschlugen sich die Ereignisse. Zuerst war er mit Anja unterwegs nach Langenfeld gewesen. Kurz bevor sie die Landeskliniken erreicht hatte, kam der Anruf, dass diese Elena Hofer verstorben sei. Er hatte geflucht, doch Anja konnte ihn beruhigen. Sie überredete ihn, nicht direkt umzudrehen, sondern diesen Dr. Prügger noch persönlich zu besuchen, was sie auch getan hatten.
Der Oberarzt hatte noch einige wichtige Details besprochen und Anmerkungen gemacht, die sie nicht kannten. Dann hatte er Hinweise auf die Morde des Bruders gegeben. Nun begann sich für Prandel ein Rätsel zu lösen. Anja hatte es ihm angesehen, ihn aber noch nicht darauf angesprochen.
Erst als sie im Auto waren, hatte sie gefragt:
„Na, was ist dir für ein Licht aufgegangen?"
Prandel hatte genickt, den Motor wieder ausgemacht und dann erzählt:
„Weißt du noch, wie dieser Hofer sich die ganze Zeit dafür eingesetzt hat, dass das Haberland-Haus nicht abgerissen würde? Dass es so erhalten bliebe? Er hat sogar dem Theissen die Unterlagen geklaut. Er hat richtig gekämpft, damit nichts verändert wurde. Ich denke, hier könnte auch die Lösung sein. Was ist, wenn er da etwas hat, das niemand sonst sehen soll? Wenn er dort was versteckt hat? Und nun finden wir alte Leichenteile in Merkenich. Kann ein Zufall sein, aber ich glaube nicht an Zufälle. Die zeitliche Abfolge ist mir zu auffällig. Dann verschwindet Hofer. Klar, er ist zur Fahndung ausgeschrieben. Er wird wohl gemerkt haben, dass man ihm auf der Spur ist. Also hat

er die Leichen aus dem Keller geholt…“, hier lachte er wegen der Phrase, wurde aber direkt wieder ernst, „… und sie weggebracht. In unserem Fall nach Merkenich. Er dachte wohl nicht, dass sie so schnell entdeckt werden würden. Er selber könnte sich im Haberland-Haus noch versteckt halten, aber das werden wir überprüfen. Wir fahren mal dort hin und schauen uns genau um. Außerdem will ich da mal mit einem Insider rein, der mir auch die Gänge, die Keller und alles genau zeigt. Das wäre sicher interessant.“

Anja hatte nachgedacht, aber nichts dazu gesagt. Prandel startete den Motor und sie fuhren von Langenfeld, über Opladen, nach Leverkusen und von dort aus auf der B 8 wieder Richtung Stammheim. Prandel mochte keine Autobahnen und er vermied sie, wenn es nur ging.

Als sie an Tor 11 vom Bayerwerk vorbeifuhren, sagte er kurz:

„Schau dir so einen Pförtner an. Da gehen täglich so viele Menschen durch, und du wirst nicht glauben, wie viele verschiedene Schicksale dabei sind. Da sind gute Menschen, schlechte Menschen, da sind Menschen voller Hass, voller Liebe, da ist alles dabei…“

„Wie kommst du jetzt darauf?“, fragte Anja, leicht irritiert und Prandel, der jetzt bereits in Flittard ankam, sagte nur:

„Ich denke über unseren Hofer nach. Täglich sahen ihn die Leute, alle sahen in ihm nur den Künstler. Dass er ein Mörder war, hat ihm niemand angesehen… und ich weiß nicht was noch alles rauskommt!“

Anja nickte nur. Sie fuhren die Roggendorfstraße hinunter bis hinter den Bahnübergang und näherten sich Stammheim wieder von dieser Seite. Prandel mochte diesen Weg einfach lieber. Es war ruhiger und es gab ihm was, wie er selber immer sagte. Er parkte direkt zehn Meter vor dem Haupteingang zum Park, bei dem Portal mit den zwei Löwen, dann gingen er und Anja los.

Es dauerte allerdings nicht lange, bis er den Menschenauflauf bemerkte. Leute riefen, deuteten in eine Richtung und dann sah

Prandel es: Ein nacktes, blutbeschmiertes Mädchen wankte vom Haberland-Haus aus über die Wiesen.
Prandel rannte los. Anja wusste zwar, dass er sportlich war, aber das hätte sie ihm so nicht zugetraut. Er sprintete regelrecht, und sie hatte Mühe, ihn zu überholen. Natürlich hatte auch sie Bea bemerkt, die da total verwirrt und verletzt über den Rasen taumelte. Im Laufen, hatte sie bereits ihre dünne Bluse ausgezogen. Als sie das Mädchen erreichte, warf sie die Bluse über sie und deckte sie so ab, dass Bea vor den neugierigen Blicken der anderen Menschen geschützt war. Prandel hatte bereits über sein Handy den Notruf gewählt. Ein Rettungswagen war unterwegs. Trotz Beas Zustands packte er sie an den Schultern und rief:
„Was ist passiert? Ist Hofer da drin?"
Bea sah ihn nur verwirrt an und weinte. Sie war zu keiner richtigen Reaktion fähig. Sie schüttelte den Kopf, dann sagte sie:
„Der verrückte Künstler. Er ist tot. Und Benno auch. Er hat mich..., er wollte ..., beide sind...", dann schluchzte sie nur noch und brach mit einem regelrechten Weinkrampf zusammen. Prandel nickte Anja zu, die bei Bea blieb. Er selber zog seine Waffe, dann näherte er sich vorsichtig dem Haberland-Haus von der südlichen Seite. Er ging um die Ecke herum und sah das offene Fenster. Hier musste Bea raus gekommen sein... Er schaute kurz nach, entdeckte auf dem Rahmen frische Blutspritzer und nickte grimmig.
Vorsichtig stieg er ein.
Anja hörte den Krankenwagen bereits und informierte anwesende Passanten, den RTW zu dirigieren. Sie hatte versucht, weitere Informationen von Bea zu bekommen, aber da kam nur Unsinn bei heraus.
„Die waren beide nackt...", sagte sie, und dann „... er hat mich vergewaltigt. Und vorher dem Künstler den Schädel eingeschlagen..." „Benno ist tot, ich habe ihm eine Glasscherbe in den Hals gestochen."
Anja Jemel konnte damit nicht viel anfangen. Es klang so wirr

und auch nicht richtig glaubhaft.
Als der Krankenwagen kam, hielt es sie nicht länger bei Bea. Sie gab die notwendigen Instruktionen, dann rannte sie hinter ihrem Freund und Kollegen Prandel hinterher. Sie hatte vorher gesehen, wohin er gelaufen war, und als sie nun das offene Fenster sah, wusste sie direkt Bescheid. In einer einzigen, fließenden und lockeren Bewegung schwang sie sich über das Fensterbrett ins Innere des Gebäudes. Im Gang ging sie in die Knie, zog die Waffe und horchte.
Da war ein Geräusch…, es konnte von Prandel gekommen sein oder aber auch von jemand anderem. Sie war wütend auf ihren Kollegen. Er brachte sie und sich selber in Gefahr. Warum hatte er nicht warten können? Anja sprach in ihr Handy, forderte mehrere Streifenwagen an und leitete eine Großfahndung ein. Dann versuchte sie Prandel auf seinem Handy zu erreichen, der sogar nach dem dritten Klingelzeichen ran ging. Allerdings hatte sie bereits am Klingelzeichen gehört, dass er nicht weit entfernt sein konnte.
„Dein Klingeln habe ich gehört. Wo bist du genau?“, zischte sie ärgerlich ins Handy. Er antwortete locker:
„Bliev räuhig Kingk…, alles in Butter!“ Dann, in hochdeutsch:
„Geh den Gang einfach rechts weiter, da kommt eine Tür, die in den Keller führt. Da unten stehe ich. Es ist zu dunkel, um hier was zu sehen.“
„Warte auf mich“, antwortete Anja, dann rannte sie los. Sie aktivierte die Taschenlampenfunktion im Handy, dann leuchtete sie die Treppe hinunter. Prandel stand da und lächelte sie an, aber sie ignorierte es. Sie ging mit gezogener Waffe kurz an ihm vorbei, leuchtete den Kellergang entlang. Prandel folgte ihr. Sie kamen in einen anderen Gang, dann sahen sie einen Raum, in dem Regale von der Wand gerückt worden waren. Prandel nickte Anja zu, sie nickte ebenfalls, dann rannten sie mit gezückten Waffen vorwärts. An der Geheimtür, vor der die Regale gestanden hatten, schauten sie kurz um die Ecke. Anja leuchtete

hinein, dann sprangen sie plötzlich, sich gegenseitig Deckung gebend, über die Schwelle. Nichts passierte, nur von draußen konnten sie mehrere Sirenen von Streifenwagen hören. Sie schlichen weiter, der Gang machte eine Biegung, noch eine, dann waren sie in einem Teil, der viel älter und dunkler aussah und hier gab es dann endlich auch etwas zu sehen.

Eine Leiche lag auf dem Boden. Als Anja hin leuchtete, sahen sie Hofer. Jedenfalls war dies seine Kleidung. Der Kopf war kaum zu erkennen. Eingedrückt, voller Blut, der Schädel eine breiige Masse. Anja verzog das Gesicht und Prandel nickte nur. Sie leuchtete weiter, sahen Glasscherben, Schutt und Dreck, Stofffetzen und einen alten, großen Vorhang.

„Hier muss es gewesen sein“, flüsterte Prandel. Anja nickte und leuchtete auf eine Glasscherbe mit Blut.

„Aber kein Benno“, sagte sie. Da liegt nur der Hofer. Entweder hat sie Unsinn geredet, oder aber wir haben ein Problem.“

Susanne ging es wesentlich besser. Ihre Prellungen taten nur noch halb so weh. Lediglich ihr Kiefer schmerzte noch sehr. Sie konnte noch nicht richtig zubeißen, allerdings aß sie eh nicht viel. Sie hatte Pillen. Gute Pillen, jede Menge davon. Und das war auch gut so. Sie brauchte Vorrat. Jedenfalls, bis sie neue Quellen ausgemacht hatte. Sollte sie diesen Jungen ansprechen?
Susanne nahm die Mülltüte, grüßte noch eine Nachbarin, dann steckte sie die Tüte in die schwarze Gemeinschaftstonne und schaute über den Innenhof. Ja, es war eigentlich zu schönes Wetter, um nur drinnen zu hocken. Sie sollte mal wieder in den Park gehen. Irgendwie war da ja heute die Hölle los. Erst hatte sie dort einen Menschenauflauf gesehen, danach war ein Krankenwagen gekommen und eben waren etliche Polizeiwagen in den Schlosspark eingefahren. Sicher wieder Ärger mit den Jugendlichen. Sie hatte keine Lust, jetzt dorthin zu gehen. Nein, erst später, wenn sich alles beruhigt hat. Auf den Rummel konnte sie gut verzichten.
Susanne schaute kurz in die blaue Tonne, wühlte in den alten Zeitungen, nahm dann einen Express vom Vortag und grinste zufrieden. Sie hatte Geld genug, aber für Zeitungen gab sie nichts aus. Hier gab es immer Leute, die sie kauften und anschließend wegwarfen. Die konnte sie dann immer noch lesen.
Jetzt würde sie sich einen Kaffee machen, dazu die Zeitung von gestern lesen und dabei vielleicht eine Pille einwerfen. Wenn es ganz gut lief, war sie sogar so kreativ, um ein neues Bild anzufangen? Irgendwas eben…, einfach, wie ihre Inspiration es zuließ. In der letzten Zeit war es schwierig gewesen, zu malen. Sie hatte keine Ideen, ihre Schöpfungskraft war versiegt. Da war nichts mehr. Wenn sie sich konzentrierte, sah sie nur die Farben schwarz und grau. Düster, trostlos, und das war nicht ihre Welt. Sie sollte bunt sein. Voller Farben, froh und heiter. Also wartete sie lieber. Sie malte keine depressiven Bilder, das mochte sie nicht. Aber mit den Pillen ging das alles viel besser. Da entstanden bunte Bilder. Verrückte Bilder. Szenen mit Hintergrund,

mit Bewegung.
Susanne lächelte, dann ging sie nach oben. Ihre Wohnungstür hatte sie nur angelehnt, schließlich brachte sie ja nur für eine Minute den Müll hinaus. Arglos kickte sie die Türe mit dem Fuß hinter sich zu und sah die Schlagzeile in der Zeitung. Irgendetwas über den FC. Er hatte mal wieder verloren und alle Kölner hackten nun auf dem Schuldigen herum: dem Schiedsrichter.
Susanne warf ihre blonden Haare zurück, kickte die Schuhe in die Ecke und barfuß lesend ging sie ins Wohnzimmer. Sie wollte gerade die Zeitung auf den Tisch legen um sich einen Kaffee zu machen, als sie brutal zur Seite gestoßen wurde. Sie fiel auf das Sofa und ein verrücktes Wesen lag auf ihr und hielt ihr den Mund zu.
Susanne wäre vor Schreck fast ohnmächtig geworden. Was war das? Ein nackter Mann, verdreckt, voller Blut, in einen Lumpen gewickelt, hielt ihr mit einer stinkenden, verdreckten Hand den Mund zu. Sie würgte und verdrehte die Augen.
„Kein Wort, sonst bring ich dich um!", sagte er Mann, mehr gurgelnd, und der Druck der Hand nahm ein wenig ab. Susanne nickte und langsam gab der Mann ihren Mund frei. Susanne holte tief Luft, überlegte kurz, laut zu schreien, aber der Kerl hielt ihr ein Messer – ihr Messer aus der Küche, genauer gesagt aus dem Küchenblock – an den Hals. Sie nickte nun mehrmals und stammelte leise:
„Was…., was wollen sie?"
„Kennst du mich nicht mehr?", fragte der Mann und nun sah sie sein Gesicht genauer an. Schwach erkannte sie den Jugendlichen, der Bea die Pillen vertickt hatte, und sie nickte erneut. Was um Himmels Willen war denn hier bloß passiert? Der junge Mann wirkte wie ein Monster, er blutete irgendwo am Hals, um den er ein Handtuch gewickelt hatte, aber das Blut sickerte dennoch durch. Er hing halb auf ihr, rechts das Messer, links hatte er das Handtuch an den Hals gedrückt. Der Stofffetzen,

den er um den Körper gewickelt hatte, stank, war uralt und erinnerte in der Form ein wenig an einen alten, braunen Vorhang.
„Was willst du?", fragte sie nun nochmals, und Benno sagte leise:
„Ich brauche Hilfe. Kleidung, Verband, Unterschlupf…"
Susanne nickte. Langsam kam wieder ihr kreativer Verstand an die Oberfläche. Sie überflog blitzschnell ihre Optionen. Wenn sie sich wehrte, brachte er sie um. Der Typ war irre, gefährlich, aber sie hatte durchaus Chancen. Er brauchte sie und – sie brauchte vielleicht ihn. Hier konnte sie zwei Fliegen mit einer Klappe schlagen. ER war der Dealer und er hatte sicher besser Quellen als sie. Wenn er ihr ein paar Kontakte nennen konnte, wäre das sicher okay. Dafür würde sie ihm liebend gerne helfen. Sie hätte nur gern gewusst, was passiert war. Hatte er vielleicht sogar etwas mit den Einsätzen im Schlosspark zu tun?
„Was ist passiert?", fragte sie, nun etwas sicherer und fester. Benno richtete sich ein wenig auf. Er lag nun nicht mehr auf ihr, als er antwortete:
„DAS ist verrückt, das glaubt mir niemand. Ich habe Bea geholfen und sie hat mir zum Dank so ein Ding hier verpasst. Da war jemand, der wollte sie vergewaltigen. Dem habe ich eins auf die Birne gegeben und – na ja…", er lachte irre, dann aber fluchte er und weinte, alles irgendwie gleichzeitig.
„Ich brauche Schmerzmittel…, was hast du da?"
„Puh, das Übliche halt. Ibu, Paracetamol oder auch Aspirin…"
„Ich meine was RICHTIGES!", kreischte er fast und Susanne wirkte verärgert.
„Mach nicht so einen Krach!", entgegnete sie leise und stand dann auf. Sie hatte keine Angst mehr. Das war ein verängstigter, verirrter Jugendlicher, damit würde sie schon noch fertig werden.
„Dann nimm ein paar von den Pillen." sagte sie und zeigte ihm ihr Tütchen.
Benno erkannte es direkt und lachte auf.
„Ja, da sind schon bessere Sachen bei. Ich denke, wenn ich da

zwei von nehme, reicht das erst mal. Ich muss die Wunde am Hals säubern und verbinden. Kannst du mir helfen?“

Susanne nickte.

„Klar, das werden wir schon hinbekommen. Ich kann dir helfen, dafür nennst du mir mal ein paar Kontakte. Ich hatte früher Bea, aber das war ja nur ein kleiner Fisch. Sie bekam die Pillen von dir, du bekamst sie von jemand anderem. Ich will größere Mengen, bessere Sachen und diskreter. Wenn du mir den Kontakt beschaffen kannst, helfe ich dir.“

Benno nickte.

„Klar, machen wir so“, versicherte er, dann legte er das Messer auf den Küchentisch. Susanne griff nicht danach. Für sie war die Gefahrensituation vorbei. Jetzt ging es um andere Sachen.

„Zuerst sollten wir dich mal saubermachen, anziehen und deine Wunde versorgen, dann sehen wir weiter.“

Benno nickte.

„Gut, machen wir so!“ Er stand auf, ließ den alten Vorhang, in den er gewickelt war, fallen und entfernte vorsichtig das durchblutete Handtuch an seiner Halswunde. Susanne sog scharf die Luft ein, als sie diese Wunde sah, dann aber stand sie entschlossen auf:

„Dann wollen wir mal. Sieht vielleicht alles nur schlimmer aus, als es in Wirklichkeit ist.“

Acht Polizisten in zwei Streifenwagen, Motorrädern und einem Zivilwagen, konnten keinen Benno finden. Sie hatten das gesamte Gebäude durchsucht. Allerdings war das erst eine vorläufige Untersuchung, ein Spezialteam war unterwegs. Spurensicherung, KTU und andere Maßnahmen würden noch gezielt eingesetzt werden. Hier gab es eine Menge zu sichten und aufzunehmen.
Prandel kratzte sich am Kopf und verlor sich in Gedanken.
„Was ist los mit dir?“, fragte Jemel.
„Ach, nichts Schlimmes. Nach all dem, was wir hier in Stammheim erlebt haben, fällt mir jetzt erst auf, dass ich immer dachte, die Fürstenfamilie wäre hier im Schlosspark beerdigt worden. Aber da war ich total auf dem Holzpfad. Franz-Egon von Fürstenberg-Stammheim war zuerst in der von ihm errichteten Theodoruskapelle in seiner Heimatstadt Neheim im Sauerland beerdigt und dann irgendwann in seine Familiengruft bei der Apollinariskirche in Remagen umgebettet worden. Hier ruht die ganze Familie derer von Fürstenberg. Im Stammheimer Schlosspark steht lediglich eine Gedenktafel, die der Bürgerverein restaurieren ließ.“
„Ach Mensch, auch ein Geschichtskenner wie du kann sich mal irren“, entgegnete Jemel ihrem Chef und meinte das durchaus ernst. Sie hatte viel von Prandel in der letzten Zeit gelernt und war von seinen geschichtlichen Kenntnissen tief beeindruckt: „Wenn wir mal Zeit haben, würde ich mir die Kirche und die Familiengruft gerne mal anschauen.“
„Im Ernst? Sehr gerne. Es soll total interessant sein. Man kann die Gruft und den Gedenkstein anschauen. Und die Krypta und alte Wandbilder mit Wappen. 1859 fand Franz-Egon dort seine letzte Ruhestätte“, freute sich Prandel. Jetzt war er wieder in seinem Element. Aber kaum wollte er loslegen, als das Telefon schon wieder klingelte. Er hörte zu, nickte, dann sagte er:
„Gut, schaut auch in den oberen Räumen nach und ruft mich an, wenn irgendwas ist!“

Prandel saß mit Anja auf einem Felsblock auf der Wiese, direkt neben einem Baum mit roten Kunstfiguren im Astwerk. Sie blickten auf die Statuen der Fürsten von Stammheim, die im Torbogen neben dem Haberland-Haus aufgestellt waren. Auf dem Weg parkten Streifenwagen, Polizisten liefen hin und her und Prandel war ständig am telefonieren. Er gab hier Anweisungen, dort Auskunft und Anja, die neben ihm saß, war ziemlich still. Sie hörte nur zu, machte sich ihre Gedanken, und als Prandel endlich mal nicht telefonierte, sagte sie leise zu ihm:
„Wir könnten eigentlich mit der Geschichte zu Ende sein. Es ist doch alles geklärt? Hofer tot, wir haben den Mörder von März, wir haben die uralten Morde geklärt, mit Wahrscheinlichkeit wissen wir sogar, dass die Leichenteile in Merkenich auf sein Konto gehen, das war es also!"
„Fast…", antwortete Prandel und ergänzte:
„Fehlt noch dieser Benno, dann noch die Geschichte mit diesem Kevin, dem toten Mädchen Kristin, den Drogen, wenn wir dann noch eine Erklärung für die weiße Frau haben, DANN ist der Fall geklärt!"
Anja lachte laut auf.
„Okay, diesen Benno werden wir wohl noch irgendwann finden. Wir wissen ja nicht, ob er Opfer ist oder Täter, das wird sich aber noch herausstellen.
Dann die Geschichte mit Kevin, der die weiße Frau gesehen hat. Drogen. Er hatte doch diese Pillen genommen.
Das Mädchen Kristin hatte wohl einfach einen Unfall.
Die weiße Frau ist einfach eine Sage. Jeder in Stammheim kennt sie, da ist es bis zur Einbildung nicht weit. Lassen wir es so, wie es ist, und alle sind zufrieden. Also, Fall – so gut wie – geklärt…"
Prandel nickte, aber er wirkte nicht so zufrieden wie Anja. Er stützte sich ab, stand auf und seine massige Erscheinung ließ einen Streifenbeamten beeindruckt stehenbleiben.
„Kann ich helfen?", fragte er, aber Prandel winkte ab. Er grinste zufrieden, drückte sein Kreuz durch uns meinte jovial:

„Leeve Jong, loss jot sin. Alles es jot…"
Anja lachte, dann stand sie ebenfalls auf. Sie schlenderten ein wenig den Weg entlang der kleinen Hecke, die die Umrisse des alten Schlosses nachzeichnete, und Anja begann fragend:
„Was mir noch ein wenig zu schaffen macht, sind die Aussagen von diesem Doktor aus der Landesklinik. Also diese Elena Hofer, die Schwester unseres durchgeknallten Künstlers, die hat viel von Reinkarnation gesprochen. Auch, dass sie die weiße Frau wäre. Dass sie von den Morden des Bruders wusste, das kann man sich erklären. Sie war die Schwester. Aber sie wusste von Details der Vergangenheit, die sie eigentlich nicht wissen konnte…"
„Hmmm", Prandel brummte nur. Er ging weiter und äußerte sich nicht dazu.
Anja überlegte weiter:
„Ich meine, wenn sie tatsächlich die weiße Frau war, nur mal angenommen. Dann könnte sie doch hier…, ich meine, der Bruder hatte eine besondere Beziehung zum Haberland-Haus. Der Vater hat hier gewohnt, er selber hat als Student hier gewohnt, er hatte die Leichen hier im Keller…, und die Schwester, die hat hier in der Nähe vor hunderten von Jahren gelebt. Was ist, wenn sie ihren Bruder sogar animiert hat, hier zu bleiben, hier für den Erhalt des Gebäudes zu kämpfen? Weil sie hier ungehindert spuken konnte?"
„Ich glaube, das geht zu weit", antwortete Prandel ohne jede Ironie.Mit ernster Miene ergänzte er: „Wenn sie an Reinkarnation glaubt, wenn sie Dinge weiß, die viele Menschen nicht wissen, ist das eine Sache. Sicher, vielleicht hat sie ihren Bruder inspiriert, eher unbewusst, diesen besonderen Ort zu schätzen, aber spuken? Ich glaube nicht. Sie war da eingesperrt. Sie war in einer geschlossenen Anstalt, einer Psychiatrie, wie sollte sie…"
„Mit Ausgang", sagte Anja, aber es hörte sich nicht mehr so überzeugend an.
„Ja, aber selbst mit Ausgang dürfte sie es sehr schwer gehabt

haben, von Langenfeld hierhin zu kommen, um sich dann hier einigen Leuten zu zeigen."
Anja sah ihn an, als hätte er etwas Verrücktes gesagt, dann meinte sie todernst. „Ich meine doch nicht körperlich…, ich meine - G e i s t i g – erschienen. Ihre Gedanken konzentrierten sich auf diesen Ort und dann…"
Sie wurden unterbrochen, als schon wieder das Telefon klingelte. Prandel hörte einen Augenblick zu:
„Okay, wir schauen uns das mal an", war seine kurze Antwort. Er sah Anja an und lächelte.
„Es könnte sein, dass wir diesen Benno nun doch finden. Eben hat jemand in der Zentrale angerufen und gesagt, dass ein Typ, nur mit einem Stofffetzen bekleidet, sonst nackt, am Stammheimer Schlosspark entlanglief. Er rannte die Schlossmauer entlang, dann verschwand er gegenüber in den Häusern. Er muss also ganz in der Nähe sein. Und weißt du, wer da wohnt?"
Anja,schaute irritiert, dann schüttelte sie den Kopf.
„Nein, aber du wirst es mir bestimmt gleich sagen?"
Prandel stand auf, nickte und sagte:
„Dann auf, wollen wir mal der Malerin, Frau Susanne Schäfer, einen Besuch abstatten."

Benno hatte stillgehalten, als Susanne seine Wunde gesäubert hatte. Das verkrustete Blut musste weg, aber es blutete immer noch. Die Glasscherbe war tief eingedrungen und auch wenn keine Hauptader verletzt war, verlor er immer noch viel Blut. Susanne wunderte sich, wie er überhaupt noch stehen konnte. Sie musste ihn loswerden. So nutzte er niemandem, von ihm brauchte sie dann auch keine Kontakte erhoffen. Es hatte keinen Sinn, sich weiter mit ihm zu befassen.
Sie schob ihn ins Bad. Duschen konnte er nicht, wegen der Wunde, aber er könnte sich säubern. Er hatte drei dieser Pillen eingeworfen, sein Blick war irre, er sah Farben und hörte Stimmen, die nur er sehen und hören konnte.
Susanne hatte ihm einen Waschlappen hingelegt und ihn beruhigt. Jetzt würde sie die Chance nutzen. Klar, sie hätte weglaufen können. Einfach die Wohnung verlassen, nach unten rennen, Hilfe holen. Aber wozu? Dieser verrückte Junge war wohl kaum noch in der Lage, eine Gefahr darzustellen. Also lehnte sie die Badezimmertüre an, ging ins Wohnzimmer, stellte sich vor die große Glasfront und nahm ihr Handy. Sie schaute hinaus auf den Park, sah die grünen Wiese, die Bäume und die Skulpturen. Sie sah sogar dieses komische Holzteil von Hofer, diesem Irren, als sie plötzlich die Polizisten entdeckte. Da ging dieser dicke Kommissar, der wie Zeltinger aussah und neben ihm, diese drahtige, junge Beamtin. Diese Schlampe, die sie ständig so ansah, als wäre sie der letzte Dreck. Aber ja, jetzt könnte sie die Zwei gut gebrauchen. Sie hatte doch auch ihre Karte bekommen?
Kurz schaute sie auf ihren Beistelltisch neben dem Sofa nach und tatsächlich, hier lag die Karte. Prandel. Oberkommissar.
Sie wählte die Nummer, schaute zum Badezimmer, aber die Tür war immer noch angelehnt.
„Besetzt“, flüsterte sie leise und fluchte. Sollte sie lieber die 110 anrufen. Noch einmal…, schwor sie sich, dann drückte sie die automatische Wiederwahl. Es dauerte einen Augenblick, dann

klingelte es und – das sah so komisch aus – draußen sah sie den dicken Prandel, der kurz stehenblieb und in seine Jackentasche griff.
Sie lächelte, drehte sich komplett zur Fensterfront um. Es klingelte wieder und wieder, dann endlich drückte Prandel den Knopf.
„Prandel?" ‚sagte er laut, und Susanne lächelte, als sie sagte: „Schäfer hier. Susanne Schäfer. Sie erinnern sich? Ich bin die Malerin aus dem Stammheimer Schlosspark"
„Ja, ich erinnere mich an Sie", antwortete Prandel trocken und sie konnte sehen, wie er seiner Kollegin hektisch Zeichen machte. Das war zu komisch. Wenn der nur wüsste, dass sie ihn sehen konnte. „Ich bin zu Hause und habe ungebetenen Besuch. Ein verletzter junger Mann ist bei mir eingedrungen und hält mich in seiner Gewalt. Ich konnte ihn jetzt ablenken, er ist bei mir im Bad", sagte sie und beobachtete amüsiert, wie Prandel hektisch auf Lautstärke stellte, damit seine Kollegin und – ‚wie sie vermutete, seine Geliebte – mithören konnte.
Was sie nicht sehen konnte, war, dass sich die Badezimmertüre geöffnet hatte. Sie sah nicht, wie ein nackter, ungläubig schauender Benno sie ansah. Wie sein Gesicht sich vor Wut verzerrte. Sie sah nicht, wie er die Fäuste ballte, das Handtuch fallen ließ. Sie schaute nach draußen, amüsierte sich über Prandel und Anja, und erst, als ein Wutschrei durch die Wohnung drang, wollte sie sich umdrehen, aber es war zu spät.
Benno war mit einem ungeheuren Wutschrei auf sie losgestürmt und rannte sie einfach um. Sie stand direkt an der Fensterfront, und durch die Wucht des Aufpralls, barst die Scheibe. Es ging alles so schnell, Susanne konnte nicht mehr reagieren.
In einem Regen aus Scherben flog Susanne Schäfer, gemeinsam mit dem nackten Benno, aus der dritten Etage ihrer Luxuswohnung, mitten auf die Stammheimer Hauptstraße. Das letzte, was sie sah, war der Park, die Mauer, die Wände der Kirche, dann war es vorbei.

Prandel und Anja hatten gerade gehört, wie Susanne Schäfer sagte: „... er ist bei mir im Bad...", danach hörten sie einen Wutschrei und dann hörten sie dieses unwahrscheinlich laute Klirren. Sie schauten nach oben und sahen das riesige Fenster, groß wie eine Schaufensterscheibe, bersten, dann flogen zwei Personen aus großer Höhe herunter, mitten auf die Straße. Und schon wieder rannte Prandel los und Anja hatte Mühe, mit ihm Schritt zu halten.

Einige Augenblicke später standen sie auf der Stammheimer Hauptstraße und sperrten ab, so gut es ging. Hier gab es nichts mehr zu retten. Susanne Schäfer lag tot, mit verrenkten Gliedern mitten auf der Straße, der nackte Junge lag auf einem Autodach, ebenfalls unnatürlich verrenkt, und man konnte auf den ersten Blick erkennen, dass hier nichts mehr zu machen war.
Prandel sprach in sein Handy, Feuerwehr und Kollegen waren nun unterwegs und als Prandel seine Anja ansah, konnte sie in seinem Gesicht die Botschaft klar lesen.
Jetzt war der Fall abgeschlossen. Nun war es vorbei. Sicher, die Einzelheiten wären noch zu klären, das Warum und Wo und Wie, aber im Großen und Ganzen war es vorbei.

Vier Wochen später:

„Und warum war dieser Benno so ausgerastet?“, fragte Anja. Während Prandel ihren Kopf streichelte, antwortete er leise: „Das wissen wir wohl nicht und werden es auch nie erfahren. Ich denke es, waren die Drogen. Er war in diesem Keller, wie Bea es ausgesagt hatte. Nachdem er Hofer erschlagen hatte, sah er seine Chance irgendwie gekommen. Das Böse war wohl schon immer in ihm, sonst hätte er so nie gehandelt. Hier war sein persönlicher Scheideweg. Er hätte jetzt alles ändern können, hätte sich für die andere Seite entscheiden können, aber er versagte. Er entschied sich für das Böse. Er vergewaltigte Bea und hätte sie sicher auch getötet.“
„Und dann hat er sich in den Vorhang gewickelt und ist abgehauen.“, ergänzte Anja leise und kuschelte sich enger an Prandel. Sie saßen in seiner Wohnung in Köln-Mühlheim, hatten es sich gemütlich gemacht und der Fall war geschlossen. Neben einem dicken Lob vom Chef war nun auch ihre Beziehung offiziell. Zum Glück hatte es keinen Auswirkungen auf den Dienst. Sie durften weiter zusammenarbeiten.
„Ja, nachdem Bea geflohen war, ist er wohl zu sich gekommen. Er hat sich in den Vorhang gewickelt und ist geflohen. Wo wollte er hin? Er wusste, wo diese Malerin wohnte. Er war in der Nähe. Vielleicht hat er sie sogar gezielt gesucht? Er hatte sie ja mit Bea beobachtet. Nun, den Rest kennen wir. Er hätte so oder so nicht überlebt. Er muss voll mit diesem Zeugs gewesen sein.“
„Und was war jetzt mit Theissen?“, fragte Anja und Prandel prustete ärgerlich los. „Der kann nun weitermachen mit seinen Projekten. Es gibt viele Bewegungen rund um das Haberland-Haus. Die einen wollen es erhalten, die anderen abreißen. Aber jetzt gibt es hochaktuell einen ganz neuen Plan. Die ganzen Stammheimer sind sauer. Die Kläranlage in der Nähe will sich ausweiten, möchte das Gelände haben bis hin zum Haberland-Haus. Das Ding abreißen, ein Stück vom Park, den Naturpark

davor, alles wollen die sich unter den Nagel reißen, das gibt noch Proteste ohne Ende."
Anja nickte:„Solange es keine weiteren Morde gibt..."
Prandel lächelte sie an, dann schenkte er ihr ein weiteres Glas Wein ein.
„Nicht zu viel", lachte sie. „Sonst sind wir auch nicht besser als die Jugendlichen mit ihren Pillen."
„Ach wat…", winkte Prandel ab und erzählte weiter:
„Ich habe auch ein wenig nachgeforscht, auch mit Ärzten und Historikern gesprochen. Also die weiße Frau ist eine Folge von Einbildung und Drogen. Wann immer sie in der Geschichte auftauchte, waren auch Drogen im Spiel. Damals wohl einfach Pilze, Kräuter oder solche Substanzen. In der heutigen Zeit eben diese Pillen mit Zauberpilz Extrakt. Also wie LSD… Da hat man Halluzinationen. Gerade, wenn man dann an etwas glaubt oder oft drüber redet, dann kommt so etwas durchaus vor. Das war im 12. Jahrhundert schon so, das war im Mittelalter so, in der Nachkriegszeit und heute ebenfalls. Ich glaube nicht an übernatürliche Dinge. Bei mir gibt es für alles eine logische Erklärung."
Anja wägte den Kopf nur ein wenig hin und her. Sie glaubte durchaus an Dinge zwischen Himmel und Erde, die man sich nicht so einfach erklären konnte.
„Jasmin?", fragte Anja, und Prandel brauchte ein wenig, um sich erinnern zu können.
„Ach, du meinst diese Kleine, die sich das Leben nehmen wollte? Geklärt. Die hat doch auch Pillen genommen, also klare Hallis…"
Anja nickte nachdenklich.
„Weißt du, ich kläre gerne nachher alle, aber wirklich ALLE Fragen, und erst dann kann ich loslassen. Daher bitte nicht böse sein, wenn ich dich hier mit Fragen nerve."
„Nerv' du nur, ich finde das super", lachte Prandel und gab er ihr einen Kuss. Anja erwiderte den Kuss, aber bevor es weiter-

gehen konnte, drückte sie ihn ein Stück von sich: „Aber Kristin. Das Mädchen, das vor den Bus gestoßen wurde. Was genau ist da passiert. Ein Unfall, Mord?"
Nun wurde Prandel ernst. „Ich wollte mit dir noch darüber reden. Wir haben bei Susanne Schäfer einige Unterlagen gefunden, unter anderem auch Notizen, im Handy SMS und WhatsApp Nachrichten. Da haben wir unter anderem wohl einen Hinweis entdeckt, dass ein gewisser Emre oder so das Mädchen unter den Bus gestoßen hat. Es war ein Auftrag von Schäfer, die damit ein Versprechen eingelöst hat. Sie hatte Bea versprochen, ihre Konkurrentin auszuschalten, und auch wenn Bea es so nicht gewollt hätte, sie wusste es und hat geschwiegen. Dafür muss sie sich noch verantworten und ich denke, auch Kevin wird da noch eine Menge drüber nachdenken müssen. Susanne Schäfer wäre also allein deswegen – Anstiftung zum Mord – dran gewesen. Nun können wir sie leider nicht mehr belangen."
„Puh…." Anja richtete sich auf, stellte das Weinglas ab. „Das ist heftig. Seit wann weißt du das? Wann wolltest du mir das sagen?"
Prandel atmete tief durch: „Ich weiß, Informationen sollte ich direkt an dich weitergeben. Aber manchmal…, es ging ja auch drunter und drüber. Die Informationen kamen so schnell, das nächste Mal werde ich dich sofort informieren. Versprochen."
Er gab Anja einen Kuss und sie schien beruhigt. Nun könnten sie endlich ein ruhiges Wochenende genießen.
Prandel stand auf, knöpfte sich sein Hemd auf und Anja grinste….
„Wow, jetzt kommt eine Vorstellung ganz für mich alleine?"
Prandel nickte, zog sein Handy aus der Tasche und wollte es gerade ausschalten, als es klingelte. Er verzog das Gesicht, sah Anja fragend an und als diese nickte, ging er dran.
Prandel hörte kurz zu, dann wurde er blass. Er schaute Anja an, legte auf und sagte: „Das war es wohl mit einem ruhigen Wochenende. Ein Spaziergänger hat im Kölner Norden, in Füh-

lingen, einen Torso gefunden. Also eine Leiche ohne Kopf und ohne Arme und Beine… und das gehört in unser Ressort!“

Die Sonne schien über dem Stammheimer Schlosspark. Spaziergänger flanierten am Rheinufer entlang. Die kleine Lisa ging an der Hand ihrer Mutter, in der anderen Hand hatte sie ein Eis. „Schau, Mama“ sagte sie, doch ihre Mutter schaute nur auf ihr Handy. Sie hatte im Moment keine Zeit für die kleine Lisa. „Mama, schau, die Frau…“, sagte Lisa „die weiße Frau winkt mir zu.“

ENDE

Danksagungen

Dirk Conrads dankt Norbert Löffler für die kreative und wunderbare Zusammenarbeit, die dieses Buch ermöglicht hat. Raimund Löffler für das hervorragende Cover-Artwork und Gernot Herzog für das Korrektorat in der zweiten Auflage 2017

Weiterhin dankt Dirk Conrads den Stammheimer Bürgerinnen und Bürger für die Inspiration zu diesem Köln-Thriller. Günter Seiffert für die vielen wertvollen Informationen und Tipps zur Geschichte Stammheims und der Stammheimer Geschichtswerkstatt, die mit ihren Stammheimer Chroniken einen wertvollen Beitrag zum geschichtlichen Hintergrund des Buches leistete.

Und letztendlich den Bürgervereinen Stammheim und Flittard, die mit ihrer unermüdlichen Arbeit zum Erhalt des Schlossparks und Ulrich-Haberland-Haus beitragen.

Norbert Löffler dankt allen Beteiligten. Eigentlich sind es immer so viele Leute, die kann man unmöglich alle aufzählen. Vielleicht danke ich an dieser Stelle einfach mal den vielen Lesern, denn ohne sie wäre es eine ziemlich trockene Angelegenheit.

Der Stammheimer Schlosspark

Direkt am Stammheimer Rheinufer liegt einer der wohl schönsten Parkanlagen Kölns, der Stammheimer Schlosspark. Ehemals gehörte der Park zum Schloss Stammheim, Sitz der adeligen Familie von Fürstenberg. Leider fiel das Schloss dem Krieg zum Opfer und wurde 1944 völlig zerstört. Die Firma Bayer AG aus Leverkusen erwarb den Park im Jahr 1952 von der Stadt Köln und richtete den arg verwahrlosten Park wieder her und ließ später im Bereich des alten Schlosses das Ulrich-Haberland-Haus bauen, das als Altenwohnheim diente.

Zwei prächtige Löwen wachen damals wie heute über dem Eingang und der „kopflose“ Löwe auf der Wiese inspirierte eine Stammheimer Anwohnerin ebenfalls zu einer packenden Kriminalgeschichte. Tatsächlich verlor der Löwe den Kopf wahrscheinlich durch Frosteinwirkung, aber der Verbleib ist bis heute ein Rätsel. Erworben wurden er und ein zweiter bei der Weltausstellung in Paris von Franz-Egon von Fürstenberg.

Die Stammheimer sind mit Recht stolz auf ihren Park, bietet er in der sonst so hektischen Zeit eine wundervolle Ruheoase. Unter den alten Bäumen, die so manches Menschenleben um ein Vielfaches übersteigen lässt es sich wunderbar entspannen. Das macht sich auch die heimische Tierwelt zu nutzen. Der historische Schlosspark beheimatet eine Vielzahl von seltenen und heimischen Vogelarten. Unüberhörbar sind die Halsbandsittiche. Die aus Asien eingewanderte Papageienart aus der Gattung der Edelsittiche wird von kleinen Kameras beim Nestbau und Brüten beobachtet und die Bilder sind in der U-Bahn-Station Breslauer Platz zu sehen. Die Idee dazu hatte der dänische Künstler Tue Greenfort, der sich in künstlerischer Art mit dem Thema Ökologie auseinandersetzt.

Der 80.000 m^2 große Park im Stil eines englischen Gartens bietet neben einer großen Anzahl einheimischer Bäume eine entsprechend große Anzahl seltener Arten aus aller Welt.

Manfred Hebborn vom Bürgerverein Köln-Flittard hat die Bäume entsprechend ihrer Herkunft mit Hinweisschildern versehen. Die Bürgervereine von Flittard und Stammheim bieten unter der Leitung von Manfred Hebborn naturkundliche Wanderungen an.

In unmittelbarer Nachbarschaft zum Schlosspark liegt die Flittarder Rheinaue, ein unvergleichliches Naturschutzgebiet.
Rund um das Thema Naturschutz geht es bei der Naturstation Stammheimer Schlosspark / Flittarder Rheinaue.

Die ehrenamtliche Projektgruppe der Bürgervereine Stammheim und Flittard in Zusammenarbeit mit dem B.U.N.D. hat es sich zur Aufgabe gemacht, aus der ehemaligen Unterkunft der Gärtner der Stadt Köln und dem verwilderten großen Areal neben dem Schlosspark eine Naturstation mit Nutz – und Kräutergärten zu errichten.
Dazu gehören über dreihundert alte Obstbäume, die zum ehemaligen Obstgarten des Schlosses gehörten. Mittlerweile herrscht dort ein reges Treiben und Gäste sind herzlich willkommen.

Es gibt regelmäßige Führungen in die umgebende Natur für Gruppen, Kräuterseminare sowie die Betreuung des Naturschutzgebietes Flittarder Rheinaue.

Die Flittarder Rheinaue

Schloss Stammheim aus der Sammlung Duncker.

Innenhof des Schlosses. Links war das Tor zum Rhein, rechts die Allee. Dazu die Vorburg mit Wirtschafsgebäuden, Stallungen und Nebenräumen. Im Mittelflügel war die Bibliothek enthalten.

Die Schlossansicht von der Parkseite.

Ruine Schloss Stammheim mit Tor zum Rhein und gotische Kapelle.
Fotos: Hans Metzmacher - © Flittarder Bildarchiv

Das Ulrich-Haberland-Haus im Stammheimer Schlosspark

Früher diente das Ulrich-Haberland-Haus im Stammheimer Schlosspark den Pensionären der Bayer AG Leverkusen als Altersruhesitz. Das Haus wurde 1952 von der Bayer AG erbaut und 1982 wegen geringer Auslastung an die Stadt Köln verkauft. Die Stadt Köln vermietete das Gebäude von 1983 bis 2001 an das Studentenwerk. Aber seitdem steht das denkmalgeschützte Gebäude leer. Das schöne Treppenhaus wurde im Bauhaus-Stil gebaut und es gibt in Deutschland wenige zum Teil so gut erhaltene Bauwerke dieser Stilrichtung wie das Ulrich-Haberland-Haus.

Seit vielen Jahren kämpfen die Bürgervereine von Stammheim und Flittard um den Erhalt des Hauses und um die Durchsetzung der Zweckbestimmung einer Alteneinrichtung, die bis heute leider nicht umgesetzt werden konnte.
So verbringt das ehemals schöne Gebäude weiterhin seinen Dornröschenschlaf im Stammheimer Schlosspark und verfällt zusehends.

Das Ulrich-Haberland-Haus.
Foto © 2016 Dirk Conrads – alle Rechte vorbehalten.

Das Ulrich-Haberland-Haus.

Der kopflose Löwe am Eingang des Schlossparks.

Fürstenblut – Die weiße Frau
Die Örtlichkeiten

Viele Plätze und Örtlichkeiten aus Stammheim inspirierten die Autoren, sie in die Geschichte zu integrieren. So zum Beispiel der Treffpunkt der Jugendlichen auf der leichten Erhöhung. Oder der Baumstumpf, in dem einst der Blitz eingeschlagen war.

Der Jugendtreffpunkt und der Baumstumpf (Foto unten).

Kunst im Stammheimer Schlosspark

Bekannt ist der Schlosspark aber nicht nur wegen seiner reizvollen Lage und dem alten Baumbestand, sondern auch wegen der dort ausgestellten Skulpturen, Plastiken und Installationen.

Jedes Jahr zu Pfingsten lädt die Initiative Kultur Raum Rechtsrhein (KKR) zu ihrer Neupräsentation ein. Die Besucher der Ausstellungen erwarten an beiden Eröffnungstagen spannende Eindrücke und ein abwechslungsreiches Rahmenprogramm. Der Schlosspark ist ganzjährig geöffnet und ist über den Eingang an der Stammheimer Hauptstraße oder von der Rheinseite zu erreichen und der Eintritt ist frei.

Skulptur „Das Stammheimer Fürstenpaar beim Spaziergang"

Köln-Stammheim

Stammheimer Hauptstraße.

Kirche St. Mariä Geburt.

Stammheimer Hauptstraße.

Der Eingang zum Schlosspark mit dem Löwentor. Die Originallöwen wurden von Franz-Egon von Fürstenberg-Stammheim bei der Pariser Weltausstellung erworben. Ein Löwe liegt noch am Eingang zum Park auf der Wiese. Leider fehlt ihm der Kopf. Der zweite Löwe wurde im Krieg komplett zerstört. Jetzt zieren zwei Nachbauten des Künstlers Herbert Labusga den Eingang. Die Repliken wurden vom Bürgerverein Stammheim in Auftrag gegeben und finanziert.